Alain Caradeuc

MORT D'UNE CARIATIDE

LibriSphaera
« L'Art de lire à la française »

Trop souvent, sachons-le, il faudrait se trahir,
Oublier d'où l'on vient, pour pouvoir s'accomplir.

Acte 1

Gerson sortit en claquant la porte et dévala l'escalier aux marches en pierre de Bourgogne de l'hôtel particulier décrépi sur lesquelles il glissa, évitant de justesse de se rompre le cou. Sur le boulevard Beaumarchais, l'air vif le fit tressaillir. Il grelotta et fouilla dans ses poches pour trouver une cigarette à allumer, afin d'essayer de se réchauffer. Les yeux noyés de larmes de Dorothée n'étaient plus qu'un souvenir qui se délitait dans sa mémoire, tandis qu'il aspirait nerveusement la fumée. Sa pensée, toute sa pensée, était concentrée sur le point rouge, qui brillait à quelques centimètres de ses yeux. Comme un fanal dans la nuit, qui magnétisait son énergie, l'empêchant d'éprouver un quelconque sentiment de culpabilité ou de remords, encore moins de regret.

Place de la Bastille, il avisa un bistrot encore ouvert à cette heure tardive et s'y dirigea. Il fallait qu'il avale quelque chose de fort. Cul sec. Un scotch, une vodka. Double, triple même. N'importe quoi pour lui faire passer le goût amer qu'il ressentait au fond de la gorge. « Quelle petite conne, quelle sale petite conne ! », se répétait-il, tandis que l'alcool lui brûlait l'estomac.

Il avait toujours su comment ça finirait. Et d'ailleurs, n'avait-il pas été clair dès le départ ? L'amour est un jeu, tout comme la vie d'ailleurs. Une comédie triste. Tu nais, tu vis, tu meurs. Pourquoi vouloir en faire quelque chose de sérieux avec des engagements, des certitudes, des médiocrités et, pour finir, des capitulations ? Pas pour lui. Jamais pour lui !

Il attrapa le dernier métro, s'y endormit bercé par le rythme chaloupé de la rame et le bruit de ferraille fatiguée et arriva chez lui en titubant. Il s'affala tout habillé sur son lit. Demain, il y verrait plus clair. Pour l'instant, il avait besoin de paix. Besoin surtout de ne pas penser. Faire le vide dans sa tête, soudainement douloureuse. Et en plus, il y avait Kočusz qui l'avait encore gonflé hier à la première heure. Ça ne lui ressemblait pas, cet appel matinal, lui, l'oiseau de nuit. Propos d'ivrogne et pourtant vaguement inquiétants avec ces allusions à peine voilées à de sérieux problèmes. De fric ? De dope ? Ou quoi d'autre ? Puis, était-ce l'effet du hasard si, en sortant de chez lui après ce coup de fil, il avait eu l'impression d'être suivi ?

-o-o-o-o-o-

- Dans trente ans, il n'y aura plus de race blanche ! On aura quelques poches de résistance aryenne dans des coins reculés comme les Appalaches ou l'Oural. C'est que tout le monde s'en fout. S'en contrefout. On aura des boucheries halal, des minarets, des bonnes femmes en boubou et des commerçants chinois partout. Gangrené, on est gangrené !

Le type s'était enfin tu. Il avait terminé sa tirade en la ponctuant d'un violent coup de poing sur la table, qui avait fait trembler leurs verres. « Du mauvais théâtre », se dit Gerson. Il avait même failli ne plus entendre les « r » roulés et l'accent slave de son interlocuteur, tellement l'autre le mettait hors de lui avec son racisme de chiottes.

Le mec se tordait à présent sur sa chaise, la mèche pendante lui couvrant le haut du visage. Il la remit en place d'un geste théâtral de la main à laquelle il manquait la dernière phalange à l'index. Gerson repoussa son verre dans un geste de dégoût. Ce type était vraiment trop con. Beau gosse, mais trop con, vraiment. Dire qu'il fallait se le taper des soirées entières, le rincer à l'œil, l'écouter déblatérer sur le monde ! Il fallait aussi parfois y aller d'un ou deux rails avant de commencer les choses sérieuses avec lui. C'était la règle du jeu, celle qu'on se doit d'appliquer avec tout indic. Mais de là à écouter ce charabia facho... Il touchait là les limites de sa capacité de résistance et avait du mal à se retenir de lui balancer son poing dans la gueule.

Une fille vint vers eux, le regard langoureux sous des paupières lourdement fardées, cambrée sur ses talons aiguilles, la poitrine prête à exploser dans son T-shirt fluo *Miami Beach*, les fesses serrées dans un short en vinyle argent. Gerson la fit dégager d'un revers de la main sous le regard déçu du type qui se voyait déjà en train de la peloter. Il réajusta sa chaise pour être face à lui et le fixa de ses yeux verts. L'autre tourna la tête sur le côté, gêné par l'intensité du regard. Ses doigts pianotaient nerveusement sur la table, faisant danser les glaçons dans son verre de scotch.

- Tu me regardes quand je te parle ! Tu peux m'expliquer ce que tu voulais dire quand tu m'as laissé ton message ? Kočusz, tu m'suis, oui ou merde ?

Le type se taisait, tassé à présent sur sa chaise, une jambe soudainement agitée d'un tremblement nerveux. Toujours pas un mot. Et pourtant Gerson le savait, le sentait, cette frappe allait se mettre à table d'un moment à l'autre. Il était prêt, juste encore un peu de patience et son débit saccadé, son accent slave d'opérette allaient bientôt lâcher, comme une mitraillette, les précieuses infos.

Dehors, le va-et-vient incessant des filles sur le trottoir, dont les silhouettes se projetaient en ombres chinoises sur les lourds rideaux de la boîte ; les invectives bruyantes qui naissaient de leurs discussions avec les badauds, clients potentiels ; quelques coups de klaxon intempestifs signalant l'arrivée d'un caïd en virée plongèrent Gerson un instant dans le souvenir de sa jeunesse à Nice, lorsqu'il accompagnait Rico, le compagnon de sa tante Léontine, dans les bars du port. Les odeurs d'épices des boutiques arabes de la vieille ville lui revinrent à l'esprit. L'ocre des safrans, le rouge des piments, le vert de la menthe sauvage. Et ces odeurs de *baccalà*, la morue dont Rico faisait des beignets à tomber lorsqu'il se sentait assez en sécurité pour rester calmement à la maison, jalousement veillé par Léontine, et pour reprendre alors ses outils de plombier. L'autre le tira de ses rêveries.

- On avait pourtant dit que vous me laisseriez tranquille, à présent. Je vous ai déjà tout dit.

La voix était suppliante. Le type avait les yeux fiévreux, le regard intense, comme brûlé de l'intérieur. Le regard d'un fou, se dit Gerson. L'autre le fixait à présent, comme hypnotisé. Il ouvrit la bouche pour commencer à parler. Ses lèvres se mirent à trembler tandis que ses yeux faisaient un mouvement de va-et-vient incessant à la recherche d'un hypothétique danger. Camé en plus, et sacrément ce soir, se dit Gerson, qui essaya quand même de le mettre en confiance.

- Tu peux y aller ! Il n'y a que nous deux que ça intéresse, tes histoires ! T'as rien à craindre... Vas-y ! Lâche-moi tout ce que tu sais. Dis, mec, tu me regardes quand je te parle ! Tu peux m'expliquer ce que tu voulais dire quand tu m'as laissé ton message ? Kočusz, tu m'suis ?

Quel crétin, se dit-il. Et moi, je ne suis pas mieux, obligé de me colleter ce minable. Il faut dire qu'il avait de sérieuses raisons de s'accrocher, car les gars des stups ne rigolaient plus à présent. Il leur devait des précisions sur ce tuyau au sujet de la méga livraison de blanche en provenance de Dakar et Kočusz était le seul à pouvoir les rencarder. Pas le choix. Ils avaient été patients, l'avaient grassement récompensé pour son travail. Mais ils le tenaient à présent. Une fois que tu goûtes à la facilité, aux petits arrangements et aux passe-droits que ces fréquentations te procurent, bien malin si tu réussis à t'en extraire sans bobo.

Et il en était là. Ce qui avait été un jeu, un dérivatif à sa vie terne et prévisible, lui donnant l'illusion de son importance et accessoirement des revenus plus réguliers que ceux de son art, devenait une source de préoccupation permanente. Comment ne pas décevoir en entretenant la fiction sur sa supposée efficacité, sans la moindre info, la moindre piste ? La minute même où ils comprendraient son manège, il serait grillé. Et il sentait que ça en prenait le chemin. Bonjour les emmerdes.

-o-o-o-o-o-

Gerson apprit le surlendemain par un entrefilet dans *Le Parisien* que le corps d'un individu de type slave auquel il manquait une phalange à la main droite, vraisemblable souvenir d'un règlement de comptes entre Yougos, avait été retrouvé sans vie en bordure du bois de Boulogne, deux balles de 7.65 dans la tête. Il n'eut pas besoin de réfléchir longtemps pour savoir que sa propre vie venait de basculer. Pas deux petits trous bien propres dans sa boîte crânienne à lui, non. Pas de passage par la morgue du quai de la Rapée dans l'anonymat administratif et aseptisé des sans nom. En tout cas, pas encore. Seulement la trouille. La vraie. Celle qui te rend les mains moites, qui t'assèche la gorge alors même que tu viens de te taper un demi. Celle qui te fait sursauter au moindre grincement de parquet et regarder sous le lit avant de te coucher. Elle ne l'avait plus quitté depuis.

Dorothée avait appelé sans discontinuer depuis quatre jours. Pas une seule fois il n'avait eu envie de décrocher son téléphone. De guerre lasse, elle n'avait laissé qu'un seul message. Un seul, mais inquiétant message qui en avait rajouté à son angoisse. « Tu l'auras bien cherché ! », s'était-elle contentée de lâcher dans un souffle. Il savait de quoi elle était capable. Il savait surtout que son métier la mettait en contact avec une faune dont il valait mieux se tenir à distance. Avocate pénaliste, spécialiste des affaires de droit commun, ça ouvre pas mal de contacts dans un milieu où l'on sait rendre service et où l'on a plutôt tendance à régler les problèmes de façon expéditive, surtout quand on a un père qui a fait fortune dans le commerce de ferraille. À un moment où ses contacts à lui avec les flics s'étaient détériorés. Pas simple !

Et puis son marchand, Manuel, avait encore repoussé la date du vernissage. « Tu n'es pas prêt, tu vas griller tes chances. On n'a pas deux fois l'occasion de faire bonne impression ! » Le blabla habituel du mec qui se défile. Gerson en était convaincu à présent, le galeriste n'était plus le même avec lui. Un sentiment diffus de malaise en sa présence. Une somme de non-dits et de fausse cordialité qui lui faisait craindre que le projet de rétrospective, prévu pour la rentrée, soit à l'eau. C'est vrai que depuis le début de l'année il n'avait plus beaucoup touché ses pinceaux. Quatre grands formats ébauchés et restés dans l'attente. Dans l'attente de quoi ? De l'inspiration, de l'urgence, du besoin de souffrir pour sortir ses tripes, comme un forcené essaye de se défaire de sa camisole ?

Il fallait qu'il se reprenne, qu'il force sa nature indolente et jouisseuse et se mette enfin à bosser sérieusement. Il avait vu plusieurs expos récemment et en était resté baba. Notamment celle de l'immense Soulages, à Pompidou, qui l'avait complètement démoralisé. Comment, avec une telle économie de moyens dire autant ? Une couleur, une technique, c'est tout. Mais de la matière inerte en apparence sortait un bouillonnement de vie, une sorte de force tellurique. Une vérité crue d'une violence inouïe. On pouvait tout voir, tout comprendre, tout sentir dans ces œuvres. Le contraire des siennes, s'était-il convaincu. En rentrant chez lui, il avait vidé une demi-bouteille de J&B et s'était affalé sur son lit, terrassé par un coma éthylique, au pied de son *Christ en Enfer* laissé en plan depuis plusieurs semaines.

-o-o-o-o-o-

C'est au radar qu'il se leva le lendemain matin lorsque retentirent des coups violents sur la porte de son appartement. Il avait encore à portée de main le cutter avec lequel il avait voulu réduire à néant son travail en cours, avant d'y renoncer. Il n'avait pas l'âme d'un infanticide. Deux jeunes types en jeans et blouson de cuir, allure sportive et visage de marbre, se tenaient sur le palier. À travers le judas de sa porte, il ne les reconnut pas.

- Gerson, ouvrez !

« Tiens, ils me vouvoient », se dit-il. « Ça ne peut pas être des truands ».

Quand les deux types furent entrés, ils prirent des mines attristées et compatissantes en jetant un regard circulaire et en découvrant dans quel capharnaüm Gerson vivait. Des châssis et des tableaux de tous formats, de toutes les couleurs, certains à peine commencés, d'autres finis, certes, mais entassés comme des rebuts, encombrant tous les murs d'une vaste pièce dans laquelle un lit défait finissait de donner une impression de taudis. Des tubes et des pots de peinture gisaient un peu partout à même le sol. Des bouteilles vides, des cendriers remplis à ras bord de mégots et de bouchons, des piles de vieux journaux et de magazines. Ça, un atelier d'artiste ? semblait dire leur regard.

- Le commissaire Bodzi est très mécontent de vous, Gerson. Le service vous a royalement traité, vous a évité quelques galères où votre imprudence vous avait entraîné. On vous a avancé plus que votre part de rétribution pour vos tuyaux à venir, en plus... Et on est encore à attendre ce que vous nous avez promis. On va finir par croire que vous nous avez menés en bateau !
- C'est pas simple ! Vous croyez que ça tombe du ciel, ce genre d'info ?

Il s'échauffait en leur parlant et leva les bras au ciel en signe d'impuissance. La gueule de bois, en plus, qui lui broyait les tempes n'était pas faite pour le calmer. Un des types l'agrippa par le bras et approcha son visage à quelques centimètres du sien.

- On se calme, Gerson ! On se calme !

Il sentit l'odeur du café dans l'haleine du jeune flic. Son collègue en remit une couche sur le mode copain :

- Tu vas te retrouver bien seul pour te sortir de la merde, avec les gars qui te collent le train, mon vieux Gerson !

Gerson sursauta. Il avait vu juste : les flics ne racontaient pas d'histoire. Il était suivi. Mais par qui ? Sans eux, dont la présence dans les parages lui donnait une sorte d'immunité, il risquait de se retrouver dans de graves galères, pires que celles de se faire engueuler pour manque de résultats.

Et d'abord, qui avait fait la peau à Kočusz ? Il ne pouvait pas croire que les sbires du père de Dorothée soient dans le coup. Même s'ils les avaient repérés lui et son informateur, il n'y avait aucune raison qu'ils aient liquidé le Yougo. Que ces types veuillent lui passer un savon, lui foutre la trouille et le forcer à honorer ses dettes envers Dorothée, oui. Mais pas plus. Qui alors avait refroidi son indic ? Les narcos dont Kočusz lui vendait les plans semblaient une piste plus crédible. Et donc, il aurait à présent deux équipes à ses trousses ? Il rentra la tête dans les épaules. Pour quelqu'un qui avait toujours voulu éviter les embrouilles, il était servi !

Il eut quelques paroles lénifiantes pour tenter de convaincre les deux jeunes OPJ de sa bonne volonté et les raccompagna jusque dans l'escalier pour être sûr qu'ils lui foutent la paix. Les deux flics lui dirent de se méfier tout de même, car les types auxquels ils venaient de faire allusion étaient des méchants, surtout le gitan avec sa blessure en travers de la gueule. Impossible de ne pas le reconnaître. À présent, il était à peu près sûr qu'il l'avait aperçu en sortant un jour de chez Dorothée. Gerson comprit qu'il était surveillé depuis un moment. Les jours à suivre allaient être sportifs.

-o-o-o-o-o-

Il avait réussi à les semer dans le Marais. Il s'était faufilé dans une impasse qui donnait sur la rue de Bretagne et débouchait sur le marché des Enfants Rouges. Là, il s'était volatilisé dans le dédale des boutiques et des bars qu'il connaissait par cœur pour les avoir parcourus souvent par le passé. Il s'était convaincu que c'était le moment pour lui de disparaître. Il le sentait. Les deux types allaient le serrer d'une façon ou d'une autre, ce soir-là. Rien de plus simple pour eux. Il allait se faire massacrer. Heureusement que le signalement que lui avaient donné les gars des stups l'avait aidé à identifier à temps ces deux salopards. Le grand, surtout, avec sa tête de gitan balafrée, son crâne rasé et ses yeux étroits de sadique.

Il lui revenait en mémoire les allusions de Dorothée à ses clients albanais et serbes, ces types qui déboulaient chez elle à toute heure du jour et de la nuit. Toujours prêts à exécuter les basses œuvres des caïds du milieu maghrébin ou corse. Des têtes brûlées qui, ayant survécu aux geôles des régimes totalitaires dans leurs jeunes années, trouvaient que l'Ouest avait tout d'un camp de vacances : des flics qui respectent la loi, des truands bien élevés, du genre col blanc et entrée dans les cercles du pouvoir, des prisons nickel comparées à chez eux, des juges assistantes sociales. Quelle aubaine pour ces types qui avaient été recrutés sans mal pour leur savoir-faire et leur discipline ! Il en avait vu certains et ne tenait pas à les affronter à présent. L'avertissement de Dorothée n'était donc pas du bluff.

Comment pouvait-elle lui faire ça après les moments de pur bonheur qu'ils avaient partagés ? Il revécut en quelques secondes les premières images qu'il avait d'elle, une fin d'après-midi dans les souks de Marrakech. Il s'était senti aimanté par la cambrure de ses reins, par sa démarche sensuelle et nerveuse qui faisait osciller en cadence la masse de sa chevelure blonde, et par son profil de reine aux lèvres pulpeuses, qu'il apercevait par instant lorsqu'elle tournait la tête vers son compagnon.

Il les avait suivis tous les deux pendant plus d'une heure, se tenant à distance pour ne pas se faire remarquer. Il les avait vus avancer enlacés, s'arrêtant à quelque échoppe pour le simple motif de rire ensemble d'une discussion sur un prix ou de s'émerveiller sur le talent de vendeur d'un boutiquier. Il les avait vus échanger de furtifs baisers. Il avait suivi la main du type, un genre intello à lunettes, calvitie avancée et allure traînante – *mais que lui trouve-t-elle à cet avorton ?* – quand il lui caressait le bas du dos, s'attardant plus que de raison sur le rebondi de ses fesses.

À l'hôtel où il les avait vu entrer, il avait, pour quelques dirhams, obtenu d'un garçon d'étage son nom et ses coordonnées à Paris. Une avocate, il y a toujours de bonnes raisons pour lui demander un rendez-vous. Une semaine plus tard, il était assis en face d'elle dans son bureau du boulevard Haussmann. Ambiance design chic. Au mur, des toiles d'artistes contemporains, du convenu et pas de faute de goût. Garouste, Combas. Une compression de César rouillait dans un coin. « Un cadeau de mon père lorsque je me suis installée ici. Logique pour un marchand de ferrailles, non ? », avait-elle commenté en riant. Et dans un angle, un dessin de Basquiat, « mes premiers honoraires… ». Gerson se sentit en bonne compagnie.

La suite, il aurait pu l'écrire en sortant de son bureau après cette première rencontre, tant il lui semblait évident qu'elle serait bientôt à lui. Un artiste, avec tout ce que ça implique de sulfureux et de rebelle, de romantique surtout, comment y résister ? Dix jours plus tard, il s'installait chez elle, dans le Marais, à deux pas de la Bastille, dans un duplex encore en travaux. Exit l'intello. Bonjour l'artiste !

-o-o-o-o-o-

Où aller à présent avec ces cinglés qui devaient savoir où il créchait et sans le sou pour aller à l'hôtel ? Myriam ! Il avait pensé à elle, car elle l'avait appelé dans la matinée, lui laissant un message énigmatique dont il n'avait pris connaissance qu'en retrouvant son souffle après la poursuite dans le Marais. « On peut se voir. Si vous avez un moment… ». Surpris que cette fille qu'il avait eue dans son cours aux Beaux-Arts et qu'il connaissait à peine le contacte et lui propose de le voir, il la rappela. Elle lui proposa de se retrouver à la Flèche d'Or, une salle de concert du

XXe arrondissement, où un groupe de la côte Ouest se produisait ce soir-là. Une de ses copines en assurait les relations publiques.

Elle l'attendait dans l'entrée. Il était tendu, se croyant épié dans ses moindres faits et gestes, mais, après deux doubles scotchs et un joint, il commença à trouver la compagnie de la fille plutôt agréable. Après tout, elle lui avait plu dès qu'il l'avait vue aux Beaux-Arts où elle était arrivée en cours d'année en auditeur libre. Une parachutée, apparemment, avec la bénédiction de la direction. Il aurait pu râler, pourtant, devant cette fille étrange – physique de garçon, mais sensualité de fauve –, longs cheveux noirs et yeux émeraude, il s'était écrasé, sans se poser plus de questions. Il n'était malheureusement pas resté assez longtemps pour s'intéresser à elle sérieusement, s'étant fait virer avant la fin de l'année universitaire. Absences répétées, menaces sur la personne du directeur des études. Il avait fait fort, mais ne regrettait rien. Prof, même à temps très partiel, ce n'était pas fait pour lui. Trop prévisible, trop linéaire.

L'accent traînant des jeunes Californiens, porté par un synthétiseur et des accords de guitare sèche dignes de Laurel Canyon, ainsi que leur dégaine décomplexée et planante, eurent vite raison de son inquiétude. Il se laissa gagner par l'atmosphère libérée du lieu et se dit bientôt qu'il avait eu raison de répondre à son invitation. De toute façon, il était mieux là que chez lui avec le comité d'accueil qui devait l'attendre, dans les parages. Il s'approcha d'elle à plusieurs reprises pour la serrer contre lui, mais elle le repoussa fermement. « Pas le temps, désolée… J'aide mon amie avec les invités. Laissez-moi bosser ! », lui lança-t-elle même une fois.

Quelques heures plus tard, ils étaient allongés nus sur le lit étroit du studio de la fille, plongés dans le noir, se repassant une cigarette. Le clignotement des néons faisant face à son immeuble projetait sur les murs de sa chambre un kaléidoscope entêtant que rythmaient les bruits de la rue entrant par la fenêtre grande ouverte. Une première nuit d'été, légère et prometteuse.

- C'est drôle que tu m'aies appelé, murmura-t-il en expirant la fumée. J'ai souvent pensé à toi et j'avais envie d'avoir de tes nouvelles. Mon départ des Beaux-Arts a été si rapide !
- C'est vrai que tu as disparu comme un voleur, fit-elle en l'observant de biais, les yeux à demi clos, comme à travers un filtre.

Il ne releva pas ce regard lourd de possibles sous-entendus et lâcha, d'un ton las :

- Ton appel ne pouvait pas mieux tomber. Une bénédiction, en quelque sorte. Mais, au fait, tu l'as eu comment, mon numéro ?
- À l'administration des Beaux-Arts. Je me suis fait une copine qui me l'a donné.

Elle avait dit ça d'une façon naturelle et il ne remarqua pas ce que cette intrusion dans son intimité pouvait avoir d'inattendu. Elle continua sur le même ton détaché :

- Ça n'a pas l'air de t'avoir gêné, apparemment ! Dis, au fait, tu avais l'air tendu hier soir. Comme si tu craignais quelque chose. Ça va ?
- Euh, oui et non. J'ai un souci avec un type à qui je dois de l'argent et il me casse les couilles. Je suis coincé, mais je vais m'arranger, t'inquiète ! Et puis, pour tout dire, j'aime autant qu'on n'en parle pas, si tu veux bien.

Il ne remarqua pas qu'elle n'avait pas bronché quand il lui avait raconté cette histoire de dette et s'était contentée de l'observer en silence. Comme si elle n'était pas surprise et s'attendait à une explication vaseuse dans ce genre.

-o-o-o-o-o-

La nuit fut brève et, tôt le matin, il se leva d'un mouvement soudain, l'entraînant dans son élan.

- Allons faire un tour, avaler un crème et deux croissants, au bistrot du coin. Puis, on file visiter l'expo Basquiat au musée d'Art moderne de la Ville de Paris. J'ai besoin de comprendre. Je t'emmène ?

Elle ne répondit pas, se contentant de le fixer de ses yeux émeraude, l'air interrogateur, les draps ramenés sur elle. Pendant la nuit, tandis qu'il dormait à ses côtés et qu'elle n'arrivait pas à trouver le sommeil, elle avait été alertée par les mouvements brusques qui l'agitaient et les phrases incohérentes qu'il prononçait de temps à autre.

Le temps de sauter dans un jeans et ils étaient dehors, la main dans la main, le nez au vent, comme deux collégiens insouciants. Avec elle, il n'avait pas eu besoin de parler. Quel bonheur ! Pas besoin d'expliquer ou, pire, de se justifier et, par conséquent, de mentir plus que nécessaire. Elle ne lui avait posé aucune question depuis qu'ils avaient quitté la Flèche d'Or, affectant de ne pas être frappée par son regard inquiet et ses traits tendus. Il s'attendait à un interrogatoire en règle et… rien. Cette fille, se dit-il, a un sacré caractère et un certain goût pour l'aventure, pour accueillir chez elle un type qu'elle a à peine connu, un an auparavant, comme prof et qui débarque à présent dans sa vie, de façon aussi inattendue. Il n'était pas surpris que ce soit elle qu'il l'ait appelé, à rebours des conventions, surtout venant d'une femme qui aurait presque pu être sa fille. Sûr, pensait-il, que son pouvoir de vieux séducteur fonctionnait encore.

- Tout de même, je pourrais être ton père ! lui lança-t-il alors qu'ils attendaient que le serveur daigne prendre leur commande à la terrasse où ils s'étaient attablés.

Elle le regarda d'un air surpris en haussant les épaules en signe de fatalité et répondit :

- Les garçons de mon âge, ils m'emmerdent ! Trop prévisibles. Trop de conformisme, ces jeunes mâles, gavés de préjugés et de certitudes. Trop de testostérone, pas assez de neurones ! conclut-elle en riant aux éclats.
- Tu y vas un peu fort. Il y a des mecs bien, dans le tas !
- Ouais, bof. Dis donc, tu m'as l'air soucieux. Il y a quelque chose qui ne va pas ? Ces plis, là, sur ton front, tu ne les avais pas l'an dernier quand je suivais tes cours aux Beaux-Arts !

Il ne répondit pas. Que lui raconter ? Qu'il avait la trouille ? Qu'il se savait coincé et que ses possibilités de gérer cette situation étaient proches de zéro ? Qu'en savait-elle de la violence brute, de cette peur viscérale qui lui tenaillait les tripes à présent quand il pensait aux deux excités qui l'attendaient quelque part ? Sans parler de la fin de Kočusz. Elle n'insista pas, pas plus qu'elle n'avait posé de question sur les véritables raisons qui l'avaient poussé à venir dormir chez elle. Il ne remarqua pas, concentré qu'il était à gérer son problème, qu'elle ne laissait rien apparaître qui puisse révéler ses propres interrogations. Il prit ça pour une forme de délicatesse, appréciant qu'elle semble ne pas s'intéresser aux territoires intimes, là où la pensée s'aventure par effraction. Il en fut soulagé, car ce qu'il avait à lui raconter n'avait rien de glorieux.

Gerson se sentit soudain plus léger, comme si la présence de cette fille surprenante lui apportait un répit inespéré. Il en était presque arrivé à oublier qu'il avait à ses trousses les cinglés à qui Dorothée avait confié son sort. Il eut pour une fois depuis longtemps le cœur léger, la tête vide des soucis qui l'accablaient d'habitude, tandis qu'ils remontaient le quai de Valmy, une fois avalé leur café. Ce dimanche matin de mai offrait tous les espoirs d'une journée de rêve. Leur complicité amoureuse, la ville qui lentement se remet de la nuit et s'étire langoureusement au soleil, cette petite brise fraîche qui vous souffle dans le cou et vous rappelle que l'orage n'est jamais loin sous ces latitudes, comme une métaphore de la vie constamment suspendue aux facéties du destin et aux revirements incessants de la condition humaine.

Ils visitèrent l'exposition Basquiat au pas de charge. Une sorte de fièvre s'était emparée de lui, lui laissant à peine le temps de jeter un regard rageur sur les œuvres. La vue de ces totems tribaux empreints d'une foudroyante modernité, cette peinture instinctive au service d'un expressionnisme rebelle pour décrire une humanité perdue entre désespoir et rédemption firent oublier à Gerson les moments magiques et légers du début de la journée. Pétri de doutes, traversé de certitudes improbables, il était revenu à la réalité de la façon la plus violente qui soit : par sa condition d'artiste. Myriam le laissa faire, ne fit aucun commentaire, se contentant de le suivre, concentrant plus son attention sur lui que sur les œuvres du jeune Haïtien, pour lesquelles elle n'avait qu'un intérêt limité.

- Ce qu'il a réussi à dire en si peu de temps. Je suis dévasté ! Comment vivre après ça ?

Ils étaient arrivés à la sortie de l'exposition. Il avançait à présent comme un automate, les yeux fixés au loin, le regard perdu. Myriam osa une question faussement ingénue :

- Tu n'as pas aimé ?
- Tu veux rire ? J'ai été transpercé ! La puissance de ce mec, ce gosse presque, me bouleverse. Comment puis-je exister à côté de lui ?

Il avait explosé, plus que répondu et elle résolut de se taire face à cette violence dont elle ne comprenait pas la raison. Elle savait qu'il menait une existence de dandy marginal aux confins du monde de l'art. Peintre, critique, prof, amateur éclairé ? Il était ou avait été un peu tout ça. Mais de là à prendre ombrage du talent d'un génie comme Basquiat… Et puis soudain, tout s'éclairait : elle eut la révélation qu'il y avait autre chose derrière cette apparence de personnage mondain et que ce vernis cachait en réalité une authentique vocation d'artiste. Cette explosion soudaine avait été le révélateur de sa souffrance. Elle aurait voulu, par quelques paroles de réconfort, lui dire qu'elle l'avait compris. Elle savait trop que les mots sont d'un faible secours en des moments pareils où l'être humain fait en un flash un douloureux retour sur lui-même, un examen de conscience sans concession, qui le laisse abasourdi.

Il lui fallait quitter sans tarder ce lieu devenu insupportable. Il l'entraîna vers la sortie, mais au moment de se retrouver dans la rue, il eut un mouvement de recul, pris par un soudain pressentiment. Ce genre de sensation inexpliquée qui vous fait sentir que quelque chose va se dérégler dans la mécanique pourtant bien huilée du moment qui vient.

- Pars devant, il faut que je vérifie quelque chose ! Je te rejoins à l'Alma. J'en ai pour quelques minutes.

Myriam lui déposa un baiser sur la joue et sortit dans la lumière, sans chercher à comprendre. Dissimulé derrière une colonne à l'intérieur du bâtiment, il la regarda s'engager sur l'avenue du Président Wilson. En un éclair, il avait retrouvé les attitudes de l'homme traqué. Elle avait à peine fait une cinquantaine de mètres que, d'une Mercedes noire garée de l'autre côté de l'avenue, il vit émerger le grand gitan balafré. Ils l'avaient donc suivi et ils savaient à présent à quoi s'en tenir sur sa planque. Et sur Myriam !

Il n'avait d'autre choix que d'agir. Avisant un taxi en maraude qui descendait l'avenue, il se précipita pour l'arrêter et s'y engouffrer. Place de l'Alma, il repéra sans peine Myriam, dont la longue chevelure noire scintillait au soleil, au rythme de ses pas. Le taxi dépassa le gitan qui se tenait à distance et, sur l'indication de Gerson, vint se ranger à la hauteur de la jeune femme. Répondant à l'appel pressant de son nom, celle-ci le rejoignit en hâte. La voiture démarra en trombe. Où aller maintenant ?

- Tu ne crois pas que tu pourrais me donner quelques explications ? – La voix était calme, posée, mais le ton était sans appel. – C'est quoi, cette histoire ?
- On ne peut pas retourner chez toi ! lança-t-il en allumant fébrilement une cigarette sous l'œil furieux du chauffeur qui n'osa pas faire de réflexion.
- Et pourquoi pas ? lui demanda-t-elle.

Elle ne semblait pas perturbée par ce qu'elle était en train de vivre avec lui. Comme si elle s'y était attendue.

- Tu pourrais peut-être me mettre au courant de ce qui se passe, non ?

La voix s'était faite insistante, soudainement plus autoritaire.

Il ne répondit pas, car, s'étant retourné, il regardait nerveusement vers l'arrière du véhicule. Il aperçut le gitan planté sur le trottoir, manœuvrant frénétiquement son portable pour appeler son acolyte resté au volant de la Mercedes. Le temps que l'autre arrive, ils seraient déjà loin. Loin oui, mais où ?

- Dis-moi, Frédéric, tu m'écoutes quand je te parle ?

La voix s'était faite insistante, soudainement plus autoritaire. Presque métallique. Une voix pour commander.

Il ne répondit rien, troublé par ces intonations inattendues, se contentant de fixer le paysage parisien qui défilait sous ses yeux à travers les vitres du taxi. Où aller ? Il n'en avait pas la moindre idée.

Acte 2

Le chant du muezzin tira Gerson d'un sommeil pâteux. À ses côtés, Myriam dormait, insouciante, dans la tiédeur moite de cette matinée qui promettait une journée à la chaleur accablante. La nuit n'avait pas réussi à ramener la fraîcheur malgré la présence de l'océan dont on sentait par moment les effluves iodés mêlés aux odeurs de la rue, mélange subtil de pollution automobile et d'épices. En réponse aux incantations de la prière du matin se firent entendre les bruits innombrables d'une ville qui s'éveille. Au milieu d'un concert de klaxons stridents, un âne se mit à braire, peut-être de rage, perdu dans cette modernité qui le piégeait. Gerson alluma une cigarette et essaya d'y voir clair.

Soudain, les images de son passé niçois lui revinrent comme un flash. Des scènes de vie éclairées d'une incandescence aveuglante. Il était à nouveau ce gamin espiègle au regard perçant sous une tignasse perpétuellement ébouriffée qui dévalait à bicyclette les ruelles menant au mont Boron dominant la vieille ville de Nice et son port. Il pédalait comme un forcené, car, comme à son habitude, il était encore en retard et Léontine allait à nouveau lui passer un de ces savons ! Et le priver surtout de ses pinceaux et de ses tubes de couleur pour la soirée, suprême punition.

Il se mit à sourire intérieurement. Comme il aimait ces moments qui avaient été des pépites de pur bonheur dans sa jeunesse de môme bourlingué et cabossé par la vie. Il dut s'arracher à regret à ses souvenirs, car Myriam venait à son tour d'émerger du sommeil. Elle se tourna vers lui et le fixa d'un regard énigmatique.

Les événements s'étaient accélérés depuis l'incident de l'Alma et sa vie venait de basculer dans un registre inconnu jusqu'alors. Finies les postures d'artiste incompris, de peintre maudit à qui on tolère dérives et abus justifiés par une marginalité bohème. La situation était devenue subitement explosive et, qui plus est, il entraînait dans l'aventure une innocente, victime collatérale de ses dérives. Il fuit le regard de la fille. Pas encore prêt à affronter la réalité.

C'est elle qui rompit le silence.

- Le chant des muezzins, je connais et ça fait bien longtemps que ça ne m'empêche plus de dormir !
- Tu connais ça, toi ? dit-il, surpris de sa remarque.
- Tu ne sais rien de moi, Frédéric !
- C'est vrai. On n'a pas encore eu trop le temps. C'est le moment, non ?
- Oui… fit-elle à voix basse comme si elle craignait qu'on l'entende. Je suis née au Yémen, à Aden, dans la communauté juive où j'ai vécu avec ma famille jusqu'à notre départ précipité quand j'avais onze ans. Ça devenait trop dangereux pour nous. Il y avait déjà eu des disparitions, des attaques de synagogues.

Elle prit un air las, résigné, pour continuer. Elle murmura plus qu'elle ne parla, tant les mots semblaient lui faire mal.

- C'est ainsi que s'écrit l'histoire dans cette partie du monde et on a dû se résoudre à fuir notre pays. Ce fut une déchirure. La première d'une longue série. Car c'était aussi chez nous, depuis près de deux mille ans. Depuis que nos ancêtres avaient quitté Israël, après la destruction du temple de Jérusalem par les légions romaines.

Sous le coup de l'émotion, ses grands yeux émeraude brillaient à présent comme des pierres précieuses.

- Et tu as atterri comment à Paris ?
- Classique : d'abord Aden - Tel-Aviv dans un avion affrété par le gouvernement israélien avec toute la famille, sauf mon frère aîné qui était déjà parti. En Israël, personne ne nous attendait. On était des sortes de parias et, à part mon oncle Moshe qui avait émigré au début des années 80, personne ne se souciait de nous. Et puis, je rêvais de culture, d'art, de Paris. J'y suis arrivée il y a six ans, avec une bourse.

Il la dévorait du regard. Sa peau mate, ses traits réguliers, sa longue chevelure libre, sa bouche charnue contrastant avec ce corps nerveux, ses seins de gamine, tout évoquait la jeunesse, une spontanéité fraîche, une forme de naïveté troublante comme si elle n'avait aucune conscience de l'effet qu'elle produisait sur lui. Il s'assit en tailleur sur le lit en lui faisant face pour continuer leur discussion :

- C'est pour ça que tu as gardé cette pointe d'accent ! Je me demandais comment tu parlais aussi bien notre langue.
- C'est surtout parce que j'étais inscrite à l'Alliance française à Tel-Aviv. Victor Hugo, Zola et Proust. J'ai tout dévoré !
- Et depuis six ans, tu as fait quoi à Paris, à part les Beaux-Arts ?
- Stop les questions ! C'est plutôt à moi de les poser, tu ne crois pas ? – Elle avait haussé le ton pour l'interrompre. Son visage s'était assombri tandis que ses yeux étaient à présent des fentes laissant à peine passer un regard glacé. – Avant-hier, tu me retrouves à la Flèche d'Or, tu t'invites chez moi, tu me fais le grand jeu de l'artiste en mal de tendresse ! Tout ça pour que nous nous retrouvions, quarante-huit heures plus tard, en cavale au Maroc. Tu vas m'expliquer sérieusement ce qui se passe ! Tout me dire ! Tu saisis ? Tout !
- Pardon… Mais Casablanca, c'est ton choix !

- Mon choix ! Alors là, tu ne manques pas d'air. Tu m'as dit être aux abois, craignant pour ta sécurité, etc. Alors moi, bonne fille, je te trouve une solution en urgence pour te mettre en sécurité, ne sachant même pas pourquoi je me mêle de tes histoires. J'aurais dû te virer de chez moi !

Elle avait hurlé ces derniers mots. Et c'est vrai, se dit-il, qu'elle aurait dû le virer de chez elle, en toute logique. Mais elle ne l'avait pas fait. Et même, s'était débrouillée pour lui offrir une échappatoire. Parfois, il faut savoir accepter de ne pas comprendre les femmes ! Il ne put s'empêcher de sourire intérieurement en repensant à ce que lui disait Rico, alors qu'il n'avait pas encore l'âge pour comprendre : « Les femmes sont faites pour être aimées, pas pour être comprises. »

Gerson plongea son visage dans ses mains et resta ainsi plusieurs minutes sans rien dire, pétrifié de devoir pour une fois affronter la réalité, la vraie. Pas celle des marchands d'illusions, des charlatans et des frimeurs qu'il fréquentait dans sa quête de reconnaissance. Tous ces gens qui lui disaient qu'un jour, sûrement prochain, il aurait enfin succès, honneurs et tout ce qui va avec. Que son art était destiné à le placer parmi les plus grands. Que la souffrance, les frustrations et les privations faisaient partie du lot des artistes. Qu'il fallait en passer par là. Et il avait passé sa vie à y croire quand, en quelques minutes, face à Basquiat, un gamin qui aurait pu avoir l'âge de son fils s'il en avait eu un, il s'était rendu compte qu'il n'irait nulle part ! Qu'il avait été victime d'un système pervers qui produit frustration et névrose en entretenant le mythe de la rédemption de l'artiste maudit enfin reconnu après ses années de galère et de souffrance.

Et Dorothée qui, finalement, l'avait maintenu dans l'illusion sur son talent en lui achetant des toiles au prix fort, afin de l'entretenir, sans l'avouer. Retrouvant une forme de dignité, il se ressaisit, et, après s'être calé sur les oreillers, fit face à Myriam, crânement :

- Je t'ai menti. Je ne suis pas excusable, mais je ne pouvais pas faire autrement.

Il lui raconta sa version de sa propre vie, ses espoirs envolés, ses petites combines, ses dettes de jeu, ses fins de mois sans le sou. Elle ne semblait pas surprise et le laissa débiter son lot de vérités minables. Au bout de quelques instants, elle l'interrompit.

- Je l'ai su dès que tu es arrivé à la Flèche d'Or ! Tes yeux t'ont trahi.
- Avec toi, j'ai l'impression d'être transparent !
- Bon, assez parlé. Yaël nous attend à 9 heures, dans le hall !
- Yaël ?
- Ma sœur aînée, qui travaille ici pour le compte de... du FMI. Tu me la raconteras plus tard, ton histoire.

Elle avait à peine fini de parler que son portable se mit à vibrer sur la table de chevet. Son visage devint sombre tandis qu'elle tendait la main calmement pour se saisir de l'appareil qu'elle colla à son oreille. Elle resta ainsi sans dire un mot quelques brèves secondes pour finalement lâcher dans un souffle :

- *Ah bon... Je comprends... Oui, tout de suite ! On arrive !*

Elle avait répondu en hébreu, d'une voix métallique et saccadée. Elle se leva d'un bond. D'un autre bond, elle sauta dans son jean, l'invitant à faire de même. Le temps de passer un T-shirt qui moulait sa menue poitrine, de ramasser ses quelques vêtements et de les fourrer à la hâte dans son sac, elle était déjà dans l'escalier, sans se soucier de lui qui essayait de ne pas se faire semer. « Quelle mouche l'a piquée ? » se demanda-t-il, se maîtrisant pour ne pas montrer son inquiétude grandissante.

Arrivés au rez-de-chaussée, au lieu de se diriger vers le lobby du modeste hôtel où ils avaient passé la nuit, ils descendirent au sous-sol sans ralentir le rythme. Elle se dirigea vers un local « Réservé personnel » et ils s'y engouffrèrent. Il voulut parler, mais elle lui mit une main sur la bouche. « Chut ! » lui intima-t-elle. « On ne bouge pas », ordonnaient ses yeux. Et, de fait, elle s'était muée en une statue de sel non sans avoir auparavant bloqué la poignée de la porte d'entrée avec le dossier d'une chaise. « Pour une étudiante en arts plastiques, elle semble avoir de l'entraînement », ne put-il s'empêcher de penser. En effet, elle avait vécu ces derniers moments avec un sang-froid et une détermination qu'il ne supposait pas et qui le laissaient perplexe.

Elle s'approcha de lui et lui souffla :

- Ils vont venir nous chercher. Sinon, on risque de se faire prendre. C'est une souricière, un véritable guet-apens qui nous attend à la sortie.
- Qui, « ils » ? Tu peux m'expliquer ?
- Tu verras. Fais-moi confiance !
- Et Yaël ? questionna-t-il, inquiet.
- Plus tard. Fais-moi confiance, je te dis !

Quelle autre option avait-il de toute façon que lui « faire confiance » ? Depuis qu'ils s'étaient évanouis dans la nature, quittant Paris en urgence absolue pour Casablanca, il n'avait pas eu d'autre option que de la suivre. C'est elle qui avait suggéré le Maroc, réservé l'hôtel, booké les places d'avion. Tiens, au fait, elle avait sorti un passeport français au contrôle de police, à Orly. Bizarre. Il se dit que c'était autant elle que lui qui allait devoir s'expliquer.

Trois coups brefs à peine perceptibles frappés à la porte le tirèrent de ses pensées. Elle avait déjà libéré la poignée pour laisser entrer un homme d'une quarantaine d'années, type maghrébin, cheveux courts, regard dur, mâchoires serrées, tendu comme un arc.

- Le lobby est hors de question, souffla-t-il à l'adresse de Myriam, dans un français impeccable. On va devoir passer par l'arrière. On doit pouvoir s'en sortir. Sinon, on avisera.

Avaient-ils déjà été repérés ? Et par qui ? Les sbires de Dorothée ? Pas très crédible aussi loin de leur base, dans ce contexte où ils ne seraient pas passés inaperçus avec leur look de demi-sel. Mais qui, alors ? Gerson déroulait le film de ces derniers jours avec une anxiété grandissante, mains moites, poitrine oppressée. Depuis la mort de Kočusz, la visite des stups, la course poursuite pour échapper aux deux cinglés, la fuite à Casa, il était évident que la situation lui avait totalement échappé. Il le savait. Mais que faire ? Il n'eut pas le loisir de s'attarder à y penser.

- Allez, on y va. On fonce sans se retourner !

Le type avait déjà ouvert la porte avec précaution et les invitait à le suivre dans le dédale des couloirs de l'hôtel. Il avançait d'un pas de félin, souple et puissant. Gerson n'avait d'autre choix que de le suivre. Il lui emboîta le pas, suivi par Myriam dont les traits s'étaient détendus depuis l'arrivée de cet homme providentiel.

Ils furent vite dehors, dans la lumière aveuglante de cette matinée qui annonçait une journée de bonheur insouciant. À peine le temps de se rendre compte de ce qui lui arrivait, il était déjà poussé sans ménagement par Myriam dans une Range Rover aux vitres teintées, qui était garée de l'autre côté de la rue ; elle atterrit sur lui tandis que le type s'installait à côté du chauffeur. La voiture démarra en trombe dans un nuage de poussière blanche. Se faufilant dans le dédale des ruelles étroites de la médina, elle manqua de renverser plusieurs chalands, heurtant de plein fouet une carriole que poussait un vieil homme se hâtant vers le souk avec son lot de bimbeloteries pour touristes. Le chauffeur ne s'arrêta pas, laissant le pauvre bougre ramasser son bazar et faire le décompte des dégâts.

Il voulut l'interroger, mais d'un froncement de sourcils autoritaire, elle lui fit comprendre que ce n'était pas le moment.

Les couleurs vives des échoppes et des étals défilaient devant ses yeux ébahis à travers les vitres fumées du véhicule, conduit avec dextérité par un jeune en djellaba, casquette NYC vissée sur le crâne, mastiquant nerveusement un chewing-gum. Le parfum âcre et entêtant du hasch qui embaumait l'atmosphère du véhicule rappela à Gerson les années où il en faisait une consommation quasi permanente. Aucun mot, aucun bruit. Tout juste les ronflements du V6 diesel et la plainte des amortisseurs fatigués qui cognaient sur la caisse.

Ils roulèrent ainsi une quinzaine de minutes, déboulant pour finir sur le boulevard de la Corniche. Laissant l'immense minaret de la grande mosquée Hassan II sur la droite, ils pénétrèrent bientôt dans les quartiers chics, Anfa puis Hay Essalam qu'ils traversèrent sans ralentir.

- Yacine, tu penses pas qu'il va un peu vite ton gars ? Les flics vont nous repérer. On n'a pas besoin de ça !
- *Tu m'emmerdes, Myriam. Occupe-toi plutôt de ce crétin qui t'a foutue dans la merde !*

La réponse, en arabe, avait claqué, laissant Gerson sur sa faim d'une explication logique à ce rodéo inquiétant.

- Je ne pensais pas que…
- *Il faut penser avant, pas quand c'est trop tard !!! Fous-moi la paix. Je te dépose chez ta sœur et, après, tu te débrouilles.*

Elle se tut. Il avait raison. Impossible de lui dire ce qu'elle était allée faire dans cette galère, pour un type en plus qu'elle connaissait à peine et avec qui elle avait couché trois fois.

- Que veut-il ? murmura Gerson à son oreille, sans s'attirer les foudres de l'autre, qui avait vociféré plus que de normal.
- Que tu t'écrases et qu'on disparaisse. Bon, laisse tomber. Ça vaut mieux.

Gerson n'arrêtait pas de se retourner, pour voir à travers la lunette arrière s'ils étaient suivis. Sa tension n'était en rien retombée, car il savait à présent que la vengeance de Dorothée ne pouvait pas être la raison de cette exfiltration à haut risque. Ouf, rien derrière eux. Aucun signe de poursuivant. Il avait hâte de se retrouver seul à seul avec elle pour comprendre.

Il n'eut pas longtemps à attendre, car, arrivée dans une rue tranquille du quartier de Beauséjour, la voiture s'engouffra dans une impasse, au bout de laquelle un rideau métallique ouvrant sur un garage était relevé. Une fois à l'abri, le rideau rabaissé en hâte, ils prirent congé de leurs sauveurs et disparurent dans les étages d'un immeuble d'habitation modeste. Myriam lui montra le chemin, et ils grimpèrent trois étages quatre à quatre jusqu'à une porte métallique qui s'ouvrit avant qu'ils n'aient eu à y frapper pour annoncer leur arrivée. Une organisation aussi efficace… Il commençait à avoir de sérieux doutes sur la véritable identité de Myriam et se sentit soudain très mal à l'aise. Après tout, il ne connaissait rien de ses véritables motivations. Cette idée le glaça.

-o-o-o-o-o-

- Une vraie matrone, ta sœur !
- Tu peux lui dire merci, à la matrone en question. Sans elle, qui sait où nous en serions à présent ? Tu as quand même compris que c'est elle qui a piloté l'opération de ce matin, non ?
- OK, OK. Elle nous a sauvés ! De quoi au juste ? Tu m'en dis plus ou tu continues à faire des cachotteries de midinette ?

Un coup asséné avec force sur le plexus solaire lui fit instantanément regretter ses paroles. Elle venait de le frapper en lui balançant son poing de toutes ses forces ! Le souffle coupé, les yeux soudain remplis de larmes, Gerson fut ramené à la réalité par une douleur intense. Se ressaisissant, il s'assit dans le lit, se cala sur les oreillers et tenta de se donner une contenance pour ne pas perdre la face. Le regard assassin qu'elle lui enfonça alors dans les yeux le convainquit de faire profil bas et d'oublier ses griefs. Au moins pour le moment.

- T'es folle ? Ça va pas, de me cogner comme ça !
- La midinette, c'est pas mon truc.
- Ouais, pardon... Tu sais quoi, au juste ? réussit-il à articuler en reprenant son souffle.
- Mais, mon cher, c'est que tu es une personne de haute valeur, répondit-elle sur un ton ironique. Yaël a envoyé Yassine en reconnaissance bien avant notre horaire d'arrivée à l'aéroport. Planqué dans le grand hall, il a repéré deux types qui ne l'inspiraient pas.
- Yacine ?
- Notre guide de ce matin. C'est un gars qui travaille avec ma sœur. Expert en sécurité, exfiltration, etc. Il bosse en liaison avec les services marocains, en lien direct avec le cabinet du roi.
- Aïe.
- Oui, aïe ! Quand on est sorti de l'immigration, il a vu les deux types nous emboîter le pas et les a suivis jusqu'à notre hôtel.
- Impossible ! Ces deux crétins qu'on a semés à Paris ne peuvent pas savoir que nous sommes ici !
- Ce ne sont peut-être pas les mêmes, cher professeur ! Même certainement pas. C'était vraisemblablement deux Afghans. Deux mecs d'une trentaine d'années.
- Afghans ? Comment ça, des Afghans ?
- On appelle ici *Afghans* des jeunes types qui sont allés se former en Afghanistan, en Syrie ou en Irak et sont rentrés au pays pour monter des cellules dormantes d'Al-Qaïda. Des barbus, si tu veux, mais sans la barbe. Plus discret !
- Qu'est-ce que j'ai à faire avec eux ? questionna Gerson, pas encore convaincu que sa modeste personne vaille de telles attentions.
- À toi de me dire !
- Et à quoi les reconnaît-on ?

- Yacine ne les reconnaît pas. Il les sent ! Leur discrétion, leur côté trop net, bien élevé, bons petits gars. Pour ne pas éveiller les soupçons de la police secrète, omniprésente ici. Classique.

Là, c'était trop. Il fallait qu'il lui raconte. Une boule lui enserrait la gorge tandis que son souffle s'était fait court, presque douloureux. Des gouttelettes de sueur se mirent à perler sur son front et il fut pris d'un tremblement des mains incoercible, comme un drogué en manque. Elle fit semblant de ne pas s'en apercevoir.

Il ne savait plus par où commencer. Il fallait qu'il lui explique tout, car elle méritait de savoir. De toute façon, il n'avait pas d'autre choix que de la mettre au parfum de ses aventures. Il sentait qu'elle attendait plus qu'un mauvais roman et qu'il lui devait la vérité, quel qu'en soit le prix.

Il lui dit donc tout. Ou presque. Ses galères d'artiste fauché en mal de reconnaissance, son engueulade avec Dorothée pour une banale question de fric et les conséquences dont elle avait failli être témoin à la sortie du musée à Paris, ses petits accommodements avec les stups pour arrondir ses fins de mois. Là, il avait eu du mal à se déballer. Pas fier, le dandy, obligé de jouer les indics pour payer son loyer ! Descendu de son piédestal, le prof des Beaux-Arts. Loin de tout ce qui avait façonné son image d'artiste play-boy, fauché, mais flamboyant.

Des images lui revenaient en flash tandis qu'il débitait son histoire d'un ton las, murmurée comme s'il avait voulu qu'elle ne l'entende pas. Il s'arrêta soudain, rattrapé par ses souvenirs. Il était en train de déjeuner chez Drouant la veille d'une récente Fiac, à la table de son vieux complice Jean-Baptiste avec une journaliste du Figaro. JB lui avait promis de lui amener Manuel, ce marchand dont tout le monde parlait depuis qu'il avait fait redécouvrir Miquel Barceló aux Parisiens.

JB avait eu quelques années auparavant une aventure rapide avec Manuel. Une aventure, pour être pudique. Plutôt un plan drague d'un soir, en marge d'une fête au Paradis Latin. Mais qui avait permis à JB de s'introduire dans le milieu de l'art contemporain où son talent et son culot l'avaient aidé à se faire une petite place dans le milieu feutré et codifié des galeries. De quoi se faire passer pour un homme d'influence, ayant l'oreille des grands collectionneurs et des directeurs de musée. Pas tout à fait faux. Un brin exagéré, mais qu'est la réalité dans ce monde de faux-semblants, d'esbroufe et de valises de cash ? Il avait vite compris que le pouvoir était passé des artistes aux marchands et aux communicants.

Chez Drouant, la fille du Figaro était insupportable avec son ton de bourge satisfaite, ses gros seins posés sur la table, son rouge à lèvres agressif et les œillades à peine dissimulées qu'elle lui balançait pour ponctuer chacune de ses phrases. Et ce Manuel qui n'arrivait pas ! Il fallait se rendre à l'évidence : ce n'est pas encore aujourd'hui qu'il allait trouver l'homme providentiel. Le type capable de faire décoller sa carrière et…

- Frédéric, t'es où, là ? lui lança Myriam sur un ton définitif.

Merde, se dit-il. Il avait décroché et elle le faisait redescendre sur terre. Vite fait. Il reprit son histoire.

Ses grands yeux plongés dans les siens, elle l'écoutait avec calme, assise en tailleur en face de lui sur le lit de la chambre d'amis que sa sœur leur avait laissé occuper, dans son modeste appartement. Elle avait relevé la masse de ses cheveux en une sorte de chignon approximatif et le regardait d'un air apitoyé, tandis que le rythme de sa respiration soulevait ses seins sous le coton de sa chemise. Leur pointe attira le regard attendri de Gerson. Comme une invitation à abandonner ses démons et à redescendre sur terre, entre ses bras. Elle s'en aperçut et, fronçant les sourcils tout en ramenant ses bras croisés sur sa poitrine, lui souffla :

- Et donc, les flics t'ont mis le marché en mains ?
- Euh… oui et non. Je n'avais pas le choix. Je m'étais fait rattraper par des dettes, et tout ça.
- Des dettes ? C'est pas si cher que ça, les toiles et la peinture, fit-elle faussement ingénue.
- Ne te fous pas de moi ! Poker… Des conneries que je ne referai plus. J'étais tombé sur des balaizes, des gars qui jouent gros. Je me suis fait bien plumer. Dorothée m'a filé un coup de main, se sentit-il obligé d'ajouter, comme pour justifier la présence des voyous à ses trousses.

Il essayait de la convaincre qu'il s'en était bien sorti.

- Et donc les flics arrivent et te permettent de te renflouer.
- J'ai tout de même posé mes conditions !
- Mais encore ?

Il s'interrompit pour allumer une cigarette dont il tira goulûment plusieurs bouffées. « Il est mal… », se dit Myriam. Elle ne laissa rien paraître de ses doutes sur la suite de cette histoire minable et attendit calmement comme si elle connaissait déjà l'épilogue.

- Comme je te l'ai dit, j'avais fait quelques deals de coke dans le milieu des galeries. Rien de bien méchant et pourtant les flics m'avaient identifié. Ils ne m'ont pas laissé le choix. Des infos contre la paix. Sinon, juge d'instruction et cabane. Tu vois ?
- Oui, je vois, en effet. Et c'est comme ça que tu t'es retrouvé collaborateur à ton tour de ces messieurs du quai des Orfèvres. Pas glorieux, mon petit Fred ! Et donc, tu débarques chez moi pour sauver ta peau. Tu arrives comme si tu t'imaginais que je n'avais que ça à faire ?
- En réalité, j'avais autant envie de te revoir que de trouver une solution pratique à mon problème, disons ponctuel, de logement… et je te rappelle tout de même que c'est toi qui m'as appelé !

Elle fit semblant de ne pas remarquer la pique et poursuivit, sur un ton faussement détaché :

- Ben tiens ! Merci, la brave Myriam.
- Non, chérie, ce n'est pas ce que tu crois. J'étais resté illuminé par notre rencontre rue Bonaparte, aux Beaux-Arts, l'an dernier et rêvais de te retrouver. Il me fallait une occasion et tu me l'as donnée en m'appelant. Ton appel est tombé à point nommé, en plein milieu de ce psychodrame d'opérette avec les sbires de mon ex. C'est simple et parfois le hasard fait bien les choses.

Elle ne répondit rien, se contentant de le dévisager en silence, accroissant le sentiment de précarité et d'anxiété de Gerson. Et la douleur dans la poitrine qui était encore bien là ! « Qui est cette fille, finalement ? » songea-t-il. « Qu'est-ce que je suis venu foutre dans cette galère avec elle ? »

Il reprit :

- Alors, c'étaient qui, les mecs que ton Yacine a repérés à l'aéroport ?
- Je t'ai dit ! Des cinglés d'islamistes. Des barbus. On peut lui faire confiance. Ils ont massacré son frère, l'année dernière.
- Mais comment ça, il bosse pour des juifs, Yacine ?
- Tu es au Maroc, ici. Yaël s'y est établie peu de temps après mon arrivée à Paris. Nous y avions un cousin de ma mère et il lui a trouvé un job pour le FMI. C'était tentant, car le pays est encore accueillant et assez sûr pour notre communauté et qu'il y a beaucoup à faire ici. En plus, le soleil lui rappelle le Yémen.
- Mais du FMI aux hommes de main de Mohammed VI, il y a quand même un fossé…
- Tu poses trop de questions. Ici, moins tu parles, plus longtemps tu vis.

Gerson était désemparé. Il se leva et se mit à marcher de long en large dans la petite chambre dont la fenêtre donnait sur une courette. Des voilages épais laissaient passer une faible lumière et leur assuraient un minimum de discrétion. Une atmosphère de complot et de secret qui lui serra la gorge.

- Mais comment tu expliques que ces types, ces... barbus-là, soient à mes trousses ? Tu veux dire depuis Paris ?
- Je n'en sais rien, se contenta-t-elle de répondre de façon énigmatique.
- Et pourquoi le Maroc ? Il n'y avait pas plus simple ? Et plus près ?
- J'avais des choses à voir avec Yaël. Et, de toute façon, ça ne te regarde pas.

Il se tut pour la regarder et ne put s'empêcher de se dire que cette fille était superbe, forte, sensuelle. Qu'il avait follement envie d'elle. Tellement différente de ces nanas écervelées accourant comme des pies, aimantées par l'annonce de sa prochaine supposée célébrité ou de ces gestionnaires façon Dorothée, insistant pour prendre en mains sa carrière. Il se sentit porté et aspiré par son magnétisme, l'énergie qui émanait d'elle. Oui, il eut intensément envie d'elle. Quel effet elle lui faisait, cette gamine ! Et puis, elle donnait le sentiment d'une paix intérieure, d'une force et d'une confiance dont il se mit à rêver qu'il puisse un jour être doté lui aussi.

- Je me demande si, finalement, ce que voulait me dire Kočusz n'est pas lié à cette histoire de barbus, comme tu dis.
- C'est qui, ce Kočusz ?
- C'était... C'était le type qui me donnait des tuyaux sur le trafic de coke. Par un de ses copains yougo qui bosse sur le port de Barcelone. Il a dû se faire descendre à cause de ça. Ils ne rigolent pas, ces mecs.
- Et qu'est-ce qu'il t'avait appris de spécial, ton Yougo ?

Il ne s'aperçut pas qu'elle montrait plus qu'un intérêt poli pour ce qu'il aurait pu savoir de cette histoire et il ne se fit pas prier pour continuer.

- Que la coke arrive du Sénégal après avoir traversé l'Atlantique. Puis, elle transite par le sud de l'Espagne. Apparemment, Marbella. Là où il y aurait, paraît-il, une organisation qui pilote le dispatching sur l'Europe.
- Pas de quoi fouetter un chat.
- Ouais, peut-être. Et, au fait, il m'a dit qu'un certain Alex, résident dans l'Essonne, était un relais dans la chaîne logistique et, probablement, le contact essentiel du réseau sur la région parisienne.

Elle avait semblé abandonner le sujet lorsqu'elle lui caressa le visage d'une main légère qu'il saisit et porta à ses lèvres. Il glissa la main sous le coton de sa chemise et l'attira à lui. C'est elle qui se leva pour tirer les rideaux de la chambre, que le soleil inondait de ses rais dorés. Pris par son désir d'elle, il ne remarqua pas que, tandis qu'il l'embrassait avec fougue, elle gardait les yeux grands ouverts, fixant un point à l'infini, un sourire indéfinissable accroché à son visage.

-o-o-o-o-o-

Ils attendirent que la nuit soit tombée pour sortir dans la tiédeur de la brise qui soufflait du large, apportant les odeurs de l'océan. Ils se dirigèrent vers la mer, évitant les grandes avenues, pour leur préférer les ruelles de traverse plongées dans une quasi-obscurité. Il voulut lui prendre la main, mais elle refusa. Elle regardait droit devant, le regard comme aimanté par un dessein secret. Ils avançaient sans un mot, d'un pas rapide. Régulièrement, elle se retournait et jetait un bref coup d'œil derrière elle. Aucun commentaire. Il se dit que, de toute façon, ils ne pourraient pas faire grand-chose s'il leur fallait se défendre. Il fut surpris par ce fatalisme qu'il ne se connaissait pas et se dit que, finalement, mourir avec une fille comme elle dans les bras serait classe. C'est elle qui rompit le silence.

- Je me souviens de la tête que tu as faite quand je t'ai répondu aux Beaux-Arts, la première fois que tu m'as adressé la parole !

Elle ne put s'empêcher de rire en prononçant ces mots.

- Oui, je t'avais sortie de tes songes. Je te revois en train de regarder par la fenêtre vers la Seine et le Louvre, derrière. Et je t'ai demandé si tu avais perdu quelque chose !

Elle ne releva pas ce trait d'humour maladroit et se contenta de poursuivre sur un ton détaché.

- Ben, tiens ! Ton cours sur l'influence du mythologique dans l'art, tu parles d'un sujet marrant…
- Tu es un peu dure.
- Tu veux rire ! Un artiste n'a pas besoin de ces contorsions et de ces soi-disant concepts pour savoir ce qu'il a à faire. Il est par lui-même et basta !
- Mais bon, il faut quand même…
- Arrête ! Tais-toi, Gerson. Tu es trop naïf ou tu me prends pour une demeurée. L'art, tu le sais, c'est la fulgurance, l'énergie essentielle, la force vitale qui entraîne, bouleverse, te met en état de sidération. Pas cette masturbation pour intellos ! Mythes ou pas mythes.

Elle avait parlé avec exaltation. Il la regarda avec une soudaine tendresse, muet, ému par les paroles qu'il aurait lui-même voulu prononcer. Comme si elle avait lu dans ses pensées et se les appropriait à présent ! C'est ce qu'au fond il avait toujours pensé sans avoir eu le courage de se le dire. Il eut honte que cette môme puisse lui donner ainsi une telle leçon d'honnêteté. Bien sûr, il n'aurait pas pu lui dire qu'il n'était pas fier de ce job alimentaire aux Beaux-Arts. De débiter ces propos lénifiants et entendus. Mais quand les huissiers ne te lâchent plus, quand tu as tapé tous tes amis et relations, il faut te résoudre à quelques compromis.

Même si Dorothée et les stups lui permettaient de rester à flot, il fallait qu'il garde un semblant d'indépendance, dans l'attente des clients que Manuel lui promettait mois après mois. Ne serait-ce que par respect de soi.

Ils arrivèrent au bord de la plage Lalla Meryem où quelques rares joggeurs s'entraînaient, profitant de la fraîcheur de l'océan. Ils avancèrent jusqu'à l'eau, le regard perdu au loin, vers la ligne d'horizon où une pâle lueur rougeâtre indiquait que le soleil venait de se faire avaler par les flots. Le silence n'était troublé que par le ressac de la mer et ponctuellement pollué par le vrombissement lointain de quelque jet au décollage. Il frissonna.

- L'éternité, c'est la mer mêlée au soleil.
- C'est de toi ? souffla Myriam
- Non, malheureusement ! De Rimbaud.

Elle ne montrait plus aucun signe d'inquiétude, se gardant de troubler ce moment de contemplation et de complicité avec les éléments. Quand il alluma une nouvelle cigarette, elle s'aperçut que la main qui tenait le briquet tremblait. Elle le prit alors par la taille, dans un geste d'affection spontané qui le calma. Il aurait voulu lui dire à quel point il était heureux d'être là avec elle. Heureux et rassuré. Mais il restait muet, désespérément muet face à cette fille décidée, dont émanaient une énergie et une confiance qu'il n'aurait jamais imaginées quand il l'avait croisée aux Beaux-Arts. Sa nature inquiète et fragile reprenant le dessus, sous ses allures de mec à qui on ne la fait pas, il se força pour lui murmurer :

- Heureusement que je t'ai. Je ne sais pas où j'en serais aujourd'hui. Ton appel est tombé du ciel, l'autre soir ! Merci.

Elle ne répondit rien, se bornant à regarder au loin, vers les innombrables points lumineux qui à présent constellaient la surface de l'océan, témoins d'une intense activité. C'est elle qui rompit le silence dans lequel ils s'étaient installés.

- Viens, asseyons-nous sur ce banc, là. J'ai à te parler.

Il ne posa aucune question et ne montra aucun signe de surprise. On eût dit qu'il s'attendait à une annonce à laquelle il était préparé. Elle fixait le lointain, quand elle commença.

- Ce que j'ai à te dire est très grave. Et aussi très confidentiel. Mais tu dois le savoir pour ta sécurité… et la mienne, accessoirement.

Elle s'était tue, comme si elle en avait déjà trop dit. Il la regardait, les yeux ébahis, tirant nerveusement sur une nouvelle cigarette qu'il venait d'allumer. Il appréhendait ce qu'il allait entendre, car il avait compris qu'elle était du genre à accorder une vraie valeur aux mots. Un poids en quelque sorte. Car les mots, il le savait, sont des armes redoutables. Ils peuvent tuer, en effet. Elle reprit la parole, car elle savait que le temps leur était compté.

- Ça a à voir avec ta sœur et votre engueulade que j'ai entendue, ce matin en me levant ? fit-il comme pour ramener l'annonce à venir à une banale affaire de mésentente familiale.
- Mais non, ça, c'est accessoire. C'est comment dire… c'est beaucoup, beaucoup plus sérieux. – Elle marqua un temps d'hésitation et en profita pour inspirer profondément. – Voilà : je ne suis pas exactement celle que tu crois.
- Hein ?

Il fit un mouvement de recul, le visage exprimant un sentiment d'incrédulité inquiète, comme si elle avait subitement contracté quelque maladie contagieuse.

- Écoute et ne m'interromps pas.

Elle avait baissé la voix, se rendant presque inaudible

- J'ai été chargée de te suivre.

Elle avait prononcé ces mots comme à regret, dans un souffle douloureux.

- Quoi ? Me suivre… Tu peux m'expliquer ? lâcha-t-il en fronçant les sourcils.

Elle jeta un regard circulaire essayant de percer la pénombre. Ils étaient seuls. Pas âme qui vive à la ronde. Elle fixa alors son regard au fond des yeux de Gerson. Son visage faiblement éclairé par les lumières de la Corniche dernière eux avait pris l'aspect d'un masque mortuaire, livide et tendu à l'extrême. Se rapprochant de lui pour murmurer ce qu'elle avait à lui dire, elle reprit.

- Je suis un agent du Mossad. Je collabore avec l'agence depuis bien avant mon arrivée à Paris. J'ai été recrutée en Israël, à la fin de mon service militaire. Je te dirai…
- Non, pas ça ! Tu dis des conneries !

Il avait parlé avec un mélange d'incrédulité et de rage.

- Je te jure que c'est vrai. Pourquoi te mentirais-je ?
- J'en sais rien, moi, bon Dieu ! C'est tellement dingue !

Il s'était calmé pour se concentrer et essayer de comprendre. Il ne la regardait plus, ne pouvant soutenir son regard. La vérité lui apparut comme un éclair aveuglant. Un flash, violent et soudain. Il explosa alors.

- Voilà pourquoi tu m'as appelé l'autre soir alors que je n'avais plus eu de nouvelles de toi depuis des mois !

Comme ça, le jour où le brave Gerson risque de se faire défoncer la gueule.
- Qu'est-ce que tu veux dire ?

« Elle ment mal », se dit-il, convaincu à présent qu'il était embarqué dans une situation beaucoup plus complexe que ce qu'il avait imaginé.

- Ne me prends pas pour un idiot. Gerson, on a trop besoin de lui pour le laisser entre les mains des barbus, c'est ça, non ? Allez, crache-la ton histoire ! Après Kočusz, Gerson. Ça fait désordre !
- C'est vrai. On savait que ton indic avait été liquidé et que tu risquais d'y passer. Qui plus est, tu avais les deux gros bras de ton ex sur le dos. Alors, j'ai reçu instruction de prendre contact avec toi afin d'assurer ta protection.
- Et on peut dire que tu as obéi aux ordres à la lettre !
- Je t'en prie, Frédéric, ce n'est pas facile, tu sais. Je fais ça pour mon pays.
- Disons que tu as été au-delà des ordres de tes chefs !
- Arrête ! Je t'en prie…
- Et le coup dans la poitrine ? C'était un cadeau de bienvenue dans ton univers impitoyable ?
- Krav-maga. Excuse-moi. Je n'aurais pas dû, c'est vrai.

Krav-maga. La technique du *close combat* israélien ! C'était donc vrai. Elle n'avait rien laissé filtrer de cette face cachée de son histoire. La culture du secret, condition essentielle de survie dans le milieu où elle évoluait. Les pièces du puzzle se mettaient en place dans la tête de Gerson.

- Mais dis-moi, qu'est-ce que j'ai à faire avec cette histoire de barbus, au fait ?
- Beaucoup… Tu es complice, peut-être involontaire.
- Tu déconnes. Je n'ai rien fait.

Elle le regardait fixement. Comme s'il lui était devenu soudain étranger. Comme si le rideau était tombé, révélant la vraie nature de leur relation. Elle reprit ses explications, sur un ton qu'il ne lui connaissait pas. Sa voix prenait des intonations gutturales, presque rauques, métalliques. Il se demanda si c'était la pratique de l'hébreu qui requerrait ce type de sonorité sourde, propice au commandement. Ou ses années passées sous les drapeaux, avec Tsahal.

- En haut lieu, à Tel-Aviv, on suit tout spécialement le financement des réseaux islamistes en Europe. Tu es devenu un asset sérieux quand tu es rentré en contact avec ce Serbe.
- Kočusz ?
- Oui, Kočusz. Ton indic dont tu revendais, pas mal d'ailleurs, les tuyaux aux stups. On sait tout, Gerson, tout ! On t'avait à l'œil et les stups français nous tenaient au courant de tes faits et gestes.

Abasourdi, il se figea en rentrant imperceptiblement la tête dans les épaules, s'attendant au pire à présent. Elle le fixait avec un mélange de compassion et de dégoût. Elle resta ainsi de longues secondes à l'observer, comme si elle hésitait sur la conduite à tenir. Elle continua finalement.

- Kočusz nous a involontairement mis sur une piste de grand intérêt concernant un trafic de coke dont il était un modeste maillon, tout comme toi d'ailleurs, mon pauvre Frédéric ! Transitant par le Sénégal et remontant vers l'Europe, ce trafic alimente les fonds secrets des cellules dormantes en Europe, car les transferts en provenance du golfe ou d'Irak sont devenus de plus en plus difficiles avec les banques européennes, Europol, Tracfin et tout cet arsenal censé être dissuasif.
- Rien que ça…

Il essaya de relever la tête pour répondre, mais les mots ne venaient pas. Elle ne lui laissa pas le temps de se défendre.

- Si tu n'as pas encore compris que le comité d'accueil qui nous attendait à l'aéroport ici est la preuve de ton implication dans ce réseau, je ne sais pas quoi te dire d'autre. Tu es grillé, Gerson. Cramé !

Finalement, dans un sursaut de courage, il se redressa crânement, surmontant l'état de sidération dans lequel elle l'avait plongé. Il avoua. Oui, il avait bien employé ce Kočusz. Oui, les infos qu'il refilait aux flics lui permettaient d'agrémenter ses fins de mois. Oui, il avait plaqué l'avocate pour sauver sa dignité et retrouver sa liberté. – « Tiens », se dit-elle, « il parle de dignité ! Il serait temps. » – Oui, sa vie était une galère, loin de ce qu'il pensait faire croire. Ses tableaux prenaient la poussière dans l'atelier et les promesses de son marchand, ce foutu Manuel, ne se concrétisaient jamais.

- Je sais tout ça, se contenta-t-elle de souffler d'un ton las. Tu me l'as déjà raconté. Tu te répètes, Gerson !

Il reprit. Et oui, surtout, il avait sauté sur l'occasion quand elle l'avait appelé autant pour trouver une solution à son problème de logement avec les deux cinglés à ses trousses que pour la retrouver, n'arrivant pas à l'oublier depuis leur rencontre aux Beaux-Arts. En prononçant ces dernières paroles, des larmes lui vinrent aux yeux. Il lui avait saisi les mains qu'il serrait à présent à les broyer. Sur son front, des perles de transpiration apparurent.

- Tu ne me crois pas ?

Il avait hurlé, mais sa voix se perdit dans l'obscurité. Ses yeux l'imploraient à présent. Elle eut un mouvement de recul, une expression de dégoût sur le visage. Elle libéra ses mains d'un geste brusque. Il reprit de plus belle.

- Et tu me balances cette histoire à dormir debout ! Insensé, totalement fou ! Il faut que j'avale ça ? Que tu bosses pour…

Il se retint à temps pour ne pas lâcher cette info comme une grenade dégoupillée capable d'ameuter les rares promeneurs sur le boulevard de la Corniche à quelques dizaines de mètres au-dessus.

- Ah, si j'avais su. Bravo, le double langage ! J'ai été trop con !

Elle ne répondit pas et se leva d'un bond. Elle se dirigea d'un pas pressé vers les lumières de la ville et il la suivit bientôt, quelques mètres en retrait, résigné et las.

-o-o-o-o-o-

Ils prirent le train le lendemain dans l'après-midi pour Marrakech où, sur les conseils de Yaël, ils pourraient attendre la suite des événements, anonymes à l'abri au milieu du flot de touristes. Ils prirent leurs quartiers dans un modeste meublé recommandé par Yacine, sur la route de la palmeraie. Plus sûr que la médina, qui pourrait se révéler un coupe-gorge fatal s'ils devaient quitter les lieux précipitamment. Situé, près de la sortie nord de la ville, parfait s'il fallait organiser une exfiltration discrète.

C'est Gerson qui avait suggéré Marrakech. Il n'avait pas pris la peine de lui expliquer son choix. Pas la peine de compliquer la situation, s'était-il dit. Elle n'avait d'ailleurs posé aucune question. Savait-elle aussi que c'est là qu'avait commencé son histoire avec Dorothée ? Il ne pouvait pas croire qu'elle sache ça aussi. Mais avec elle, rien d'impossible…

Quarante-huit heures s'écoulèrent à faire semblant de jouer les amoureux, car ils devaient rester très prudents. Yaël l'avait prévenue que les intégristes étaient présents partout dans le royaume même si les services de M6 tenaient le pays bien en mains pour le moment. Mais il ne fallait pas exclure que leur signalement ait été transmis aux cellules dormantes des principales villes. Donc, profil bas et patience.

Patience, c'est justement la qualité dont Gerson disposait le moins. Oubliant déjà qu'il lui devait une fière chandelle, il retrouvait peu à peu son arrogance et son caractère inutilement autoritaire. Quand elle lui avait lancé : « Tu es autoritaire, mais tu n'as pas d'autorité ! », il s'était retenu de la gifler, se rappelant au dernier moment qu'il avait affaire à une guerrière entraînée sur laquelle il n'aurait pas le dessus facilement. Ou pas du tout, d'ailleurs.

Il avait encore du mal à croire que cette fille superbe puisse faire partie du redoutable Mossad. Et qu'elle avait manigancé, sur ordre, leur relation. Elle l'avait suivi, épié, contrôlé à son insu. Pour finalement le séduire afin de mieux endormir sa méfiance. C'est vrai qu'elle n'avait pas eu à forcer son talent pour y arriver. Comment résister à Myriam Qorah ?

Il venait de comprendre en un flash qu'il n'était qu'un des éléments d'une gigantesque partie de puzzle sur laquelle il n'avait aucune prise. Quand, en effet, il avait sollicité son aide en panique, c'était en réalité la suite logique d'une séquence qu'elle avait programmée. Il avait cru, naïvement, qu'elle l'accueillait pour le retrouver, lui l'artiste séducteur et paumé. Mais non, rien de naturel ni de spontané. Et pourtant, ne put-il s'empêcher de penser, elle ne faisait pas semblant quand elle s'était abandonnée dans ses bras. Cette fougue, cette sensualité, c'était quoi alors ? Il avait encore en tête le râle langoureux qu'elle émettait, les yeux révulsés par le plaisir. Ça aussi faisait partie de la mission qui lui avait été confiée par ses chefs ?

Dans le meublé dont ils ne sortirent que pour prendre l'air à la nuit tombée, la vie à deux était pénible. Elle avait décrété qu'ils ne devaient plus dormir ensemble et, voulant la jouer grand seigneur, il avait investi un canapé fatigué sur lequel il avait réussi tant bien que mal à fermer les yeux quelques heures, cette première nuit. Le lendemain, tôt levée, elle avait décidé de faire un saut dans le quartier juif, pour visiter la synagogue Salat al Azama, à deux pas de la place Jemaa el-Fna. C'était sa première visite à Marrakech et elle avait déclaré qu'elle n'y retournerait peut-être pas de sitôt. Alors, mieux valait en profiter.

Il la rejoignit dans la rue, car elle avait, de toute évidence, décidé d'y aller seule. Ne supportant pas de rester oisif, il s'était habillé vite fait et l'avait rattrapée alors qu'elle venait de monter dans un taxi qui passait par là, à cet instant précis. La ville était déjà très active, les rues investies par des bataillons de petits métiers, de livreurs en tout genre, de marchands se pressant pour aller rejoindre un marché ou une échoppe dans le centre de la ville. Un brouhaha continu de bruits de rue classiques et de circulation apoplectique les accompagna jusqu'à la place Jemaa el-Fna où ils abandonnèrent leur taxi pour s'enfoncer à pied dans le dédale des ruelles de la médina, à la recherche de la synagogue dans le quartier du Mellah.

Elle marchait d'un pas rapide, mécanique, comme pour le semer. Il dut faire un effort pour ne pas se laisser distancer et se rendit compte que le souffle lui manquait. Il se dit qu'il faudrait qu'il arrête un jour la cigarette. Encore une résolution dont il savait qu'elle ne servirait à rien. Tout en avançant dans la foule bigarrée de cette matinée de printemps, il ne put empêcher son esprit de vagabonder. Il se revit quelques années auparavant, suivant Dorothée dans les souks, non loin de là, au bras de ce type qu'il allait rapidement évincer. Qu'il était loin ce temps. Cette légèreté, cette insouciance qui ne le lâchaient jamais à l'époque. Quand chaque jour apportait son lot de conquêtes, de jouissances, de satisfactions. La peinture, l'amour, les amis, la fête. 24 heures sur 24 à jouer les épicuriens insouciants.

Et un jour, sans crier gare, sa vie avait basculé finalement sans qu'il s'en rende compte. Il supportait de moins en moins les crises de jalousie de Dorothée même si les contreparties que celle-ci lui offrait en valaient largement la peine. Mais il avait finalement été rattrapé par le virus de la liberté et ça a un prix. Il s'y attendait, mais ne pensait pas qu'il serait aussi élevé. Comment n'avait-il pas pris garde à ce qui se tramait autour de lui ? Comment avait-il pu se laisser abuser par ses propres démons ? La facilité, toujours. Il croyait faire acte de bravoure, mais ça avait été pour tomber dans d'autres combines encore plus minables. Et finalement, pour s'éprendre d'une fille qui l'avait baladé et, à présent, le larguait ? Quelle nullité, sa vie.

- La voilà donc une des dernières synagogues du Maghreb ! Ici depuis 1492. Elle ne représente plus grand-chose, si ce n'est un monde disparu. Et encore, les Marocains sont plutôt sympas avec la communauté, ou ce qu'il en reste.

Elle avait parlé pour elle et, sans attendre sa réaction, pénétra dans le bâtiment dont la façade modeste ne pouvait pas laisser penser, si ce n'était par une discrète inscription en hébreu, qu'il abritait la mémoire d'une culture ayant prospéré en des temps plus propices au dialogue et à l'échange.

Il se sentit de trop et resta sur le trottoir, profitant de ce répit pour griller une énième cigarette.

-o-o-o-o-o-

Ils arrivèrent tôt le lendemain matin à l'aéroport, parmi les premiers à faire la queue pour acheter un billet sur le premier vol à destination d'Orly.

- Orly ? Mais ça va pas ? lâcha-t-il en l'entendant prononcer ce mot lorsqu'elle s'adressa à l'employée du comptoir de la Royal Air Maroc.
- Laisse tomber. Je t'expliquerai plus tard, fut la réponse laconique qu'il s'attira.

Ils embarquèrent sur le premier vol alors qu'il était toujours dans l'attente d'une explication. Revenir se jeter dans la gueule du loup ! Complètement insensé. Il était perdu et totalement démuni, face à Myriam qui affichait une détermination absolue.

La veille dans la soirée, à peine rentrée à la pension après un bref détour par un kebab minable, elle était sortie pour téléphoner dans la rue, loin de lui. Restée une bonne demi-heure dehors, elle était rentrée l'air sombre et décidé pour lui dire qu'ils partiraient le lendemain à l'aube, sans préciser leur destination. Lui, au contraire, n'avait pratiquement pas fermé l'œil de la nuit, passant en revue toutes les hypothèses et les possibilités d'affronter la situation, sans arriver à n'en privilégier aucune. Fuir, oui, mais où ? Rentrer, pourquoi pas, mais pour se cacher chez qui ?

Il se demandait encore ce qu'elle avait prévu pour assurer leur sécurité alors que l'avion était en train de prendre son envol sur la piste. Elle se pencha vers lui et lui murmura d'un ton neutre :

- On rentre et on va le faire savoir. On ne se cache pas ! On est visible et on fait comme si on s'en foutait.
- T'es cinglée ! C'est totalement insensé. Ils vont nous repérer et on n'ira pas loin. Tu oublies que j'ai les gros bras de Dorothée sur le dos !
- Oui, mais ce qui nous intéresse, ce sont les types qui assurent le contact avec les réseaux. Ceux d'AQMI, surtout. Tes deux épouvantails, on n'a pas grand-chose à craindre d'eux.
- Tu veux rire ? Ils sont capables de me défoncer le crâne et ils sont payés pour ça. Bon Dieu, t'es inconsciente ! T'en as rien à foutre.
- Tu permets, qui nous a foutus dans cette merde ? Toi ou moi ? Qui s'est fourvoyé avec ces excités ? Toi ou moi ?
- Arrête ! C'est ce que tu attendais. Tu m'as bien manipulé avec ta belle petite gueule et ton petit cul ! Toi aussi tu

étais payée pour ça. Pour faire la pute ! Personne n'est propre dans cette histoire.

Il avait parlé entre ses dents, se retenant d'exploser. Ses yeux, injectés de sang, étaient des lames et son haleine exhalait une forte odeur de nicotine. Elle ne laissa rien paraître du dégoût qu'il lui inspirait, car elle avait appris à encaisser, même l'innommable. Ça faisait partie de sa formation. Résister à toute forme d'agression, d'où qu'elle vienne et où qu'elle tente de la toucher. L'entraînement des services spéciaux de Tsahal avait du bon : au moins, elle n'avait jamais eu plus peur de rien. La passagère devant eux se retourna et leur vrilla un regard assassin. Il se tut. Pas besoin de faire un esclandre ici.

Elle finit par lâcher dans un murmure, avant de se retourner contre le hublot et de faire semblant de chercher à s'assoupir pour ne plus l'entendre :

- Maîtrise tes nerfs, Gerson. Tu vas en avoir besoin !

-o-o-o-o-o-

Arrivés à Orly, ils avaient pris un taxi. Il les déposa à l'entrée du métro station Châtelet, où ils s'engouffrèrent au pas de charge, Gerson suivant Myriam qui, visiblement, savait où elle voulait aller. Ils prirent une rame direction Château de Vincennes non sans que Myriam ne surveille les allées et venues sur le quai pendant les deux minutes qu'ils y passèrent à attendre. À la station suivante, Hôtel de Ville, hop ! Ils étaient dehors, se hâtant de gagner le département bricolage au sous-sol du BHV dont les couloirs communiquent avec ceux du métro. Elle savait où elle voulait aller, car elle se dirigea d'un pas décidé derrière le rayon outillage vers une porte « Service » qu'elle ouvrit de façon naturelle, comme si elle faisait partie du staff du magasin. Ils ressortirent quelques instants après par un accès « Réservé personnel », dans la rue de la Verrerie. Ils trouvèrent un taxi rue des Archives qui passait par là, peu après, et qui les déposa une demi-heure plus tard devant un immeuble bourgeois du cours de Vincennes.

Elle consulta son mobile pour récupérer le code d'accès et quelques instants plus tard, après avoir monté prestement trois étages, lui peinant à la suivre, elle introduisit une carte plastifiée dans un boîtier qui libéra la porte d'entrée d'un appartement sobrement meublé. Elle tira les rideaux et alla se servir un verre d'eau minérale dans le frigo.

- Je te sers quelque chose ? fit-elle, sur un ton qui se voulait naturel.
- On est où, ici ? Tu m'expliques ?

Gerson était perdu et ne comprenait rien de ce qu'elle tramait. Il paraissait sous emprise, totalement dépassé. Elle le dévisagea, l'air soudainement bienveillant, et lui souffla :

- T'inquiète pas ! On est en lieu sûr. C'est une de nos planques. Mon studio, c'était grillé. Tu avais été suivi et ici, au moins, on sera tranquille.
- Je n'y comprends plus rien. J'ai l'impression que tu me manipules comme un vieux con !

C'est vrai qu'elle l'avait à sa disposition maintenant. Et complètement. Il était dépendant de son bon vouloir, de ses décisions, bonnes ou mauvaises, de ses humeurs. Pour sa sécurité, pour sa survie même. Et il n'avait même plus un toit sous lequel se réfugier !

Cette compassion inattendue abandonna Myriam qui retrouva vite le sens de l'action, pour lui dire de façon définitive :

- Je vais t'expliquer, si tu ne m'interromps pas. OK ?

Il ne répondit pas, se contentant de la dévorer des yeux. À ce moment précis, oubliant le caractère surréaliste de la situation, il eut envie de la renverser sur le lit, de lui arracher jean et T-shirt et de la pénétrer comme un possédé. S'oublier en elle, partir loin de tous ces soucis, de cette vie sans queue ni tête, frustrante à en mourir, jamais établie, jamais reconnaissante des efforts qu'il faisait pour y jouer un rôle conforme à ce qu'elle semblait attendre de lui : artiste engagé, témoin des contorsions de son époque, repère pour sa génération face à la marchandisation du monde qu'il dénonçait dans son art.

Devinant ses pensées, elle l'entraîna dans la cuisine, se mit à préparer un café et se hâta de commencer pour le faire redescendre sur terre.

- Là où nous sommes, ils ne nous trouveront pas !
- Le métro, le BHV, c'est sûr ça ? Ça fait mauvais James Bond…
- T'inquiète ! C'est un parcours étudié pour semer n'importe qui. On l'a testé avec les spécialistes maison et c'est hyper sécure. Et si on devait, on a de quoi les recevoir, continua-t-elle avec assurance.

Elle se baissa sous l'évier, démonta un panneau dissimulé sous la paillasse et en sortit une housse en cuir noir qu'elle brandit comme un trophée. Un sourire radieux irradiait son visage tandis qu'elle observait Gerson. Déposant la housse sur la table, elle poursuivit, en l'ouvrant avec une forme de cérémonial qui intrigua celui-ci :

- Deux automatiques Jericho 941 avec une boîte de balles 9 mm. Avec ça, on peut tenir un siège !
- Tu es folle ! fit-il, le regard aimanté par le métal noir mat, métaphore d'une mort efficace et propre.
- Et toi, un grand naïf. Ce qui ne me surprend pas.

Elle s'était assise de l'autre côté de la table et le regardait à présent intensément, en poursuivant :

- Le projet est simple : on va jouer les appâts. On va se montrer dès demain matin à ton atelier, aller et venir comme si on n'avait rien à se reprocher. Et on va les laisser venir à nous.
- Sans moi !

Il avait bondi de sa chaise comme un ressort et commença à arpenter la pièce en tirant rageusement sur sa cigarette. Il évitait son regard, levant les yeux au ciel comme pour invoquer une improbable intercession divine. Elle continua.

- Au fait, les deux porte-flingues de ton ex, ils sont déjà hors-jeu.
- Comment ça, hors-jeu ?
- Hors-jeu, ça veut dire qu'ils ont déjà oublié que tu existes !
- Qu'est-ce que ça veut dire ?

Plutôt que la satisfaction qu'il aurait dû éprouver de se voir libéré de cette menace, il réalisa soudain qu'il était en face de forces largement supérieures à celles qu'il aurait pu imaginer. Elle prit le temps de lui répondre.

- Tu comprends le français ou non ? Tes deux mecs, *adios* ! On n'en parle plus. Bon, maintenant, parlons sérieusement. Tu m'as dit que la coke arrivait du Sénégal. Exact ? Et de là, on la retrouve dans le sud de l'Espagne d'où elle est dispatchée dans toute l'Europe. Toujours exact ? Quoi d'autre ?
- Tu sais tout.
- À d'autres ! Je veux tout savoir de ce que tu as raconté aux stups. Tout, tu m'entends !
- Et pourquoi, ma « chérie » ? fit-il moqueur, faussement détaché, appuyant de façon théâtrale sur le mot.
- On ne va pas tourner autour du pot. Si ce n'est pas à moi que tu parles, tu verras avec mes collègues. Tu saisis ?

Il saisissait, en effet. Il n'était pas du genre à jouer les valeureux. En aucune façon, il n'aurait voulu se trouver en face de ces guerriers redoutables, capables de frapper n'importe où, de n'importe quelle façon. Quand on a sauvé un peuple de quelques millions d'individus de l'anéantissement programmé par plusieurs centaines de millions d'autres qui veulent les jeter à la mer, si possible après les avoir refroidis, on est capable de gérer n'importe quelle situation. Alors, le cas Gerson… Ça les aurait fait rire, se contenta-t-il de penser avant de se racler la gorge, de s'allumer une cigarette et de commencer.

- Il y a un mec qui est le relais dans la région parisienne. Une sorte de grossiste auprès duquel Kočusz s'approvisionnait. Lui, il doit savoir des trucs.
- Eh bien voilà ! Tu vois que tu en sais des choses quand tu veux t'en souvenir ! Et comment il s'appelle ce mec et où il vit ?
- Alex. Il est basé dans l'Essonne. Au sud de Paris.
- Oui, c'est vrai, tu m'en avais parlé.

Elle enregistre tout, se dit-il. Quelle mécanique intellectuelle ! Une machine de guerre, cette nana !

- Tu oublies de dire que vous dealiez aussi de l'héro. Pas vrai ? Avec ça, les stups ils te tenaient par les couilles, continua-t-elle en enfonçant le clou.

Il baissa la tête. Elle savait tout. Il aurait voulu être n'importe où. Surtout pas en face de cette fille, qui le renvoyait sans ménagement à sa vie de merde et à ses arrangements minables.

- Pas très glorieux, Gerson.

Elle semblait avoir définitivement oublié de l'appeler par son prénom.

- J'en conviens... Mais vu l'état de mes finances, je n'avais même plus de quoi acheter mes toiles.
- Mais ton ex t'entretenait, non ?
- Oui et non. Elle me maintenait à flot, on dira.
- J'avais cru comprendre que tu lui avais emprunté du fric.
- Oui, en effet. Elle m'a prêté deux cent cinquante mille euros, soi-disant pour acheter un atelier à Montreuil, mais j'ai claqué le fric bêtement. Poker et autres conneries. Quand elle l'a su, ça a été la guerre. Donc, j'avais besoin de faire rentrer du blé, pour rester à flot.
- Voilà qui est clair ! Tu aurais été mieux inspiré d'en faire cadeau à l'Armée du Salut ? ne put-elle s'empêcher de remarquer sur un ton sarcastique.

Il ne réagit pas et détourna le regard pour ne pas avoir à l'affronter et lui donner plus de détails sur les « autres conneries » pour lesquelles il avait claqué ce fric.

- Et tu avais le temps de peindre, avec tout ça ?
- Oui, quand même. Mais rien de ce que je sortais ne me plaisait. J'ai beaucoup détruit.

Il voulut poursuivre sur la grande misère des artistes, sur leur souffrance, leurs frustrations. Elle l'écoutait d'une oreille distraite, car elle n'arrivait pas à se convaincre que sa vie était un enfer. Entretenu, logé nourri, choyé. Pas glorieux, en effet, le soi-disant prof qui, aux Beaux-Arts, insistait sur l'engagement, la prise de risques, l'honnêteté intellectuelle.

Elle l'interrompit vite en lui tapant sur l'épaule pour le ramener à la réalité :

- Allez, on a compris. On va revenir sur terre. Il faut qu'on remonte la filière.
- Oui. Je m'en doute. Et... et comment tu comptes t'y prendre ?

Il était à présent conciliant. Disparues les velléités de libre arbitre. Il attendait la suite, suspendu à ses lèvres, se doutant que le programme allait être corsé. Elle n'eut pas de mal à le convaincre qu'avec un peu de méthode et de patience, ils auraient bientôt trouvé le mec en question.

Longjumeau, c'est la seule info que Gerson avait en mémoire. Et Kočusz lui avait indiqué le Temps Perdu, un bistrot de quartier tranquille et discret où il donnait rendez-vous à cet Alex. C'est là qu'ils se retrouvaient quasiment chaque semaine pour échanger dope contre cash. Les types des stups laissaient faire, surveillant les deux complices et attendant que la situation évolue vers du concret. Notamment en amont, vers les sources d'approvisionnement.

Là, c'était plus compliqué, car il fallait aller au contact sans se faire repérer, ce qui n'était pas simple avec ces réseaux hyper prudents, cloisonnés et quasi professionnels. C'est dire si l'aide que leur apportaient les services israéliens les avait séduits et qu'ils étaient près, encore plus que de coutume, à apporter leur soutien en France à cette jeune femme qu'ils avaient aperçue au bras de l'artiste quand ils avaient appris qu'elle travaillait pour le Mossad.

C'en était assez pour Myriam. Elle se leva et enfila une parka. Dans l'une des poches internes, elle y glissa un des deux Jericho, remettant l'autre sous l'évier. Gerson fut presque déçu qu'elle ne lui propose pas de le prendre sur lui. Elle le regarda d'un air apitoyé, comme pour dire : « Tu risques de te faire mal avec ce truc, mon pauvre Frédéric ! »

-o-o-o-o-o-

Le bar du Temps Perdu méritait bien son nom. Situé à l'entrée d'une impasse, dans une zone pavillonnaire, le temps s'y était arrêté dans les années 70. Façade en acier brossé, intérieur en plastique aux couleurs vives, débauche de néon au-dessus d'un bar en laiton rutilant. Même le patron, surveillant depuis la caisse son territoire tel un mac sur son trottoir, était raccord avec sa chemise orange boudinant un ventre flasque et ses rouflaquettes à la Johnny.

Il les regarda pénétrer dans son établissement avec méfiance et les accompagna du regard tandis qu'ils se dirigeaient vers le fond de la salle, vide à cette heure précédant le coup de feu du déjeuner. De la cuisine attenante parvenaient des bruits de casseroles et un air de Mireille Mathieu. Image et son, pas une faute de goût ! « Ce qui reste de la culture des Trente Glorieuses », se dit Gerson, qui prit un air navré pour l'occasion, en levant les yeux au ciel. Une odeur de friture rance acheva de le convaincre qu'ils ne devaient pas traîner ici.

Le taulier les laissa patienter vingt minutes avant de daigner se déplacer d'un pas nonchalant pour prendre leur commande. Gerson en avait profité pour tenter de restaurer son image, passablement écornée par les derniers rebondissements. Myriam l'écoutait d'un air détaché débiter les poncifs habituels de l'artiste incompris. Elle le regardait d'un air dubitatif, distante et imperturbable, débiter son monologue ; il avait la mine défaite et piteuse d'un gamin pris en flagrant délit d'un médiocre larcin.

Le type du bar venait de balancer sur leur table les deux expressos qu'ils lui avaient commandés. Gerson se retourna et, s'adressant à lui, lança d'une voix neutre :

- Dites, je voulais vous demander. Vous avez vu Alex, récemment ?
- Qui ça ? fit l'autre en retournant vers son bar.
- Alex, un de mes vieux amis dont je n'ai pas eu de nouvelles depuis l'année dernière. Il m'avait dit qu'il avait toujours ses habitudes chez vous.
- Écoutez, je… je ne connais pas cette personne, répondit le type, s'étant retourné pour répondre en faisant une moue qu'il voulait dubitative.

Là-dessus, il leur tourna le dos et s'en alla rejoindre son bar. Les clients commençaient à arriver pour le déjeuner. Ils n'obtiendraient rien de plus du type. Ils quittèrent le bistrot après avoir avalé prestement leur médiocre café.

- Même son café est franchement dégueu ! ne put s'empêcher de commenter Gerson quand ils passèrent devant le type, qui fit semblant de ne pas entendre, faussement concentré à remplir les verres de ses clients au comptoir. Avoir une enseigne qui fait penser à Proust, pour une gargote aussi minable, il n'a peur de rien ce con ! conclut-il lorsqu'ils se retrouvèrent sur le trottoir.

Le patron du Temps Perdu était perplexe. D'un naturel méfiant et taiseux, il était d'autant plus porté à l'amnésie ce jour-là que les circonstances lui semblaient ne rien présager de bon. Bien sûr qu'il voyait Alex régulièrement. C'était même un de ses grands amis. Habitant comme lui le quartier de la Motte Blanche depuis leurs années d'adolescence. Dans quelle galère était encore parti se fourrer Alex ? Il se dit qu'il fallait qu'il le prévienne sans attendre.

Dans la rue, Gerson se crut obligé de lâcher :

- J'aurais pu parier qu'on est venu pour rien.
- Patience, mon petit Fred ! Patience.
- Qu'est-ce que tu veux dire ?

Elle ne répondit rien et lui adressa un sourire énigmatique. Décidément, cette fille était incroyable. Jamais en manque d'optimisme. Donnant toujours l'impression qu'elle contrôlait la situation, qu'elle n'était jamais à court de solutions. Il prit le parti de se taire et de lui faire confiance. De toute façon, il avait déjà intégré qu'il n'était plus maître de la situation. Alors, à quoi bon lutter ?

Ils s'éloignèrent tranquillement et, pour faire bonne mesure, elle lui prit le bras en fredonnant un air qu'il ne connaissait pas. Des paroles qu'il prit pour de l'hébreu, mais où revenait l'expression *Inch'Allah*. Comment ne pas être troublé ?

Ils marchaient depuis une dizaine de minutes et il se disait que décidément ils ne tireraient rien du type du bar quand le portable de Myriam se mit à vibrer dans la poche de sa parka. Quelques mots échangés en hébreu et elle se mit à sourire et leva un pouce en l'air en signe de victoire.

- C'est bon ! On va le coincer, ton Alex !
- Tu peux m'expliquer, fit Gerson, l'air furieux de ne pas saisir ce qui se tramait.
- Il va se pointer dans une demi-heure au Temps Perdu !
- Comment tu sais ça, toi ?
- Mes amis du service ont intercepté l'appel du patron du bar à son copain Alex. Et ils ont aussi son numéro de portable. On aura bientôt aussi son adresse.
- Mais… Vous faites comment ?
- T'inquiète. Avec les collègues français, on se rend des services, consentit-elle seulement à dire en guise de commentaire.

Ils patientèrent dans les rues attenantes et retournèrent, trois quarts d'heure plus tard, près du bistrot qui, entre-temps, s'était rempli pour le déjeuner, tout en se gardant de se faire repérer. Une clientèle bruyante d'employés des bureaux voisins s'y pressait et Gerson se dit que ce serait compliqué d'identifier Alex dans cette pagaille. Relevant le numéro de l'établissement sur le store en tissu défraîchi, Myriam le composa alors sur son portable. Gerson commençait à comprendre. Quelques instants plus tard, le patron du Temps Perdu tendait son combiné de comptoir à un type d'une quarantaine d'années, petite taille, bedonnant, moitié chauve et porteur de lunettes roses. Une espèce de faux intello dans le genre que haïssait particulièrement Gerson. Ces mecs qui n'ont jamais pris de vrais coups dans la gueule, des entretenus du système, passant d'une boîte de com à une assoce culturelle ou à une pseudo ONG, histoire de se faire entretenir pour pas grand-chose en contrepartie, si ce n'est un suivisme docile et une échine prête à se plier à toute idéologie prêt-à-penser.

Ils n'eurent aucun mal à suivre Alex lorsque celui-ci ressortit du bar après avoir avalé un demi au comptoir et échangé quelques mots avec le patron. Le type avait l'air soucieux en sortant après avoir attendu en vain un hypothétique nouvel appel, après que Myriam eut évidemment interrompu le sien brutalement. Deux rues plus loin, ils le serrèrent contre une palissade de chantier. Le type ne fit aucune difficulté et ne chercha pas à s'échapper. C'est vrai qu'elle lui avait montré la crosse de son Jericho qui dépassait de la poche interne de sa parka. On eût dit qu'il s'y attendait. Tandis qu'elle le tenait à l'œil, elle composa un numéro sur son portable et prononça quelques mots en hébreu, sous le regard absent du type qui n'avait pas l'air de réaliser ce qui lui arrivait.

Quelques minutes plus tard, un van Mercedes noir aux vitres teintées vint se garer à leur hauteur. La porte coulissante s'ouvrit et un homme jeune de type méditerranéen, cheveux ras, lunettes de soleil, perfecto, jeans et casquette, en sauta. En quelques secondes, Alex fut propulsé à l'intérieur du véhicule par le jeune type sous l'œil attentif de Myriam. L'instant d'après, le van disparaissait sans bruit à l'angle d'une rue avoisinante.

Gerson avait assisté à la scène dans un état de quasi-sidération. Un mauvais polar, ne put-il s'empêcher de penser. Sauf que là, il en était un des acteurs. Et pas le plus brillant.

-o-o-o-o-o-

Il retrouva son atelier avec émotion. Il n'avait fait aucune difficulté à y retourner, sachant pourtant qu'il risquait gros à présent, surtout après l'épisode Alex. Mais il voulait montrer à Myriam qu'il avait le cran d'affronter les barbus. Et puis, quelques jours loin de sa tanière, c'était une forme d'abandon, de désertion. Ce qui le distinguait socialement, ce à quoi il devait son statut, c'était bien ces soixante-dix mètres carrés encombrés, ces murs dégradés, ces quelques meubles fatigués, ces cendriers pleins à ras bord, ce lit perpétuellement défait, et surtout, cette accumulation de cadres, de toiles inachevées, de pinceaux et de tubes. Son univers, son territoire.

Il retrouva le même désordre, la même pagaille. Le temps s'était arrêté. Un paquet de lettres glissées sous la porte jonchait le sol. Gerson les écarta du pied, sans prendre la peine de les ramasser pour les lire. Il jetait des regards anxieux autour de lui, ouvrant un placard, pénétrant dans la pièce attenante qui faisait office de cuisine, regardant derrière la porte. Elle n'aurait pas pu s'empêcher de sourire devant sa naïveté. Croyait-il que les autres s'étaient cachés là pour l'attendre ? Il pensa qu'elle se serait même attendue à ce qu'il se mette à plat ventre pour regarder sous le lit ! Heureusement, elle n'était pas là pour être témoin de son anxiété.

À un ami, qui s'était dit choqué qu'il vive dans un tel taudis, il avait rétorqué : « Mais tu n'as jamais vu l'atelier de Bacon ! ». C'était sa façon à lui de se raccrocher à une histoire plus grande que lui, qui le dépassait et, le croyait-il, le portait vers un avenir radieux. Qui justifiait aussi tous ses errements, ses bassesses. La passion pour son art. Comme une maîtresse dévoreuse de son temps, de son cœur, de son moi. Qui gérait ses pulsions, ses élans, organisait sa vie à son insu. Y compris dans ses aspects les plus matériels.
Dans la cour, Mimi la gardienne, lui avait balancé sur un ton de reproche complice :

- Alors, M'sieur Frédéric, on était parti sans dire au revoir !
- Tout va bien, Mimi. Je n'étais pas loin. Une affaire urgente à régler.
- Eh, vous en avez du courrier ! Ne vous prenez pas les pieds dedans en entrant chez vous !

Le courrier, ça faisait longtemps qu'il ne l'ouvrait plus. Les bonnes nouvelles, trop rares, elles ne venaient pas par la poste, pour commencer. Il se contentait d'empiler les enveloppes en se disant qu'elles finiraient bien par disparaître un jour ou l'autre et les messages qu'elles contenaient aussi. Et Dorothée passait de temps en temps pour faire le tri afin de lui éviter l'expulsion. Ce temps-là était à présent derrière lui et il lui faudrait d'une façon ou d'une autre y faire face. Demain, se dit-il, comme chaque fois qu'il pensait à ses problèmes d'intendance. Demain, c'est parfois une éternité quand on vit la tête dans les étoiles.

Mais lui n'y croyait plus aux étoiles. Il était redescendu sur terre en s'engueulant de façon définitive avec elle. Il avait pris le large de son assurance-vie, de sa protectrice, de façon définitive. D'autant plus qu'il se sentait attiré par cette fille tellement étrange, différente, magnétique aussi. Un goût de miel et une odeur de soufre en même temps. Dorothée, c'était bien loin.

Du palier lui parvint soudainement un bruit étouffé, comme un gros sac de voyage qui tombe lourdement sur le plancher. Un bruit lourd et mat. Les échos d'une discussion à peine audible se firent aussi entendre. Puis des bruits de pas et comme le frottement d'un poids inerte qu'on traîne sans ménagement. La seconde suivante, on frappait violemment à sa porte. Il tenta d'imaginer une parade, mais où aller ? Les ateliers d'artiste sont rarement conçus comme des casemates. À part sauter dans la rue du cinquième étage, peu de chance de s'échapper.
Dans un état second, il ouvrit la porte et se trouva nez à nez avec le jeune mec du van qui avait piloté la veille l'enlèvement d'Alex. Celui-ci le repoussa violemment à l'intérieur tandis que deux autres, plus âgés, costauds, le cheveu ras et le visage fermé, le suivaient à l'intérieur, portant un corps inerte qu'ils déposèrent sans ménagement dans la pièce principale. Dans l'encadrement de la porte, telle une madone dans un halo irréel, apparut alors Myriam qui lui souriait. Il se ressaisit vite pour lui lancer :

- Tu m'expliques, merde ?
- On se calme, Gerson. Ferme la porte et écoute-moi.

Il s'exécuta prestement. Pas envie que Mimi ou une autre curieuse vienne fourrer son nez chez lui. Les trois types avaient commencé à ficeler le corps qu'ils avaient estourbi et qui se mettait déjà à bouger, sortant de son coma. Ils finirent en lui barrant la bouche d'une triple épaisseur de scotch. Du travail de pro, se surprit à penser Gerson. Ils ont dû le cogner juste ce qu'il fallait.

- Mais, bon Dieu, qu'est-ce que vous allez en foutre ? Et d'abord, c'est qui, ce mec ?
- Ce mec, il venait pour toi. Et pas pour te fêter ton anniversaire, mon petit Fred ! Regarde !

Dans le creux de la main, elle tenait un cran d'arrêt encore ouvert qu'elle lui mit sous les yeux. Gerson recula, un rictus d'effroi sur le visage. Il comprit alors en un éclair qu'il venait de changer de monde. Elle perçut son trouble et commenta avec un sourire :

- Bienvenue dans la vraie vie ! Ne fais pas cette tête, on va t'expliquer. Puis, s'adressant aux autres, elle continua en hébreu. *Vous me donnez un moment, OK ? Je dois lui parler, à ce goy,* fit-elle en désignant Gerson du regard.

Elle se tourna vers Gerson pour résumer sur un ton neutre les dernières informations dont elle disposait. Ce type, là par terre, venu pour lui trancher la gorge, était la première réaction du réseau et il y en aurait d'autres, commença-t-elle. Ses chefs, inquiets de ne pas avoir de nouvelles d'Alex, avaient décidé que lui, Gerson, devait être liquidé. Kočusz avait dû parler avant de se faire refroidir, pensa-t-il avec effroi.

- Mais comment as-tu fait pour apprendre ça ? réussit-il à articuler.

Myriam recula, soudain gênée par l'odeur de transpiration rance mêlée à celle de tabac froid qu'il exhalait, signe d'une tension extrême.

- Cette question… Tu n'as pas encore pigé, Gerson ? Nos amis des stups ! Ils ont intercepté plusieurs de leurs conversations.

Elle ajouta, un sourire sarcastique aux lèvres, que si les trafiquants avaient su que le Mossad était derrière tout ça, ils auraient envoyé un commando autrement plus efficace que ce type et son équipement de boy-scout !

- Mais les stups… vous êtes cinglés ? Je les connais, les mecs des stups, ce ne sont pas des nazes. Ils vont rappliquer et vous coffrer. Enlever un mec en plein jour et en faire disparaître un autre le lendemain. On n'est pas à Beyrouth, ici. Ça ne va pas passer inaperçu !

C'est vrai qu'Alex, détenu dans une des planques des services, et ce type-là, maintenant, dont il fallait s'occuper et qu'ils devaient faire parler, ça faisait beaucoup. Gerson n'en menait pas large. Il imaginait le commissaire Bodzi débarquant, un mandat d'amener à la main, sur commission rogatoire d'un juge d'instruction du parquet antiterroriste. Ses mains tremblaient et une sueur froide coulait le long de sa colonne vertébrale.

- Du calme, Gerson. On est entre amis dans cette lutte contre l'islam radical. On a mis la DGSI et l'OCTRIS au courant.
- Qui ça ?
- Le contre-espionnage et les stups français, Gerson ! Réveille-toi !
- C'est dingue. Il avait vieilli de vingt ans et la regardait à présent avec un mélange d'effroi et de résignation qui la dégoûta.

- On a leur feu vert, pour autant que ça reste sous les radars. Ce qui est le cas actuellement.
- Et… et qu'est-ce que vous allez faire avec ce mec ? continua-t-il en désignant du menton le type par terre qui ne bougeait pas.
- On va l'embarquer.
- Ce sera discret…
- T'inquiète !

Il avait en réalité toutes les raisons de s'inquiéter.

-o-o-o-o-o-

Ils avaient laissé les trois types gérer la situation et étaient rentrés cours de Vincennes. Elle lui avait expliqué d'un air détaché que ses collègues étaient là pour prendre en mains la partie action du plan et qu'ils étaient équipés pour venir à bout de toute situation, même la plus délicate. Le tueur de l'atelier avait rejoint Alex dans une planque en banlieue où le Mossad avait ses habitudes : l'un et l'autre seraient bientôt passés à table. On ne connaissait pas d'échec dans le service pour ce type de prestation hautement spécialisée. Gerson eut froid dans le dos. Comment autant de calme et de détermination froide pouvaient trouver asile dans une personne aussi vivante, sensuelle, symbole de la féminité conquérante et épanouie ? Elle était un mystère dont il n'avait visiblement pas encore trouvé la clef. Il doutait d'y arriver un jour.

Il ne put alors s'empêcher d'aller vers elle et de la prendre dans ses bras. Elle ne fit rien pour le repousser et le laissa lui déposer un baiser dans le cou. Mais quand il remonta ses mains pour caresser ses seins et chercher sa bouche, elle le repoussa doucement, mais fermement.
- Non, Frédéric. On est passé à une autre séquence, tu ne crois pas ?
- Oui, pardon, excuse-moi.

Penaud, il battit en retraite en s'allumant une cigarette, mais il se posta à la fenêtre, car il avait noté qu'elle grimaçait chaque fois qu'il touchait son paquet, en quête de sa dose de nicotine. Il nota qu'elle ne fumait plus. Elle avait dû décider récemment de se passer de la cigarette. Impressionnante, cette capacité à s'imposer des choix radicaux sans effort apparent !

Une autre séquence ? Il faisait partie d'un plan, une sorte de scénario découpé en « séquences » avec dialogues, casting, un début (qu'il connaissait) et une fin (qu'il ne voulait pas se figurer, tant il redoutait qu'elle soit en totale contradiction avec ses espoirs les plus intimes). Un mauvais film. Ou plutôt un théâtre de marionnettes. Oui, de marionnettes ! Être balancé au bout de quelques ficelles correspondait plus à la représentation de ce qu'il était en train de vivre. Peut-être du wayang balinais, car il y avait avec elle une dimension exotique qui pouvait l'y faire penser.

Elle continua l'énoncé du plan. Ils devaient attendre les instructions de la centrale qui n'allaient pas manquer d'arriver de Tel-Aviv. Ordres et objectifs, énoncé des moyens, etc. Tout ce qui allait falloir exécuter pour la poursuite de leur mission.

- Notre mission ? Ça va pas, non ! explosa-t-il. Tu parles pour toi ! Moi, je n'ai rien à voir dans vos histoires de réseau, d'islamistes et de barbouzes. J'ai une carrière, moi ! J'ai une expo, en plus, à préparer.

Il se mit à paniquer. Trop, c'était trop pour lui.

- Arrête, tu vas me faire pleurer. Tu es embarqué avec moi dans cette histoire. Voilà la réalité, que tu le veuilles ou non.
- Et si je refuse ? Je quitte tout, je rentre à la maison.

Il se rendit compte, tout en prononçant ces derniers mots, de l'énormité et de l'incongruité de ce qu'il disait. La maison. Sa maison ? Ce n'était plus un refuge. Une souricière, une nasse, un piège, plutôt. Et il n'aurait plus les collègues de Myriam pour le secourir. Pas même les flics des stups, qui avaient visiblement laissé la main à leurs alter ego israéliens.

Seul, Gerson, tu es seul ! Seul avec toi-même, pour une fois, sans personne à qui la faire, à qui raconter ta vieille histoire éculée d'artiste incompris, mais que tout destine à une reconnaissance imminente. Façon de faire patienter le crétin qui accorde du crédit à ce que tu racontes. Et accessoirement de le taper de quelques centaines d'euros. Façon de faire croire à la fille que tu baratines que tu es de la même veine que Picasso, Warhol ou Basquiat, tant qu'à faire. Juste moins connu. Pour le moment. Seul et, en plus, tu n'as pas réellement envie de planter là cette fille dont tu sens qu'elle t'attire comme un aimant. Ah, la promesse du bonheur, l'espérance de volupté à proximité de la main ! Gerson comprit qu'il était doublement coincé.

Elle ne répondit pas, se contentant de le regarder par en dessous, comme une enfant espiègle qui sait déjà qu'elle a gagné. Elle s'amusait du trouble qu'elle voyait naître en lui dès qu'il prétendait adopter une attitude courageuse de mâle indépendant. Oui, elle prenait, quelque part, un certain plaisir à le piloter ainsi au grès de ses intérêts et des exigences de sa mission. Elle ne cherchait d'ailleurs même pas à dissimuler ce jeu dans lequel elle l'avait fait entrer. Elle doutait d'arriver à le convaincre de la justesse de sa cause, mais là n'était pas le problème ! Il suffisait qu'il soit docile et lui obéisse.

- Et tu fais comment ? reprit-elle.
- Comment quoi ?
- Tu rentres à la maison, tu viens de dire, non ?
- Laisse tomber, fit-il rageusement.
- Du calme, mon petit Fred !

À ces mots, il détourna le regard en levant les yeux au ciel et en haussant les épaules. Il supportait de moins en moins son air détaché et protecteur. Cette nana qui aurait presque pu être sa fille !

- Alors, on fait quoi ? Tu as déjà tout organisé comme d'hab, sans rien me dire, ou prévois-tu de me mettre dans la confidence, fit-il sur un ton dépité.
- On attend les instructions. J'ai eu un message de mes collègues. Alex s'est mis à table sans difficulté. Il a craqué sans avoir besoin de trop appuyer. Par contre, le barbu était plus coriace. Ils ont dû insister.
- Comment ça, insister ?
- Je ne te fais pas de dessin, mais c'est comme ça. C'est eux ou c'est nous.
- Et ils sont repartis dans la nature, comme deux électrons libres ?
- Alex est chez lui en train de faire sa valise pour se faire oublier quelque part à l'autre bout de la France.
- L'autre… Il vaut mieux qu'on ne le retrouve pas. Sa mère elle-même ne le reconnaîtrait pas, ajouta-t-elle avec une sorte de détachement qui le glaça.

Il resta un instant muet. Cette violence lui donnait la nausée.

- Vous êtes des montres…
- Et toi, un grand naïf ! Mais il a parlé et on a les infos qu'il nous fallait ! ajouta-t-elle de façon laconique.
- C'est bien ce que je disais. Vous êtes des malades !
- Et toi, qui étais dans leur combine de trafic, pourvoyeur de mort aux mômes, entre autres, tu appelles ça comment ?

Le vieux playboy était fatigué. Il se tut.

- Tu ne réponds rien ! Tu le sais bien que ce n'est pas que de la coke et du hasch ! Ils dealent aussi de l'héro. Et toi pareil. Tu tires profit en rencardant les stups, mais on sait que tu en revends aussi pour t'arrondir tes fins de mois !

Avoue-le, Gerson, si tu es un homme ! On le sait de nos contacts français qui te laissaient faire dans l'intérêt de leur enquête.

- Tu es au courant de tout ! Pourquoi veux-tu que je te le rappelle ? Pour m'humilier encore plus ? finit-il par répondre, d'un ton las et résigné.

Gerson, assis à la table de la cuisine, se prit la tête entre les mains. Toute vie semblait avoir soudainement reflué hors de son corps, car il demeura ainsi de longues minutes sans bouger, dans un état de quasi-prostration, tandis qu'elle restait muette.

Il comprit alors qu'il n'était pas tiré d'affaire et que le scénario était en train d'être étoffé, avec probablement lui dans un rôle de premier plan. Il n'avait plus aucune chance de n'y faire que de la figuration. Pourquoi n'avait-il pas été plus prudent ? Bien sûr qu'elle avait raison. Il ne se contentait pas de jouer les courroies de transmission avec les gars des stups. Il était partie prenante dans le business. Un rouage non essentiel, mais néanmoins bien actif dans l'organisation. Par contre, et il faudrait qu'il arrive à l'en convaincre, il n'avait jamais rien su des boss qui géraient le business. Découvrir à présent qu'il avait participé à son insu au financement d'un réseau islamique, là il se sentait mal. Il espérait au moins qu'elle le croirait. Pas sûr. Il risquait de la perdre pour de bon. Mais non, il saurait lui donner des assurances sur son engagement à présent. Il voulait encore y croire.

Elle reprit, sur le même ton froid et définitif, qui ne tolérait aucune contestation :

- Et pourquoi crois-tu que la DGSI nous aurait couverts s'il n'y avait eu qu'un simple trafic de hasch pour les mômes de banlieue ? C'est en réalité un gros réseau de financement du terrorisme en Europe de l'Ouest sur lequel on collabore avec ton gouvernement. D'autres équipes sont sur le terrain en Espagne et en Italie. Même topo qu'ici.

- Si j'avais su…
- Il fallait savoir et pas faire n'importe quoi ! Quand tu touches à la dope, soit tu es un crétin de consommateur victime, soit tu es dans le business. Et là, ce n'est jamais clair. À l'autre bout de la chaîne, il y a toujours un moment où ça dérape.
- Mais je rendais service aux stups, même si j'en profitais aussi un peu.
- Arrête ! Tu es mouillé jusqu'au cou. Tu as favorisé l'implantation en France de cellules terroristes. Ces mecs sont forts pour infiltrer les banlieues en mélangeant adroitement délinquance et prosélytisme. Et hop, on fait basculer des jeunes types paumés, fascinés par des histoires à la Robin des Bois, dans le terrorisme pur et dur. Cellules dormantes, planques d'armes, etc. Daesh, ce n'est pas fini chez vous. Juste en sommeil.
- Mais qu'est-ce que j'y peux, moi ? tenta-t-il maladroitement avec un air de victime, avant de relever la tête, espérant encore pouvoir se défendre.
- Maintenant, ça suffit, Gerson ! Les stups ont dit à mes collègues qu'avec le dossier que la DGSI a sur toi, tu couches ce soir en taule et tu n'es pas près d'en sortir. Complicité avec une organisation terroriste, trafic de stupéfiants, etc. Ça ira chercher dans les vingt ans.

Il était cassé. Au fur et à mesure qu'elle parlait, elle le voyait se recroqueviller sur sa chaise, la tête rentrée dans les épaules, le teint terreux, le souffle court. Mais elle n'en avait pas fini.

- Gerson, je t'aime bien, au fond. Tu es un super amant, *hot* comme pas possible. Mais j'ai des priorités. Et la première, c'est le succès de ma mission. Je vais être très claire. Écoute-moi bien et ne m'interromps pas. Après tu auras dix minutes pour réfléchir à ce que je vais te proposer. Mais comprends bien que si tu refuses mon offre, je ne pourrai plus rien pour toi. OK ?

Il lui fit un signe de la tête pour acquiescer. Elle put alors porter l'estocade.

Elle lui expliqua le plan que ses supérieurs avaient conçu pour la suite de sa mission. Il fallait remonter les filières jusqu'aux décideurs, où qu'ils soient. Quel qu'en soit le prix. Objectif absolu : mettre hors d'état de nuire ce réseau, de façon définitive. Rien que ça ! « Elle est vraiment gonflée », se dit-il. Il faillit réagir, mais se reprit pour écouter la suite qui devenait intéressante, pour lui spécialement.

Elle continua sur un ton calme, professionnel.

- À compter de ce jour, je suis ton attachée de presse. Et tu es donc un artiste qui va et vient pour les besoins de tes expositions, de tes interviews, etc.
- Hein ? Tu veux rire ? Mais dans quel but ?
- On va pouvoir aller au contact dans les lieux où on risque de côtoyer les gros bonnets du trafic. Demain, départ pour Marbella. On est attendu dans la soirée. Les billets d'avion sont pris. Et les chambres réservées.
- Mais…
- Pas de, mais. Tu t'achèteras une brosse à dents et une chemise à Roissy. Pas question de repasser chez toi. Allez, on sort prendre l'air et ce soir repos, car demain sera une grande journée. Alors, tu dis quoi ?

Il se leva sans hâte et, sans un mot ni un regard pour elle, quitta l'appartement. Le bruit de ses pas dans l'escalier ne furent bientôt qu'un souvenir dans la mémoire de Myriam. Elle resta ainsi immobile, incrédule. Était-il assez fou pour ne pas comprendre que sa vie ne tenait qu'à un fil ? Qu'il n'avait pas d'autre choix que de collaborer ? Avec lui, tout était possible, se dit-elle, car l'amour propre est souvent mauvais conseiller. Elle n'en éprouva aucun sentiment de culpabilité. Elle était au service d'une cause supérieure et rien ne l'en détournerait. Pas même la fin prévisible de ce pauvre Gerson.

-o-o-o-o-o-

Il n'avait eu ni la force ni la volonté, surtout, d'aller loin. Une heure, un double scotch et quelques cigarettes plus tard, il était rentré, convaincu de ne pas avoir d'autre choix.

La nuit fut brève, car Myriam était déjà debout et active au téléphone quand il ouvrit un œil vers 5 h 30. Des bribes de conversation lui parvenaient. En hébreu, naturellement. Je suis hors système, hors tout, quantité négligeable, ne put-il s'empêcher de se lamenter.

Cette fois-ci, elle lui avait laissé son lit pour se contenter d'un matelas à même le sol. Elle préservait la santé de la pièce maîtresse de son plan ! Au moins, il savait qu'elle et ses collègues du Mossad feraient tout pour lui éviter des ennuis. Ils avaient trop besoin de lui. Cette pensée l'accompagnait encore quand ils s'engouffrèrent dans un taxi. Direction Roissy.

Elle se taisait, concentrée sur le paysage qui défilait derrière les vitres de la voiture. Incroyablement calme et apaisée comme quelqu'un qui mène une vie tranquille, presque banale. Il la regardait en coin pour ne pas lui donner l'impression qu'il s'intéressait à elle. Son profil se découpait dans l'encadrement de la vitre, balayé de façon intermittente par les néons de l'autoroute. Dans cet éclairage stroboscopique qui magnifiait et découpait la perfection de ses traits, qui tombait sur ses longs cheveux noirs – cette crinière de Walkyrie sémite qui l'avait ensorcelé –, il apparaissait et disparaissait en cadence.

Gerson se mit à penser à leur première rencontre aux Beaux-Arts. Il la revit débarquant en retard à son cours, la chevelure défaite et le souffle court. Elle avait bredouillé quelques mots à son intention en cherchant du regard une place au fond de la salle. Plusieurs garçons lui avaient fait un signe de la main pour l'inviter à prendre place à côté d'eux. Il avait oublié que la direction lui avait annoncé l'arrivée d'un étudiant en auditeur libre. Un postdoctorant venant participer aux cours, et notamment à son séminaire sur la mythologie dans l'art. Quand il l'avait vue débarquer, il avait d'abord cru à une erreur d'aiguillage des gens à la réception. Quand elle déclina son nom, il comprit que non, M. Qorah était bien la personne attendue : Myriam Qorah. Rien d'un mec, en plus ! De ce jour, ses cours prirent pour lui un intérêt nouveau. Il les faisait pour elle autant que pour le reste de la classe.

Comme elle l'avait immédiatement attiré avec sa façon si particulière de le fixer de ses yeux émeraude aux reflets dorés ! Il émanait d'elle une sorte de magnétisme, comme si elle avait été traversée par un courant haut voltage, comme nimbée dans une sorte de halo vibrant. Une énergie, une soif de comprendre, de prendre part. Elle monopolisait l'attention dans la salle de cours et il avait parfois du mal à se concentrer. Toujours vêtue de jeans délavés, d'un gros chandail et de baskets blanches. L'allure d'une étudiante sur le campus de Berkeley dans les années 70. Décalé et terriblement séduisant.

Dorothée ne donnait pas l'impression de s'en être rendu compte au début. L'esprit trop occupé par ses dossiers et ses heures interminables au cabinet ou au tribunal. Défendre des crapules, c'est d'abord de longues heures d'étude de pièces de procédure, une disponibilité quasi permanente, à toute heure du jour et de la nuit, des visites au parloir, des attentes à n'en plus finir dans les prétoires, chez les juges d'instruction. Une forme de sacerdoce laïque au service d'une conception de la justice ne tolérant aucun compromis avec la sacro-sainte règle de la présomption d'innocence, même quand le type a quasiment le sang encore humide de sa victime sur les mains.

Elle lui fichait une paix royale, se contentant de le retrouver chez elle à pas d'heure. Il en avait profité pour essayer de se rapprocher de Myriam. Ils avaient passé une soirée à Saint-Germain, à la Palette. Elle était curieuse de ses activités, de ses allées et venues, de ses amis. Sans qu'il s'en rendre compte, elle avait commencé un travail discret, mais très professionnel de renseignement.

Puis, avec Dorothée, la situation avait rapidement dégénéré. L'avocate avait senti que son amant était plus distrait, moins impliqué dans leur relation. Le soir où il avait pris un verre à la Palette avec Myriam, c'était justement l'anniversaire de Dorothée. Il avait complètement zappé ! Elle l'avait attendu toute la soirée, trop fière pour l'appeler, et s'était consolée en buvant seule le Dom Pérignon qu'elle avait préparé pour l'occasion. Elle ne lui avait pas ouvert sa porte quand il était rentré à minuit passé.

Et la situation n'avait plus cessé de se dégrader. Elle qui avait tant fait pour l'aider dans sa carrière, qui l'avait présenté à son cercle d'amis et de clients, qui l'avait subventionné pour ainsi dire, ne supportait pas de se trouver traitée avec désinvolture. La bagarre était inévitable. Quand elle advint, après plusieurs escarmouches, Gerson comprit qu'il ne gagnerait pas avec elle et il choisit de prendre la tangente. De façon certes pas très honorable, mais il n'en avait plus rien à faire d'elle. C'était sans compter avec son tempérament de lionne et les relations vénéneuses qu'elle entretenait du fait de sa profession.

Il reprit ses esprits. Myriam le fixait dans la pénombre du taxi, calme, sereine, le regard luisant et un indéfinissable sourire accroché à ses lèvres. Une déesse de la nuit, pensa-t-il, envoûté.

Il repartit dans ses pensées pour se rendre compte qu'il avait occulté tout ce qui aurait pu lui faire découvrir les vraies raisons de l'appel de Myriam. Ces micro-informations, ces signaux faibles, ces sensations quasi imperceptibles qui auraient pu le mettre sur le chemin de la vérité, il dut admettre qu'il n'avait pas voulu en tenir compte face à l'émoi qu'elle suscitait en lui. En réalité, il n'avait rien voulu voir venir ! Comme anesthésié. Maintenant, il comprenait que son téléphone avait été mis sur écoute, ses rendez-vous avec Kočusz et autres, suivis et documentés. Qu'elle avait tissé sa toile patiemment. En vraie pro.

Quand il s'était fait virer des Beaux-Arts, Myriam avait reçu instruction de prendre ses distances de façon à ne pas éveiller ses soupçons. Tout juste si elle lui avait envoyé un texto de temps en temps. Jour de l'an, anniversaire. Elle avait imaginé plusieurs stratagèmes pour renouer avec lui et attendait le feu vert formel de Tel-Aviv. Elle avait aussi, pour ses chefs, d'autres missions de surveillance et de renseignement qui l'accaparaient et n'était pas restée les bras croisés. Puis, les choses s'étaient accélérées dans les tout derniers jours. La sécurité de Gerson, confronté à la fois aux hommes de main de son ex et à un commando islamiste, venait de prendre une mauvaise tournure. Il fut décidé qu'elle devait prendre en mains la situation sans tarder au risque de ne plus pouvoir disposer bientôt de lui, comparse involontaire.

- Alors, Gerson, tu rêves ?
- Euh… Non, je pensais !
- Tu as raison. On va avoir besoin de nos deux cerveaux, car ça va devenir plus compliqué, notre histoire. Là, on va rentrer dans le cœur du réacteur et on n'aura pas nécessairement les équipements de protection. Tu vois ce que je veux dire ?

Il ne répondit rien bien qu'ayant perçu la métaphore. Un bref instant, il revit le visage de Kočusz, sa tronche de playboy fatigué et inquiet. Il l'imagina baignant dans son sang. Les deux petits trous bien nets dans le crâne. Un bref frisson le parcourut. Elle se tut et ils n'échangèrent plus une parole jusqu'à l'embarquement. Passé le contrôle des passeports, il lui glissa :

- Tu as un passeport français, toi ?
- Mais oui ! Tu es surpris ?
- En fait, j'avais remarqué quand on est allé au Maroc. Depuis quand ?
- Secret défense, mon petit Fred, fut la réponse qu'il s'attira avant qu'elle ne se plonge dans la lecture d'un livre qu'elle avait emporté avec elle.

Les Mémoires d'Hadrien. Il n'en revenait pas qu'elle s'intéresse aussi à la littérature française. « Quelle femme ! » ne put-il s'empêcher de penser, admiratif.

-o-o-o-o-o-

Marbella. Le soleil. La *dolce vita* version ibérique. L'hôtel Marbella Club, vieux palace fatigué à la décoration surannée années 50, donnant sur la baie. Ils s'installèrent dans leurs chambres, chacun la sienne. Ils avaient rendez-vous avec la galerie Decodificación Artística de la calle Antonio Nebrija, spécialisée dans les artistes émergents. Un rendez-vous organisé avec l'aide, pour ne pas dire la complicité, de Manuel que Gerson avait sollicité au dernier moment pour établir un contact sur place, prétendant un week-end en compagnie d'une admiratrice fortunée. Les ascendances espagnoles de Manuel et ses nombreuses amitiés dans la profession avaient été un sésame efficace, puisque c'est très naturellement qu'un rendez-vous avait été fixé, l'après-midi même de leur arrivée. Le type se révélait enfin utile.

- Au fait, d'après toi, Myriam, on est « émergent » jusqu'à quel âge ? Il faudrait peut-être que je me dépêche.
- Tu n'as pas d'âge, Gerson ! Ne te pose pas la question. Agis ! Tu as enfin l'occasion de faire œuvre utile dans ta vie. Ne la gâche pas avec des questions ridicules sur ton état civil.
- Oui, mais je ne voudrais pas décevoir mon futur public !
- On n'en est pas là, mon petit Frédéric.
- Alors, on fait quoi ?
- Tu as raison. Je te briefe. La centrale a identifié un certain Cheikh Al Salami, prince qatari menant grand train, ici, comme étant un possible baron du trafic entre le Mexique et l'Europe, via la Sierra Leone. Il est actionnaire à titre personnel d'une compagnie de fret maritime basée au Panama. Tous les éléments sont rassemblés pour que le type soit l'organisateur en chef du

trafic que ton ami Kočusz avait signalé aux services français. Lesquels le pensent aussi, mais n'ont pas encore réussi à s'en convaincre formellement. Leurs collègues espagnols n'ont pas l'air de vouloir prendre l'affaire au sérieux. Or, d'après mes supérieurs, le dénommé Al Salami est aussi très impliqué dans les structures associatives finançant entre autres des lieux de culte, mosquées, écoles coraniques en Europe, etc. Ça fait beaucoup.

- Comme tous ces types qui mélangent business et prosélytisme, non ?
- Oui, mais là, il s'agit de ceux qui ont été dans la mouvance d'Al-Qaïda dans leur jeunesse et ont pris de sacrées mauvaises habitudes. Ils sont plus discrets, plus professionnels, mais poursuivent le même but : préparer le grand soir !
- Un Qatari, chef de réseau… C'est un peu gros, non ?
- En fait, il est *persona non grata* dans son pays. Les autorités qataries ont pris leur distance avec lui. Trop sulfureux, trop…

Elle ne termina pas, car on venait de frapper à la porte de sa chambre où ils s'étaient installés. Elle alla ouvrir après s'être mise de côté pour éviter d'être dans l'axe de tir d'un éventuel assaillant. Un homme entre deux âges, casquette NYC vissée sur la tête, habillé de coton clair comme un touriste, entra avec un sac de voyage qu'il posa sur le lit. Après avoir questionné Myriam d'un regard sur la présence dans la pièce de Gerson et qu'elle lui ait dit « OK » d'un bref mouvement de la tête, il ouvrit le sac et en sortit une trousse de cuir noir qu'il tendit à Myriam. Elle ne fit aucun commentaire et commença à discuter avec lui à voix basse, en hébreu. Gerson se tenait à côté, témoin de cet échange dont il espérait qu'elle allait lui faire un résumé, ayant compris à la tête qu'elle faisait qu'il s'agissait d'informations hyper sensibles.
Quand ils eurent fini, le type prit congé de Myriam en lui serrant la main avec effusion et, sans même un regard pour Gerson, sortit de la pièce.

- On peut savoir ?
- Bien sûr. Ça se présente pas trop mal, commença-t-elle à voix basse.
- Mais au fait, c'était qui, le type là ? Et qu'est-ce qu'il t'a apporté ?
- Tu es curieux, Frédéric ! On ne te l'a jamais dit ?
- Ça va...
- Bon. Voilà. C'est un de nos hommes pour le sud de l'Espagne. Il sera en couverture si on a besoin. Et regarde, il m'a apporté de quoi ne pas être pris au dépourvu au cas où !

Joignant le geste à la parole, un sourire radieux sur le visage, elle sortit de la trousse un automatique Glock 9 mm et son silencieux, puis un téléphone équipé d'une grosse antenne, d'un genre que Gerson n'avait jamais vu auparavant. Il eut un mouvement de recul, mais ne fit aucun commentaire. Pas le moment de se dégonfler ou de faire la morale. À quoi bon avec elle, de toute façon ?

- Tu n'as jamais vu de téléphone satellitaire ?
- Je ne sais pas quand j'aurais pu en avoir besoin.
- Sait-on jamais ? Crypté, en plus, celui-là.

Il n'insista pas. Ça le dépassait complètement. Puis elle lui fit un compte-rendu à peu près fidèle de son échange avec le type. Elle ne lui dit pas tout. Ne jamais tout dire. Elle se souvenait de ce qu'on lui avait appris à l'école des commandos : la parole est une arme qui est d'autant plus efficace qu'on ne s'en sert pas. Si tu te racontes, tu perds le mystère qui est à la base de ton pouvoir. C'est vrai en politique, en amour, dans les affaires. Elle en avait fait son crédo et s'était astreinte depuis à gérer avec parcimonie sa communication.
Elle lui expliqua que Cheikh Al Salami était arrivé en ville depuis une semaine et qu'il résidait comme d'habitude dans sa propriété sur les hauteurs de Sierra Blanca, le quartier huppé de Marbella.

Dix hectares au bas mot de jardins, de pièces d'eau, de massifs d'essences rares choisis et transportés à prix d'or par les meilleurs pépiniéristes marocains et espagnols et, dominant le tout, plusieurs constructions dans le style arabo-mauresque typique de la région. Un mur d'enceinte ceinturait la maison qui, sans avoir l'air, était équipée comme une place forte. Ne manquaient plus que les miradors, mais ça aurait fait désordre dans le paysage policé du lieu. Al Salami était arrivé comme à son habitude, accompagné de sa suite, femmes, personnel de sécurité et de maison, secrétaires, chauffeurs. Au total, une cinquantaine de personnes occupant les diverses bâtisses de la propriété.

L'objectif fixé par ses supérieurs était d'établir le contact avec le Qatari afin d'obtenir des preuves pour valider l'hypothèse de son rôle dans le trafic et le financement des réseaux en Europe. Rien que ça, se dit Gerson. Et tout ça avec nos petites mains !

- Et c'est là que tu entres en scène, Frédéric !
- Dis-moi tout, ma beauté, fit-il sur un ton faussement détaché.
- Notre cheikh est propriétaire en sous-main de la plus grande galerie d'art de Marbella, Art Concept International, ACI si tu préfères. Il y aura dans quarante-huit heures un vernissage avec pince-fesses auquel il va très probablement assister. On y sera tous les deux. J'appellerai demain pour dire que le peintre français Frédéric Gerson est de passage ici pour des contacts, et qu'il souhaiterait rendre visite à la galerie, en compagnie de son attachée de presse. Moi, donc. Ils vont probablement nous inviter pour le vernissage. Sinon, on y va de toute façon. On verra sur place. Et on établit le contact ! Simple, non ?

Simple, peut-être. Explosif, certainement. Il ne pouvait pas reculer. Elle avait tout prévu. Il hasarda une question :

- Et si ça tourne mal ?
- On verra, je te dis. Rien ne se passe exactement comme prévu dans une opé. Et c'est mieux ainsi. Quand ton cerveau est programmé pour une action précise, toute variation, même millimétrique, fout en l'air ta capacité d'inventer la riposte. C'est comme si ton adrénaline était devenue visqueuse et te faisait réagir avec un temps de retard. Et là, tout se joue à la milliseconde. Donc, on reste agile et réactif… et on fait face en inventant la riposte. *You see?*

Elle avait bien l'impression d'en faire un peu trop, mais quelle jouissance de le voir se décomposer lentement, son teint verdir et ses yeux prendre une couleur de terre mouillée ! Une petite revanche à moindre coût et un avant-goût de ce qu'elle lui réservait. « Pauvre Gerson, » songeait-elle, « tu n'as pas encore complètement compris sur qui tu es tombé. Mais j'ai de la tendresse pour toi, finalement, car tu ne fais pas d'histoires pour me donner un sacré coup de main ! Même si tu n'as pas vraiment le choix. »

-o-o-o-o-o-

Ils passèrent les deux jours suivants à jouer les touristes, visiter le Castillo et ses murailles du Xe siècle, l'église de la Encarnación construite sur une ancienne mosquée, déambuler dans le vieux quartier, sur la Plaza de los Naranjos, d'où était partie dans les années 50 la saga de ce petit bled de pêcheurs, sur les quais jouxtant le port. Les terrasses des bistrots du Paseo Maritìmo n'eurent plus de secrets pour eux.

La mission, ils n'y firent guère allusion pendant ce temps suspendu, si ce n'est qu'elle l'informa du caractère hautement sensible de leur cible : d'après plusieurs informations recoupées, il était question d'un méga attentat à l'occasion du prochain dîner annuel du Crif à Paris auquel devaient participer le président français et son homologue israélien, à la rentrée. Le réseau d'Al

Salami était suspecté de prendre en charge l'organisation de ce projet. Il faudrait donc arriver à le mettre K.O. avant cette date. La mission ne pouvait pas échouer et les délais, serrés, ne permettaient pas l'amateurisme et les hésitations. « Tous les coups sont permis, Gerson, lui confia-t-elle. N'oublie jamais que nous avons affaire à des types qui n'hésitent pas à balancer des avions dans des tours ou envoyer des gamins de 10 ans avec des ceintures d'explosifs dans les foules à la sortie des mosquées ou des églises ».

Ils se rendirent au rendez-vous que leur avait organisé Manuel. Ils firent la connaissance d'un galeriste que Gerson jugea ringard et prétentieux, et qui jeta à peine un coup d'œil sur les photos des tableaux que celui-ci avait sur son mobile. Ils y passèrent à peine une demi-heure, mais ils avaient un alibi pour justifier leur présence sur place et c'était suffisant.

À part cette brève parenthèse qui lui fit reprendre une expression professionnelle et concentrée, elle retrouvait les attributs de la sensualité, une forme de grâce spontanée, généreuse. Malheureusement pour lui, absolument détachée de toute séduction à son égard. Il en était troublé et trouvait la situation insupportable, d'autant qu'elle s'était attardée plus que nécessaire avec une jeune assistante alors qu'ils étaient sur le point de quitter la galerie. Il avait même dû faire le pied de grue sur le trottoir. Avait-il noté l'excitation dans les yeux de Myriam tandis qu'elle écoutait la jeune Espagnole lui vanter les mérites du peintre que la galerie exposait alors ?

- Dis donc, ça avait l'air captivant ce qu'elle avait à te dire, cette fille, avait-il lancé lorsqu'ils s'étaient retrouvés dans la rue.

Myriam n'avait rien répondu et il avait vite oublié cet épisode auquel il n'avait d'ailleurs attaché aucune importance.

Elle avait voulu faire un détour dans une boutique pour se préparer en vue du vernissage chez ACI. Dans cette ambiance jet-set, impossible de se présenter en jeans et T-shirt pour représenter les intérêts d'un peintre supposément connu, venu qui plus est spécialement de Paris pour l'occasion. C'est donc dans une robe Dior en soie imprimée de couleurs vives, hommage involontaire à la palette de son client, qu'elle le retrouva au bar de l'hôtel. Il pensa, en la voyant, que le comptable du Mossad aller probablement tousser quand il recevrait la facture.

-o-o-o-o-o-

À leur arrivée, le brouhaha avait baissé d'un ton et on eût dit que le temps s'était arrêté. Comme c'est parfois le cas dans des situations de sidération collective, quand les présents sont témoins d'une révélation de nature quasi surnaturelle. Les regards s'étaient tournés vers eux de façon coordonnée et les gestes avaient ralenti. Gerson eut l'impression d'un film qui ne passait pas à la bonne vitesse, avec une bande-son défectueuse. Il se dégageait d'elle une telle aura qu'elle semblait flotter dans un halo lumineux et magique. Elle avançait, rayonnante et confiante quand la directrice de la galerie, une Anglaise prénommée Peggy qu'elle avait eue au téléphone la veille, vint à leur rencontre et les embrassa comme de vieux amis. Elle n'avait eu aucun mal à deviner qui ils étaient, tant il était évident que ces nouveaux venus ne pouvaient être que Pénélope Rossi et son client, un certain Frédéric Gerson.

- Bienvenue à la galerie, lança l'Anglaise dans un espagnol très oxfordien. *Welcome*! Vous êtes ici chez vous. Laissez-moi vous présenter à nos amis.

Tandis qu'elle les présentait à la ronde, Gerson, qui se tenait en retrait, chercha d'un regard inquiet s'il pouvait identifier celui des présents qui aurait bien pu être le cheikh. Il ne vit que des visages repus et satisfaits, trop roses ou trop bronzés, souvent couperosés quand ils n'étaient pas botoxés. Des sourires découvrant des dentitions de carnassiers en céramique rutilante, des poitrines boudinées dans des bodys à paillettes, des ventres nourris au Petrus et au Beluga, dans une atmosphère lourde mêlant patchouli, oud et hasch, un aperçu de ce que devait être le public des Oscars au Chinese Theater sur Hollywood Boulevard.

Il aperçut le directeur de la galerie recommandée par Manuel qui, se faufilant dans la foule, vint lui serrer chaleureusement la main. Quel hypocrite, ce con ! Il me snobait, l'autre jour, et est prêt à me sucer à présent. Au moins, ce crétin aura servi à crédibiliser la thèse de notre présence, ici, pour affaires. Il ne laissa rien paraître de son mépris pour le type et, au contraire, le congratula bruyamment sur sa galerie, puis, se laissant guider, fit le tour de l'expo avec lui.

La soirée était bien avancée et certains étaient déjà partis, lorsqu'un petit homme d'une soixantaine d'années au teint hâlé, moustache et barbe en pointe, fines lunettes cerclées, habillé sobrement d'un costume en lin clair sur un polo en fil d'Écosse bleu nuit, l'air d'un prof de fac d'une université anglo-saxonne, fit son entrée, seul. Malgré la modestie de son apparence, la foule s'écartait à son arrivée, plusieurs participants abandonnant leur conversation pour le saluer avec une forme de respect qui cadrait mal avec son aspect modeste. Gerson comprit instantanément qu'il était en présence du cheikh. Il chercha désespérément des yeux Myriam, qui avait disparu dans une autre pièce, entourée par une cour d'admirateurs zélés.

Elle n'avait rien perdu de la situation, car elle arriva bientôt, surgie de nulle part et, fendant le cercle qui entourait le nouveau venu, lança dans un anglais légèrement teinté d'un accent indéfinissable :

- Excellence, puis-je vous interrompre ? C'est un tel privilège de faire votre connaissance !
- Mais qui êtes-vous, Mademoiselle ? fit le type, surpris par cette spontanéité inattendue. Je doute que nous nous

connaissions, n'est-ce pas ? continua-t-il d'un ton suave, un sourire se voulant charmeur sur le visage.

- Moi, je vous connais ! Je sais que vous vous intéressez aux artistes émergents ! Et que vous faites beaucoup pour eux.
- Merci. Oui, c'est exact. Mais au fait, à qui ai-je l'honneur ?

Il avait semblé se raidir tandis qu'il prononçait ces dernières paroles. Un sixième sens le prévenant d'un danger à proximité immédiate ?

- Désolée, Excellence ! J'allais oublier. Je m'appelle Pénélope Rossi et permettez-moi de vous présenter Frédéric Gerson, mon client. Nous sommes venus ici pour préparer sa première exposition en Espagne !

Sur ces mots, elle s'écarta pour permettre à Gerson de saluer Al Salami en lui lançant :

- Frédéric, je te présente Son Excellence Cheikh Al Salami, grand protecteur des artistes. Tu sais, je t'ai beaucoup parlé de lui !
- Vous exagérez un peu, Mademoiselle, se crut obligé de répondre, mielleux, ce dernier.

Celui-ci regarda à peine le Français, préférant concentrer son intérêt sur Myriam, qui continua à lui servir des banalités convenues dans l'espoir qu'il se passerait bien un événement lui permettant d'envisager de poursuivre autrement ce premier contact. C'est le galeriste, ami de Manuel, qui vint à son secours.

- Excellence ! Tellement ravi de vous revoir !
- Ah bonsoir, Señor Robles. Comment allez-vous ? Et qu'avez-vous comme nouvelles pour moi ?

Voyant que la situation risquait de lui échapper, Peggy, qui se tenait en retrait, s'interposa soudain entre Al Salami et Robles pour décréter :

- Demain soir, j'organise un dîner avec quelques amis. Vous serez des nôtres, Excellence ? Et, se tournant vers Gerson et Myriam : vous êtes mes invités !
- Non, chère Peggy, c'est moi qui invite ! l'interrompit le cheikh qui ne voulait pas se faire doubler par sa collaboratrice. Demain soir, chez moi. Je compte sur vous, n'est-ce pas, dit-il en lançant un regard complice à Myriam. Il se sentit obligé de préciser : vous aussi, M. Gerson, bien sûr. Et notre bon Robles, s'il veut bien.

Tout le monde acquiesça, à commencer par Peggy qui n'avait pas d'autre choix.

Sur le chemin de retour à leur hôtel, un sentiment étrange les habitait. Difficile d'imaginer ce petit homme charmant et propre sur lui en chef de réseau terroriste. Même Myriam était troublée par une telle capacité de dissimulation, une telle dualité. Elle se rappela ses cours de psychologie au Mossad. Elle avait appris à s'inventer une histoire, une identité, de façon à tromper tout ennemi potentiel. Elle savait qu'il ne fallait jamais sous-estimer l'adversaire, mais là, elle était bluffée. Il lui tardait de vérifier sur le terrain la réalité de l'identité de ce type, car c'est alors que les choses sérieuses allaient commencer. Elle imaginait facilement que derrière ce masque se cachait un individu intraitable, habité par la justesse de sa cause. Il leur faudrait du courage, du sang-froid et de la lucidité pour en venir à bout sans se faire prendre. Car, dans de pareilles circonstances, les collègues ne pourraient rien pour eux.

Une fois dans le lobby, elle l'entraîna dans les jardins donnant sur la mer. Ils trouvèrent un banc sous un pin méditerranéen, parmi les massifs de roses et d'hibiscus. « Tiens », se dit-il, « elle préfère ne pas me faire pénétrer dans sa chambre. Aurait-elle peur que je lui saute dessus ? Et de ne pas pouvoir résister ? Dans ces moments de tension et où l'on approche la zone de risque maximum, les barrières psychologiques se délitent, les résolutions fondent comme neige au soleil. » Il souhaitait secrètement qu'il en soit ainsi, pour pouvoir la récupérer. Il fut déçu lorsqu'elle lui annonça que c'était à présent une mesure de précaution élémentaire : ne pas se retrouver dans leurs chambres pour parler de leur mission. Il était plus que probable que Al Salami ait des relais dans le personnel de l'hôtel et qu'ils soient épiés. C'était même de bonne guerre de s'assurer que les prochains visiteurs de sa propriété soient *screenés*, non ?

- Nous allons demain soir au contact et verrons bien ce qu'il en ressort, lui annonça-t-elle.
- Mais qu'est-ce que tu comptes faire ?
- Essayer de voir si on peut trouver des indices, des informations, je ne sais pas, moi. Une piste, même ténue, pour nous permettre d'avancer et de mieux connaître notre homme. *A minima* récupérer un numéro de mobile pour le placer sur écoute.
- Rien que ça…
- Ce n'est pas le plus dur avec les hommes. Tous les mecs ont leur faille. Il suffit de la trouver.
- À condition que le prix à payer ne soit pas trop élevé !
- Tu serais jaloux, Gerson ? Tu n'as pas encore compris ?

Il ne répondit rien. Elle le dévisagea un instant puis ajouta, l'air sombre :

- Je te rappelle que le moindre faux pas, le moindre regard, le moindre silence peut te trahir à présent. Tu ne dois jamais oublier que tu te balades sur le bord d'un volcan qui peut exploser à tout moment. Ces types sont très forts et très malins. Tu n'imagines même pas. À partir de maintenant, considère que tu es en guerre ! Allez, salut. Essaye de dormir, car demain commencent les choses sérieuses.

Avant qu'il n'ait eu le temps de répondre, elle s'était levée et l'avait planté là, avec ses doutes et ses frustrations et était rentrée dans l'hôtel. Gerson décida d'aller flâner sur le vieux port. Son âme de vieux *clubber* lui disait qu'il ne fallait pas se coucher comme ça. Qu'il y avait bien un endroit sympa où aller écluser un ou deux scotchs et écouter un peu de jazz. Il fut déçu de constater que la mode du rap, de la house et des méga discothèques à ciel ouvert avait fait disparaître les boîtes de sa jeunesse. Il ne s'attarda pas et, après une dernière cigarette, rentra dans sa chambre.

-o-o-o-o-o-

Le lendemain fut interminable. Dans l'attente de l'action, dans ce *no man's land* qui précède les moments potentiellement explosifs, le temps semblait prendre tout son loisir pour s'écouler. Lorsqu'ils se retrouvèrent en fin d'après-midi, elle lui signala qu'elle avait eu la centrale à Tel-Aviv grâce au téléphone crypté. Ses collègues en poste à Paris n'avaient rien décelé d'anormal du côté d'Alex, lequel avait disparu corps et âme après avoir collaboré avec ses collègues du Mossad sans faire de difficultés. « Il n'avait pas le choix ! » avait commenté Myriam avec fatalisme lorsqu'ils avaient évoqué le sort du type.

Le soir, à 20 heures, à la nuit tombante, ils se présentèrent devant la propriété du cheikh. Mur blanc immaculé de cinq mètres de hauteur, lourd portail automatique, caméras de surveillance, gardes avec chiens. On ne badinait pas avec la sécurité, ici. Dans un poste de contrôle, une fois entrés dans la propriété, ils durent passer sous un portique de détection de métaux. Une caméra couplée à un système de reconnaissance d'image dernier cri complétait le tableau. Bonne ambiance et façon élégante de mettre à l'aise les invités, se dit Gerson. On est dans la gueule du loup !

Une Jeep décapotable les prit en charge pour les amener jusqu'à la maison principale. La lune était à présent visible dans le ciel, d'un bleu profond, que les rayons du soleil couchant teintaient de striures dorées et rougeoyantes. L'air était rempli de ces essences de résineux que la chaleur du jour avait laissé se répandre dans la propriété. Un calme rassurant annonçait une nuit tranquille. Ils ne disaient rien tandis que le véhicule les emmenait sur un étroit chemin empierré vers le sommet de la propriété où ils virent apparaître les lumières d'une gigantesque bâtisse construite dans le style arabo-mauresque, hommage du propriétaire des lieux à cette période de l'histoire où cette terre était sous l'autorité du calife de Cordoue.

Accueillis sur le perron de sa demeure par leur hôte, qui avait troqué son costume occidental pour une djellaba d'un blanc immaculé et une paire de sandales en cuir naturel, ils retrouvèrent Peggy, Robles, ainsi que deux couples moyen-orientaux que le Qatari ne prit pas la peine de leur présenter. Curieuse coutume, pensa Gerson, qui avait une haute idée de l'hospitalité arabe. Il remarqua aussi que le cheikh n'était accompagné par aucune femme. « Pas un hasard », se dit Gerson. « Il a pensé à tout. »

Myriam prit place à table à la droite d'Al Salami, au centre. Gerson se retrouva à l'une des extrémités, à côté de l'Anglaise de la galerie. Il se détendit en jugeant la situation et sa présence ici tout à fait crédibles et essaya de faire la conversation avec sa voisine. Et sait-on jamais, se prit-il à penser, peut-être pourrait-elle lui organiser un vernissage.

On porta de nombreux toasts à l'art, aux artistes, à l'amitié entre les peuples. Al Salami, pour sa part, ne buvait que du Coca Light, de façon ostentatoire, mais faisait régulièrement remplir de Ruinart le verre de Myriam, dont le regard prit un éclat vif et qu'on entendit rire à de nombreuses reprises en réponse à des paroles que lui murmurait leur hôte. Gerson se dit qu'elle en faisait un peu trop, que ça allait mal finir, que tout pouvait déraper. Le cheikh était de plus en plus émoustillé par la jeune femme et avait complètement oublié ses autres invités. Le regard comme aimanté par le décolleté de la même robe qu'elle portait la veille. Il n'avait d'yeux que pour elle et semblait dans un état second.

En retrait de la table se tenaient, debout et raides comme des soldats de plomb, deux carrures d'athlètes en costume foncé dont on ne pouvait pas ignorer la fonction. Pour le moins saugrenu dans un pareil endroit. D'autant qu'un ténu fil argenté reliait une de leurs oreilles à l'intérieur de leur veste. Ils semblaient étrangers aux lieux, regardant au loin, positionnés aux deux extrémités de la vaste salle à manger, cerbères inquiétants en ces lieux et moments dédiés à la convivialité.

Myriam ne put s'empêcher de questionner Al Salami d'un air ingénu :

- Ils doivent rester debout ces deux types, là ?
- Ne vous inquiétez pas, chère Pénélope, ils sont là pour vous protéger !
- Me protéger, mais qui pourrait me vouloir du mal, ici, chez vous ?
- Vous êtes jeune et encore peu informée des dangers de ce monde. Il faut être prêt à parer à toute éventualité !

Myriam se contenta de sourire. Elle se sentait très calme, étonnamment sereine. L'alcool n'avait fait qu'aiguiser ses sens et sa perception de la réalité. Aucun effet indésirable ! Elle pensa avec reconnaissance aux chercheurs de la centrale qui avait mis au point cette molécule magique qui annihilait les effets de l'alcool. Elle l'utilisait pour la première fois ce soir. Efficace ! Cette gélule miracle agissait comme un accélérateur de conscience et elle se sentait prête à toute éventualité. Elle voyait la situation comme depuis un poste d'observation, munie d'un casque de réalité virtuelle, les individus lui apparaissant en surbrillance, comme si elle avait vu à travers eux.

D'un geste anodin, elle contrôla que l'arme qu'elle avait introduite était toujours positionnée le long de sa cuisse gauche, à l'intérieur, à l'endroit où un employé de sécurité musulman aurait hésité à aller contrôler. Le Glock 43 SP était un modèle dernier cri en céramique et polymère ultrarésistant. C'est pourquoi le portique de sécurité ne l'avait pas décelé lors du contrôle, à l'entrée de la propriété. Elle savait bien, cependant, que son utilisation serait le dernier recours, car cela risquerait de faire tomber à l'eau toute l'opération. Il fallait agir de façon naturelle. Question de vie ou de mort.

- Cher Walid…
- Oui, Pénélope ?

Gerson avait entendu. Il n'en croyait pas ses oreilles. Elle l'avait appelé par son prénom ! Forte la fille. Que mijotait-elle ?

- Je suis absolument navrée, mais je me rends compte qu'il est presque minuit. Je dois retourner à l'hôtel pour un *conf call* avec New York. Nous préparons une grande opération de relations publiques et un vernissage à l'automne pour Frédéric, et j'ai rendez-vous au téléphone avec la galerie Wasserman, à 19 heures, heure locale. Il va falloir que nous rentrions ! Quel dommage de vous quitter ainsi !
- Non ! Ne me faites pas ça !

Il avait l'air sincèrement effondré de voir ses projets anéantis par un ridicule coup de fil avec une galerie, juive qui plus est !

- Mais nous allons nous revoir !

Elle était déjà debout, saluant les autres convives et leur annonçant qu'elle était navrée, mais que « les obligations professionnelles, le décalage horaire, etc. », et se dirigea d'un pas décidé vers la sortie, le cheikh sur ses pas. Arrivé sur le perron, il la prit par les bras et, la fixant droit dans les yeux, lui murmura quelques mots que Gerson n'entendit pas, mais qu'il put aisément deviner au sourire en forme de grimace qu'elle adressa au type, en baissant les yeux. Les deux sbires qui avaient suivi leur maître comme son ombre regardaient de part et d'autre, indécis, sans savoir quelle attitude adopter.

Al Salami claqua des doigts et une Bentley Flying Spur couleur crème se glissa dans la minute, sans un bruit, devant la maison. Quelques instants plus tard, elle franchissait le portail du domaine avec Myriam et Gerson confortablement installés dans le cuir profond de ses sièges, conduite par un jeune Espagnol qui, après deux questions sans réponse, comprit que ces deux-là n'avaient pas envie de faire la conversation.

Ils prirent le temps d'un rapide débriefing dans les jardins de l'hôtel.

- Et on va où, maintenant ? À faire la pute avec ce salopard, tu as gagné quoi ?

Il était furax de cette perte de temps, de la comédie qu'elle avait jouée, de son inutilité et, pour tout dire, de n'être plus pour elle le centre de ses préoccupations.

D'une pochette en soie fuchsia avec chaînette dorée qu'elle avait gardée à l'épaule toute la soirée elle sortit alors, sans dire un mot et le fixant de ses yeux brillants d'excitation, un bristol blanc qu'elle lui mit sous les yeux.

- Voilà ! Voilà le résultat de ce vaudeville, médiocre j'en conviens, mais assez efficace, si tu veux bien prendre connaissance de ce qui est écrit !

Il put alors y lire : Cheikh Walid Al Salami bin Ali Al Attiyah, et dessous une adresse mail et un numéro de mobile commençant par +974.

- C'est quoi, le 974, comme indicatif ?
- Le Qatar, mon ami. Le Qatar ! Alors, tu en dis quoi ?

- Tu es très forte, ne put-il s'empêcher de commenter, un sourire contraint aux lèvres. Mais comment as-tu eu l'idée de monter cette farce ?

Elle ne remarqua pas la pique et continua :

- On sait que le cheikh est un grand amateur de jeunes femmes. C'est son péché mignon ! Il y a pire, ajouta-t-elle, comme pour désamorcer sa mauvaise humeur.
- Heureusement qu'il n'est pas branché sur les éphèbes. Tu aurais eu plus de mal !
- Ça va, Frédéric. Arrête ton cinéma. C'est pour le bien de notre mission.
- Notre mission, encore ! Bien vu, Miss, je m'incline.

Que pouvait-il faire d'autre que de constater qu'elle était, en effet, très forte ? Trop pour lui, en réalité.

Elle l'invita alors à l'accompagner jusqu'à sa chambre, en lui indiquant qu'elle allait passer, avec le téléphone de l'hôtel, un véritable appel à New York, à une véritable Ruth Wasserman. Et que, si nécessaire, il faudrait qu'il dise deux mots à leur correspondante pour faire vrai. Il était près d'une heure du matin et ils durent se hâter pour ne pas être en retard et compromettre leur alibi. L'appel eut lieu en effet avec un certain Philip Stein, l'assistant de Ruth Wasserman, qui était parfaitement au courant du projet de vernissage à l'automne. Gerson réussit à articuler deux ou trois mots dans son anglais de cuisine, et ils se regardèrent heureux du tour qu'ils avaient joué. Nulle effusion, nul commentaire inutile. Il fallait rester très *low profile* comme elle disait pour éviter le choc en retour.

Puis, elle se saisit du téléphone satellitaire qui était resté dans le coffre à combinaison et sortit sur le balcon pour appeler un correspondant, auquel elle parla brièvement en hébreu, lui lisant les informations contenues sur le bristol que lui avait remis Al

Salami. Gerson l'attendait en faisant les cent pas à l'intérieur. En rentrant dans la chambre, elle se borna à lui dire :

- Tout va bien. On attend et on fait le point demain matin. On en saura plus alors.

Ils se quittèrent en se donnant rendez-vous pour le petit-déjeuner au bord de la piscine, non sans s'être mutuellement pris dans les bras. Il sentit l'espace d'un court instant les formes nerveuses et sensuelles de son jeune corps contre le sien, l'odeur de ses cheveux, une alchimie subtile mêlant l'herbe sèche de ses souvenirs d'enfance dans le massif du Mercantour et de délicates traces de Shalimar. Un début d'érection le fit reculer. Il ne voulait pas qu'elle profite de cet avantage sur lui par trop évident. Ils se quittèrent sur un sourire en se souhaitant bonne nuit.

-o-o-o-o-o-

Il fut réveillé dans la nuit par des coups frappés à sa porte. Au radar, et sans même penser à un éventuel danger, il alla ouvrir et se trouva face à Myriam qui le repoussa violemment dans sa chambre. Elle alla éteindre la lumière de sa table de chevet qu'il avait allumée pour se lever, laissant la maigre lueur provenant des éclairages de la ville pénétrer parcimonieusement dans la chambre, pour s'y repérer.

- Prépare-toi, on s'en va ! Immédiatement !
- Mais il est quelle heure ?
- Trois heures ! Allez, ne discute pas, je t'expliquerai après. On fonce. Prends tes affaires !

Il remarqua alors qu'elle tenait son automatique à la main et qu'elle y avait fixé le silencieux. À son épaule, pendait son sac à dos dans lequel elle avait enfourné à la va-vite ses maigres effets personnels. En quelques minutes, ils furent dehors. Dans le couloir, à l'étage de leur chambre, la lumière s'alluma et ils se figèrent, les muscles tendus pour parer à toute éventualité. Du regard, elle désigna un détecteur de présence au plafond qui avait dû actionner l'éclairage à leur passage. « Ouf », se dit-il.

Mais le répit fut de courte durée, car ils entendirent peu après le bruit à peine perceptible d'un pêne se relâchant dans une serrure. Une porte qu'on vient d'ouvrir en essayant de le faire sans bruit. Ils se plaquèrent dans un renfoncement du couloir, protégé par un pan de mur. Le cœur de Gerson battait à tout rompre. Il le sentait littéralement sauter dans sa poitrine et fut même pris de panique, un instant, craignant que ça s'entende. Il sentait ses jambes se dérober sous lui, et se dit qu'il n'arriverait jamais à s'en sortir, car il ne trouverait pas la force de tenir debout longtemps et encore moins de courir pour sauver sa peau.

À ses côtés, Myriam était d'un calme absolu. Une statue de marbre. Aucun bruit de respiration, aucun mouvement, tout son être tendu dans l'écoute et le traitement du moindre indice, si ténu soit-il, qui puisse lui donner une information vitale et l'aider à prendre la bonne décision. Elle tenait le Glock devant elle, au niveau de la poitrine, prête à s'en servir. Pour Gerson, le temps s'était figé. La vie avait reflué dans les zones les plus éloignées de son cerveau et seul le sang cognant dans ses oreilles lui confirmait qu'il était encore bien de ce monde.

Un bruit infinitésimal de frottement sur le sol en marbre. Un quasi imperceptible mouvement d'air qui se déplace. La sensation d'une présence à quelques mètres. Étaient-ils en train de rêver, de laisser leur imagination prendre le pas sur leur raison ? Elle était entraînée à ne pas se laisser déborder par les chimères qu'invente l'esprit en situation de stress maximum et continuait à laisser son cerveau analyser méthodiquement les informations qui lui parvenaient, pour être certaine de prendre la bonne décision, au bon moment. Dans les cours de formation du Mossad, on lui avait répété que l'usage d'une arme, pour un agent d'élite, est une forme d'échec : c'est la preuve qu'on a été découvert et que la mission risque de tomber à l'eau. Donc, ne tirer qu'en cas de nécessité absolue et éviter à tout prix les dégâts collatéraux. Plus facile à dire qu'à faire !

Gerson, à ses côtés, s'était calmé. Il découvrait que l'adrénaline peut aussi se contrôler et être mise à profit positivement. Qu'elle peut aider à aiguiser les sens, à préparer les muscles à une sollicitation extrême, à affronter les périls les plus définitifs en faisant le pari, parfois insensé, qu'ils seront maîtrisés et vaincus. Lui aussi attendait, prêt à tout à présent, les mains nues, mais l'esprit armé d'une absolue volonté de ne pas se laisser surprendre et dominer sans combattre.

Soudainement, en un éclair, elle se décala vers le centre du couloir, en pleine lumière, hors de la protection du mur derrière lequel ils s'étaient réfugiés. Deux bruits mats et brefs, comme ceux d'une porte en bois qui claque, puis un bruit plus lourd, celui d'un gros sac de voyage lourdement chargé jeté sans ménagement sur le sol. Gerson osa avancer la tête pour voir ce qui s'était passé, et il la vit, déjà penchée sur un corps allongé au milieu du couloir. Il s'approcha et aperçut une mince rigole de sang sortant de la tempe d'un individu qui avait encore les yeux grands ouverts, le regard déjà figé dans l'au-delà.

- Vite, donne-moi un coup de main ! On va le tirer dans ta chambre, murmura-t-elle dans un souffle.

Le type allongé sur la moquette de la chambre de Gerson, le marbre du couloir prestement débarrassé des traces de sang, ils ressortirent prudemment dans le couloir.

- À mon avis, il doit y en avoir un second. Comme on était deux à abattre…
- Tu vas m'expliquer, merde ! Qu'est-ce que ça veut dire ?
- Tu la fermes, pour l'instant. On aura tout le temps plus tard. Je te dirai tout ce que je sais. En tout cas, on a eu une sacrée chance.

Si un autre tueur était en effet dans la place, il devait se trouver à présent à l'étage de Myriam, quelque part entre sa chambre et l'escalier. Comme elle était deux étages au-dessus de celle de Gerson, il y avait fort à parier que le type était encore dans les lieux et qu'il fallait se hâter de disparaître. Le Français ne répondit rien, sidéré par ce qu'il venait de vivre. Peut-on imaginer la mort dans son absolue violence quand on a passé son temps à ignorer la réalité de la vie et qu'on s'est ingénié à jouer avec les lois de la nature ? La mort était pour lui une abstraction, un concept mou du même ordre que talent, incompréhension, reconnaissance, succès, échec. Il avait tellement flotté et dérivé sans boussole et sans cap ! Finalement, il avait toujours été profondément paumé et, secrètement, était à présent reconnaissant à Myriam de donner des réponses à ses questions. Et un sens à sa vie.

Ils se hâtèrent de quitter l'hôtel en passant par l'ascenseur de service, ressortant par le sous-sol, passant à travers les cuisines vides et les réserves, débouchant sur le parking arrière, en plein air. Ils ne croisèrent personne et purent récupérer la voiture qu'ils avaient louée à l'aéroport, en arrivant de Paris. Ils prirent la direction du nord dans une ville encore endormie.

- Tu comprends maintenant pourquoi une voiture de location ? Toujours avoir la maîtrise de ses moyens de transport.
- Ouais. Bien sûr. Tu peux me dire ce qui se passe, plutôt ?
- J'ai reçu un appel de Tel-Aviv dans la nuit, un peu avant que je te réveille. Ils ont intercepté plusieurs appels du cheikh. L'un, à une pute, vers une heure du matin. Ça, je dirais que c'est dans l'ordre des choses. Plus sérieux : un appel à un correspondant à Beyrouth. Langage codé, mais les spécialistes maison pensent qu'il faisait état d'une livraison bloquée dans la plaine de la Bekaa, au nord-est de Beyrouth.
- Donc, notre homme d'hier soir est bien mouillé dans le trafic !

- Bien sûr. Je n'en ai jamais douté, ajouta-t-elle, un rien emphatique pour une fois. Ce qui signifie aussi, en passant, que son organisation a des ramifications au Liban et qu'elle doit toucher aussi à l'héroïne qui arrive dans la Bekaa en passant par la Syrie.
- C'est du lourd, ça.
- En effet. Mais ce n'est pas tout. On a aussi intercepté un appel entrant venant de France. On ne sait pas d'où. On sait juste que l'indicatif du pays était le 33. Et, accroche-toi : un correspondant lui parlant en arabe l'a informé d'un souci sérieux, là-bas. Un de leurs types a disparu. Ils ont enquêté dans le réseau et appris que le type qu'ils ont liquidé il y a une dizaine de jours était en rapport avec un artiste peintre français. Ils ont dû le cuisiner avant de le liquider. Je ne te fais pas de dessin.
- Merde, Kočusz !
- Eh oui, ton vieux complice ! Il a dû déguster... Et un des grossistes du réseau à Paris aurait indiqué qu'il a d'abord été coincé par un couple et séquestré quelques heures, avant de pouvoir filer.
- Alex ! Il a parlé ce con !
- Bien sûr. Il n'avait pas le choix, remarque. Et il va certainement le payer. Bon, c'est son problème de toute façon.
- Et donc, il fallait nous liquider... conclut-il dans un souffle.

Son sang se liquéfia. L'image de Kočusz avec ses deux trous dans le crâne, baignant dans son sang, revint le hanter. Gerson venait de grimper de plusieurs étages dans l'échelle de l'horreur. Mais, étonnamment, en présence de Myriam, il n'éprouvait aucune crainte. Elle était son assurance-vie. Elle avait un tel aplomb, une telle détermination face au danger qu'il se sentait immunisé. Et lui aussi avait envie de se battre. Lui qui n'avait jamais fait preuve d'aucun courage, il découvrait, enfin, qu'il avait des couilles.

Ils atteignirent l'aéroport San Pablo de Séville dans le milieu de la matinée. Pendant que Gerson conduisait, Myriam avait pu échanger avec la centrale pour organiser leur retour et prévoir leur arrivée sur Paris. Deux places en business les attendaient sur le vol Air France de 15 h 50, destination Roissy. Ils tuèrent le temps à sommeiller dans le lounge VIP, sans échanger autre chose que des banalités. Ils avaient besoin de faire le vide après cette séquence stressante. Une fois installée dans l'avion, elle lui glissa :

- Tu as conscience qu'on l'a échappé belle ? Et qu'on a une bonne étoile !
- Oui... En fait, pas vraiment.
- Tu es inconscient, Gerson ! Descends de ton nuage ! Si nos gars de la technique n'avaient pas intercepté la conversation d'Al Salami, on serait raides à cette heure. La technologie a du bon ! Surtout chez nous. Petit pays, grande technologie !

Elle le dévisagea longuement d'un air contrit comme pour compatir avec lui à ce qu'elle allait lui annoncer, avant de reprendre :

- On n'en a pas fini avec le cheikh. À l'heure qu'il est, ses réseaux nous attendent à Paris, d'une façon ou d'une autre. On est parti de Séville pour se donner quelques heures d'avance, mais, à Paris, ils peuvent nous tracer et alors là, fini la comédie, fit-elle en passant le pouce sur sa gorge, histoire de joindre le geste à la parole.

Devant son air ahuri et inquiet, elle précisa :

- T'inquiète pas ! À Roissy, au cas où ils auraient envoyé un comité d'accueil, nous avons le nôtre qui sera là. Nous aviserons, mais sache que nous ne serons pas seuls. Nous ne sommes jamais seuls !
- Et on va où, une fois sur le plancher des vaches ?
- Aucun souci. On a d'autres points de chute dans Paris.

- J'aurais voulu passer à l'atelier.
- Là, tu oublies ! Ils ne te louperont pas et j'ai encore besoin de toi. On va analyser la situation et décider tranquillement dès qu'on aura tous les éléments en mains.
- Si tu le dis.

-o-o-o-o-o-

Acte 3

Pendant leur trajet en taxi vers Paris, les services lui avaient communiqué leur nouveau point de chute. Porte d'Auteuil. À deux pas du périphérique. Facile pour s'échapper de Paris en cas de besoin, avait-elle commenté. Tandis qu'elle parlait dans son téléphone satellitaire, il s'était montré nerveux, surveillant régulièrement la vitre arrière. Pour le calmer, elle lui lâcha, ayant fini sa conversation avec la centrale :

- Laisse tomber, Gerson. On est suivi par une équipe de la maison, continua-t-elle dans un murmure.
- T'en es sûre ? Je ne vois rien !
- Heureusement que tu ne vois rien, gros naïf ! On n'est pas au cirque. Moins on se fait voir, mieux c'est. Il va falloir que je reprenne ton éducation depuis le début. Tu ne seras jamais qu'un espion d'opérette. Un James Bond de supermarché ! souffla-t-elle pour finir, avec un sourire désarmant.

Gerson haussa les épaules de dépit en soufflant bruyamment. Elle avait raison. Il se sentait décalé dans cette aventure. Tellement loin de ses codes et de ses repères. Mais il commençait à se plaire dans ce rôle de porte-valise, à sa disposition à elle. Et, à la vérité, il aurait été prêt à tout à cet instant précis pour rester à ses côtés, si elle le lui avait demandé. Prêt à aller au-devant d'une mort certaine pour lui prouver qu'elle valait bien une vie.

Ils prirent leurs quartiers dans un appartement de la rue Erlanger, dont le confort douillet et convenu fut immédiatement insupportable à Gerson, mais il ne fit aucun commentaire. Trop heureux de se retrouver dans un tête-à-tête obligé avec elle. Pour la gardienne, qui avait été dûment briefée, ils étaient censés être des amis du propriétaire, de passage à Paris pour quelques jours. Monsieur et Madame Herlich, de Strasbourg, en voyage d'agrément dans la capitale. Pour faire bonne mesure, un colis leur fut livré dans la soirée par un coursier. Il contenait des effets personnels que Myriam avait laissés cours de Vincennes.

- Ils sont prévenants et efficaces, tes collègues !
- Oui, on a le sens du collectif, chez nous. Je te l'ai dit : on n'est jamais seul.

En prononçant ces mots, elle se dirigea vers la cuisine où elle trouva, sous l'évier, comme dans la précédente planque, les deux automatiques Jericho qu'un collègue lui avait déposés avant leur arrivée. Elle avait dû abandonner le Glock à regret en Espagne, balancé au fond d'une rivière qu'ils avaient traversée en route.

Ils s'installèrent dans une forme de routine où chacun tentait de trouver sa place et son rôle. Tuer le temps. La mission la plus délicate à mener à bien, finalement, pour un agent secret. Que faire quand on est sur une piste, quand on sait que l'action est là, imminente, mais qu'il faut ne rien précipiter ? Paris est une ville aux ressources insoupçonnées, aux vies décloisonnées, aux mille possibilités, mais seulement voilà : le hasard fait parfois très mal les choses. Une rencontre fortuite n'est jamais à exclure et la prudence exige l'extrême discrétion quand une opération est en plein déroulement. Pas question de flâner dans les quartiers habituels, pas question de fréquenter les lieux où l'on se sent chez soi. Paris est aussi un village !

Elle avait l'impression de parler à un enfant tant il refusait l'idée même de risque, ici dans sa ville. Tout de même, ils avaient survécu à une tentative d'assassinat ciblé, orchestrée par des spécialistes. Sans parler du type qui avait été envoyé à son atelier pour le saigner au cran d'arrêt. Malgré tout, ça ne semblait pas lui suffire comme preuves. À ses côtés, il se sentait à l'abri de toute imposture du destin. Il voyait en elle une sorte de *superwoman* capable de déjouer toute velléité de les atteindre et de les empêcher de mener à bien leur mission.

Leur mission ? Il se surprit à intérioriser cette obligation de résultat, lui, la pièce rapportée, mise là par le hasard des rencontres, contre son gré. Je divague, moi ? Qu'en ai-je à faire du Mossad et d'Israël ? Je n'ai rien demandé à personne. Je menais ma vie tranquille, et me voilà embringué dans une aventure qui n'est pas la mienne. Et tout ça, parce qu'une inconnue m'a tapé dans l'œil l'année dernière, aux Beaux-Arts ! Je suis un ballot, finalement. Un rêveur incorrigible, doublé d'un opportuniste au petit pied, prêt à rallier toute cause qui sert mes intérêts ou nourrit mes fantasmes.

Nul ! Je le suis d'autant plus que je n'en ai rien à faire de leurs histoires. Qu'ils vendent la dope à qui ils veulent ces mecs ! Le monde a toujours tourné autour du fric, du pouvoir et du sexe. Ce n'est pas aujourd'hui que ça va changer. Qu'ils me laissent retourner à mes pinceaux. Eux, au moins, ils ne me trahiront pas. Au fait, je vais reprendre mes grands formats sur le thème des cariatides de l'Acropole. Je les veux lointaines, perdues dans un au-delà onirique, langueur et sensualité. Mais c'est bien loin tout ça. Il faut que j'arrive à m'extirper de ce cauchemar !

- Tu rêves à quoi, Gerson ?

Elle le fit redescendre sur terre en quelques mots claqués comme un reproche.

Adieu, mes cariatides.

- Je me disais que… et puis merde ! Tu t'en fous de toute façon de ce que je pense.
- Non, je ne m'en fous pas ! Je m'en préoccupe, au contraire. Tu es mon partenaire dans cette aventure et je dois veiller sur toi, sur ton moral et ta motivation ! Si tu

déprimes, c'est toute ma mission qui risque de tomber à l'eau. J'ai besoin de toi, que tu le veuilles ou non ! OK ? Tu me dis ce qui ne va pas ! Tu m'écoutes, là ?

- Ça va, ça va. J'ai compris. Mais tes histoires de réseau, de trafiquants, ton Mossad, tes planques, etc. Je m'en bats les…
- N'en rajoute pas dans la bêtise ! le stoppa-t-elle avec véhémence.
- Non. Je me disais que, finalement, vous ne valez pas mieux que les mecs que vous combattez, continua-t-il sur un ton désabusé. Les mêmes méthodes, les mêmes motivations. Imposer votre loi, ne pas savoir pourquoi les autres, en face, vous en veulent. Pourquoi ils se sentent maltraités par un système qui nie leurs aspirations et se fout de leur religion ?
- T'es cinglé ! Tu oses comparer notre combat pour la survie de notre peuple à celui d'une bande d'excités qui n'ont d'autre but que d'imposer leur pouvoir de merde par la violence. Et, accessoirement, de nous rayer de la carte !
- C'est plus compliqué. Le monde ne fonctionne pas avec ton manichéisme de bazar, ma chérie.
- Explique, Monsieur Je-sais-tout !
- Ces « excités » comme tu dis, ils ont peut-être aussi leurs raisons de vous en vouloir, non ? Peut-être un profond sentiment d'injustice à leur égard ? T'y as pensé à ça ? Sans parler des Palestiniens que vous laissez crever à petit feu…

Il s'arrêta net, car elle s'était rapprochée de lui et, son visage à quelques centimètres du sien, les poings sur les hanches, la poitrine soulevée par l'indignation, lui jeta à la figure :

- Puisque tu n'as pas tout saisi, je te rappelle que tu es complice de meurtre, en plus d'être impliqué jusqu'au cou dans un trafic de dope. Et pas n'importe laquelle ! Celle que se piquousent les mômes jusque dans les beaux quartiers ! Entre autres. Vingt ans au bas mot. Je te l'ai déjà dit, non ? Tu ressortiras, si tu en ressors, avec la tronche défoncée, façon Gainsbourg mais sans le talent. Tes copains des stups, nous, on leur parle. Ils ne te laisseront pas filer quand tu ne seras plus utile. Pour l'instant, on les tient à distance, mais il suffirait d'un rien. Alors, tu t'écrases, tu ne me fais pas chier et tu fais ce que je te dis de faire. OK ? OK, Gerson ?

Il baissa la tête. Il eut l'impression de ressentir à nouveau la douleur de son coup dans le plexus solaire. Il était coincé, ne pouvant nier l'évidence, dans la merde jusqu'au cou. Lui qui avait toujours imaginé se garder de toute implication, de toute prise de risque, privilégiant son petit confort égocentré, il s'était mis tout seul dans une dépendance mortelle. Pris entre ces injonctions contraires de l'attraction qu'il éprouvait pour elle, de la volonté de jouir de la vie sans entrave, de la recherche de la reconnaissance de son talent, de son doute quant aux canons de la réussite, il était désemparé.

Sans repères, sans principes autres que ceux fixés par son hédonisme forcené, il flottait dans l'incertitude et le doute tandis qu'elle était là, rayonnante, superbe de jeunesse, de grâce, de sensualité. Et surtout de détermination. Loin de ses doutes à lui. Dans cette phase déboussolée de sa vie, elle était son phare. Mais elle ne voulait plus de lui et n'avait accepté de le faire entrer dans son monde que par opportunisme et calcul. Gerson était paumé et souffrait. Pour la première fois de sa vie, d'une vraie, profonde et inapaisable souffrance.

N'y tenant plus et profitant qu'elle était dans la salle de bain, il s'isola dans sa chambre et composa le numéro de Dorothée. Elle répondit à la première sonnerie.

- C'est toi ?
- Ben oui.

- Mais t'es où ? T'aurais pu m'appeler ! J'ai flippé comme une malade…
- Ne t'inquiète pas. Je suis quelque part en France.
- À Paris ?
- Écoute, j'peux pas trop parler.
- Je te sens tout près, là. Tu es revenu ?
- Oui, mais garde ça pour toi !
- Frédéric, tu me manques ! Je suis mal sans toi.
- C'est ça ! Il n'y a pas si longtemps, tu voulais me faire casser la gueule. Laisse-moi rire !
- J'étais désespérée. Tu m'as ridiculisée, humiliée. Je ne pouvais pas faire autrement. De toute façon, tu t'en es bien tiré.
- En effet. Tes gars ont compris qu'il valait mieux qu'ils me foutent la paix. Mais passons.

Elle ne fit aucun commentaire. Un silence s'installa entre eux, comme chaque fois qu'ils s'étaient querellés et retrouvés. Cette fois-ci, il n'en serait rien. Mais il ne fallait pas qu'il lui fasse comprendre que c'en était définitivement terminé de leur histoire. Il pouvait encore avoir besoin d'elle.

- On fait quoi, alors ? reprit-elle.
- Laisse-moi le temps de réfléchir. J'ai des obligations.
- Une autre ?
- Mais non. C'est professionnel, je te dis. Exclusivement professionnel.
- Allons donc. Je suis passée à l'atelier. J'ai vu Mimi, qui m'a dit qu'il y avait eu du grabuge. Mais sans plus de précisions. J'ai cru que c'était avec mes gars, mais j'ai appris après que c'était autre chose. Dans quel pétrin tu t'es encore fourré ? Tu es incorrigible. Que ce soit pour une paire de fesses ou pour quelques biftons, tu peux déconner sans limites et tout foutre en l'air. Pourquoi je t'aime encore ? Pauvre conne que je suis, après ce que tu m'as fait subir et m'avoir tapé deux cent cinquante mille

euros ! Escroc ! ajouta-t-elle sur un ton faussement menaçant.

Il la faisait encore craquer. Les femmes, quand elles ont un mec dans la peau, ce n'est jamais tout à fait fini, se dit-il pour se rassurer.

- Stop, la morale ! Ça va. Je n'ai rien fait de mal. Je te le rendrai ton pognon, finit-il par lâcher contre toute évidence.
- Je m'en fous du fric ! Ce que je veux, c'est te revoir. Qu'on ait une bonne explication.
- Bien sûr !
- Bon, OK. Je vois que tu ne peux pas parler. Sache que si tu veux passer, ma porte est ouverte ! Et, je t'en supplie, prends garde à toi. Tu es encore capable de…

La conversation venait d'être interrompue brutalement par Gerson quand Myriam avait ouvert la porte de sa chambre, sans frapper.

- Tu parlais avec qui ? fit-elle.
- T'inquiète !
- Oui, je m'inquiète, justement ! Et avec ton mobile, en plus.

Elle lui jeta un regard assassin. Non pas de jalousie, évidemment. Elle savait, d'expérience, que tout faux mouvement est un risque potentiel. Comme un simple appel. Son numéro devait être connu des autres. Il ne faut jamais sous-estimer ses adversaires. Et même, il faut les croire plus intelligents que soi. Ce qui doit faire la différence, c'est la motivation. C'est l'absolue volonté de gagner, coûte que coûte, qui fait bouger les lignes. L'arme fatale. Dos au mur, l'individu trouve des ressources en lui-même qu'il ne savait pas avoir. Pas besoin d'avoir lu Sun Tzu pour savoir ça. En attendant, si on peut éviter de faire des bêtises…

- Tu as réfléchi qu'ils ont certainement ton numéro de mobile ? Tu pourrais aussi leur envoyer un texto avec notre adresse pendant que tu y es !
- Arrête ! Tu vois le danger partout.
- Je suis payée pour ça, vois-tu. Et aussi pour prendre soin de toi. Oui, de toi ! Nous avons encore besoin de toi, mon cher Frédéric ! Désolée, nous n'en avons pas encore fini.

Il ne répondit rien. Elle avait raison et il le savait.

Elle entreprit de lui expliquer en quoi allait consister à présent leur mission. La centrale devait compléter et recouper les informations récupérées suite à l'écoute du portable d'Al Salami et à l'analyse des photos qu'elle, Myriam, avait prises de façon naturelle avec son portable, pendant la soirée à la galerie. Outre le cheikh, plusieurs personnes semblant graviter dans son orbite faisaient actuellement l'objet de recherches. Et puis, ils avaient l'enregistrement de sa voix et donc sa signature vocale était sur tous les systèmes d'écoute par satellite qui pullulaient dans la région. Les fichiers du Mossad, en lien avec ceux de la CIA et de la DGSE allaient certainement leur en apprendre beaucoup. Déjà, l'allusion à la Bekaa par le Qatari dans sa conversation avec un correspondant à Beyrouth donnait une idée du niveau des ramifications de l'organisation que contrôlait le cheikh, ou au moins avec laquelle il était associé.

L'objectif était de poursuivre les recherches et la traque des membres du réseau, où qu'ils soient. Et, comme elle disposait d'un passeport français en bonne et due forme, sous un nom d'emprunt évidemment, elle irait voir du côté du Liban ce qui se tramait. Il l'avait écoutée avec un détachement feint et avait soudain réagi à l'évocation du Pays du Cèdre.

- Rien que ça ! T'as vraiment peur de rien !
- Non, de rien, en effet. Je pars dans quarante-huit heures. Le temps d'organiser sur place la logistique et la couverture.

- À Beyrouth ? Et moi, qu'est-ce que je deviens ? fit-il, désemparé.
- Écoute, tu n'as qu'à aller te planquer quelque part en attendant que je revienne et qu'on reprenne nos recherches, ici. Je peux encore avoir besoin de toi.
- Mais, vous avez des gens à vous, là-bas ? Je pourrais t'aider, avait-il continué.
- Pourquoi, tu y as des contacts ? fit-elle surprise par sa soudaine sollicitude.
- Ben oui. J'ai connu une journaliste à Paris qui m'y a invité, il y a quelques années. Elle aurait peut-être des idées sur le sujet. Elle connaît tout le monde. Elle pourrait nous filer un coup de main.

Il détourna le regard, les yeux perdus au loin. Lui revinrent en mémoire les images de ce pays déchiré, de l'insécurité, du Hezbollah tout-puissant, des milices diverses qui après s'être entretuées s'étaient partagé le pays et se tenaient à présent prêtes à recommencer à se battre sans merci, sous l'œil complaisant des voisins syriens et israéliens, trop contents de maintenir le pays en situation de chaos, car plus facile à contrôler et à manipuler.

Il avait en effet eu une brève aventure avec une journaliste travaillant pour *L'Orient–Le Jour*, quelques années auparavant. C'est elle, Nour, qui lui avait fait découvrir les délices et les dangers de ce pays plusieurs fois millénaire. Correspondante à Paris, elle l'avait invité à découvrir son pays lors d'un voyage organisé par sa collègue de la rubrique culturelle. Une petite semaine à vivre au rythme de la ville. Il se revit fendant la foule bruyante, bigarrée et paisible des quartiers populaires de Hamra, s'aventurant dans les banlieues sud, en territoire chiite, à la terrasse du Saint-Georges buvant un arak, dans une ambiance années 70.

Il avait comme un pincement au cœur quand il repensait à ces moments légers, insouciants, dans ce pays maltraité par l'histoire, qui n'arrêtait pas de se remettre de ses guerres tribales, mais qui faisait face à la fatalité avec dignité et courage. Lorsqu'ils étaient partis déjeuner à Byblos, le vieux Pépé qui avait tenu près de cinquante ans son bistrot sur le port venait de disparaître, et avec lui la mémoire des années légères, des communautés qui vivaient dans le partage et le respect des traditions, allant même jusqu'à fêter Noël, l'Aïd ou Yom Kippour tous ensemble, unis par une communauté de destins qui dépassait les clivages de la religion et de la superstition.

- Tu rêves, Gerson ?
- Je pourrais contacter Nour.
- Qui ça ?
- Cette fille dont je viens de te parler.
- Pourquoi pas ? Je vais y réfléchir.

Il la dévisagea comme s'il la voyait pour la première fois. Elle lui apparut soudainement autre. Plus secrète, presque insondable. Belle, ça oui. Et même encore plus, et tellement désirable. Mais si lointaine. Comme semblait loin la magie de leur rencontre, les émois qu'elle avait suscités dans son cœur de vieux séducteur. Il avait en face de lui une mécanique de précision, une machine de guerre au service d'une cause à laquelle elle s'était vouée corps et âme. Il essaya de cacher son trouble en lui lançant :

- Et quand tu auras fini ton enquête, tu fais quoi ?
- Moi, rien. Je passe la main au service action qui se chargera de faire le ménage. Quelques missiles bien placés, un commando où il faut et on sera tranquille pour quelque temps.
- Pour quelque temps ? Et ça reprendra après.
- Je sais. Je ne me fais pas d'illusion, c'est une guerre à basse intensité qui n'en finira jamais, tant que les Arabes ne voudront pas d'Israël. Nous sommes prêts à ne jamais vivre en paix. Cette situation ne nous gêne finalement pas. On fait avec.

Elle n'avait aucune envie de discuter géopolitique avec lui et le planta là, au milieu de ses interrogations, puis alla s'enfermer dans sa chambre, le laissant seul avec ses souvenirs. Elle lui préférait Hadrien. Définitivement.

-o-o-o-o-o-

Quarante-huit heures à vivre une torture à feu lent, à la voir aller et venir dans l'appartement sans pouvoir faire autre chose que la suivre du regard. Malgré sa frustration, il devait bien admettre qu'auprès d'elle, l'air était plus léger, les lumières plus vives, les sons plus cristallins. Lui, le cynique, le charmeur compulsif, était pris au piège. Il se sentait fragile, désemparé par cette attirance qu'elle exerçait sur lui. Il avait bien conscience qu'elle avait manipulé et exploité son désir d'elle, afin de l'utiliser avec cynisme et opportunisme. Et pourtant, il ne lui en voulait pas, s'estimant plus que compensé par les moments de grâce qu'elle lui avait offerts. Malgré la brûlure de la frustration qu'il endurait à présent.

Elle semblait s'être recroquevillée sur elle-même. En effet, durant ces deux journées interminables, à part un appel quotidien à ses supérieurs, elle ne lui adressa quasiment pas la parole et ne répondit que de façon laconique à ses questions. Il ne put rien tirer de plus d'elle, sur ses années de jeunesse, les raisons de son engagement dans les services secrets, les espoirs qu'elle nourrissait pour la suite de sa vie, ses amours. Sur ce dernier point, elle demeurait mystérieuse.

Comment se pouvait-il qu'une fille aussi splendide de vie, de sensualité, puisse mener une existence de nonne ? Impossible, voulut-il se convaincre ! Elle me cache quelque chose. Cette dimension inconnue de sa personnalité l'intriguait et contribuait à exercer sur lui un attrait exacerbant sa frustration. Ce dont il ne se plaignait pas, finalement. À ce stade, la douleur amoureuse est encore une espérance, l'espoir d'une évolution favorable autorisant l'attente de jours meilleurs.

Il reçut cinq messages de Manuel sur son portable. Le galeriste était enflammé par la perspective de lui montrer qu'en fin de compte il avait les capacités de faire enfin décoller sérieusement sa carrière. Il lui annonça avec emphase et circonvolutions verbales à n'en plus finir, et bien évidemment en s'attribuant les mérites exclusifs de ce scoop, que la galerie Decodificación Artística de Marbella voulait lui organiser une grande exposition à la rentrée. Son ami Robles était hyper motivé et il fallait qu'ils se parlent immédiatement. Gerson, instruit des mises en garde de Myriam et gardant un souvenir mitigé du propriétaire de la galerie, se garda de rappeler Manuel. Pas mécontent, non plus, de se faire désirer pour une fois.

- Manuel me propose une expo chez le type qu'on a vu à Marbella ! lâcha-t-il.
- Formidable ! Tu vois que tout arrive, la plupart du temps pas par où on s'y attendait, fut la réplique qui la fit sortir quelques instants de son mutisme.
- Je ne vais pas le rappeler ! Il m'emmerde, cet homo de Robles avec ses airs de chochotte. Voilà qu'il s'intéresse à moi parce qu'il m'a vu avec les *people* chez Art Concept International et à dîner chez Al Salami, ce con !
- Ne crache pas dans la soupe, Gerson ! Tu en rêvais. Je te l'apporte sur un plateau !
- Oui, bon. OK. Tu me diras que je suis un emmerdeur, mais ça me pompe que ce soit finalement plus pour des motifs anodins et périphériques à mon art et à mon talent, que ce mec s'intéresse à moi !
- Au fond, tu es un incorrigible idéaliste, un rêveur naïf, finalement, derrière ce masque d'opportuniste, de manipulateur d'émotions, de mec sans scrupules et sans morale ! Qui es-tu, Frédéric Gerson, au total ? Le sais-tu toi-même ? conclut-elle en tournant les talons et en allant se réfugier dans sa chambre, le laissant avec ses questions.
- Ouais, bien sûr ! Tu ne peux rien comprendre. Et d'ailleurs, tu t'en fous !

Il s'adressait à elle à travers la porte de la chambre où elle s'était enfermée et il se mit à hausser la voix.

- Ce n'est plus le talent qui est à la base de la reconnaissance, aujourd'hui. On est passé dans un autre monde ! Les cotes dans l'art contemporain, parlons-en ! C'est magouilles et compagnie. Si tu n'es pas défoncé, déchiré grave, paumé, tu restes dans les poubelles de l'Histoire !

Aucun bruit, aucune réaction dans la chambre de Myriam. Il se mit à taper sur sa porte en poursuivant. Il hurlait à présent :

- Moi, je me mets à poil sur mes toiles. Je m'ouvre les veines et j'expose mes entrailles pour que le public comprenne ce que j'ai à lui dire. Je m'en fous du reste ! Je veux qu'on me comprenne ! Faut-il pour ça que je me flingue ou que je me fasse défoncer la gueule comme Caravage ? C'est ça que tu veux ? continua-t-il en se frappant la poitrine.

Des coups résonnèrent contre la paroi du salon. Les voisins appréciaient visiblement peu sa profession de foi. Peu après, la porte s'ouvrit et le visage de Myriam apparut. Calme, un sourire énigmatique sur les lèvres, elle le fixait avec douceur et bienveillance, la tête légèrement renversée, sans prononcer une parole. Puis, elle s'approcha de lui et lui caressa le visage. On eût dit que la grâce avait touché Gerson, car sa fureur et sa souffrance disparurent instantanément. Il la regardait d'un air ébahi, tel un illuminé en présence d'une vision surnaturelle. Comment pouvait-elle être capable d'autant de tendresse et se montrer aussi implacable, presque cruelle ? pensa-t-il. Suis-je l'objet des fantasmes d'une perverse narcissique ? Ai-je perdu mon jugement, pour me laisser ainsi abuser comme un gosse ?

Il reprit son souffle tandis qu'elle l'observait avec bienveillance. Ce type ne lui était pas indifférent, finalement. Elle comprenait ses frustrations, sa quête de reconnaissance, sa souffrance. Il y avait chez lui une forme de pureté dans l'engagement, dans la foi en sa mission dans son domaine à lui. Rien à voir avec ce qui la motivait elle, mais il y avait pour eux deux une semblable capacité à tout donner de soi pour une cause ou un projet, une utopie. En cela, elle se trouvait plus proche de lui qu'elle l'aurait imaginé au départ.

-o-o-o-o-o-

- Alors, te voilà satisfait ?

Il détourna le regard pour contempler les formes futuristes des terminaux de Charles de Gaulle s'éloignant tandis que leur appareil prenait de l'altitude. Et surtout pour éviter de lui répondre. Sûr qu'il était plus que satisfait qu'elle l'ait repêché. Il se voyait mal se planquer quelque part, à Nice ou ailleurs, en attendant sagement qu'elle réapparaisse. Elle avait fini par accepter sa proposition de l'aider sur place, à Beyrouth. Il l'avait convaincue sans mal que ses contacts là-bas pourraient être utiles. Peut-être ne voulait-elle finalement pas se priver de sa présence ?

Beyrouth n'avait pas changé. La ville donnait toujours cette image de fourmilière grouillante, de gigantesque capharnaüm. Toutes les races et toutes les langues du Moyen-Orient s'y donnaient rendez-vous – hébreu excepté – pour profiter de cet indéfinissable esprit cosmopolite et jouisseur. Bien que vivant sur un volcan, dont les fumeroles vénéneuses leur parvenaient sans discontinuer, accablés de tous les maux que l'humanité dans sa troublante ingéniosité a réussi à inventer, ses habitants présentaient au visiteur un naturel accueillant, ouvert et tolérant.

Comme si les leçons de l'Histoire, dans leur brutalité aveugle, n'avaient pas réussi à entamer leur curiosité et leur sens de l'hospitalité. Comme si la partition infernale qui se jouait au fil des siècles les obligeait malgré tout à voir dans la vie ce qu'elle a de magnifique et de salvateur, en attendant la rencontre avec Dieu. Une sorte de déesse de la Providence, protectrice et généreuse, semblait avoir immunisé les Libanais contre le désespoir.

Ils avaient emménagé dans un petit hôtel, Le Chambord, très mal nommé eu égard à son aspect kitsch, tenu par un couple d'Arméniens attentifs et discrets, rue Sit Nasab, dans Hamra, quartier bigarré et vivant. L'ambiance lourde et capiteuse de la ville, l'activité incessante de ses innombrables négoces, de ses bars et restaurants, rappelaient en plus moderne à Myriam l'atmosphère des souks de son enfance, au Yémen. Elle revoyait les marchands arabes, leurs échoppes ouvertes regorgeant des trésors du monde, colorées et accueillantes, débordantes d'effluves enivrants, d'odeurs d'épices et de parfums entêtants mêlés, les petits bars où se dégustait entre amis un café à réveiller un chameau, les bars à chicha dégageant des nuées entêtantes, les fontaines d'où jaillissait une eau fraîche et claire et dont elle s'aspergeait avec ses copains d'école, en sortant de l'école.

Une vie prévisible et heureuse avant le désastre, avant l'invasion de la modernité cosmopolite et son cortège de malheurs en tout genre. À commencer par l'exode des siens. Avant que les communautés, qui s'étaient entendues pendant des siècles, finissent par croire qu'elles étaient sur terre pour s'entretuer au nom d'intérêts qui n'étaient évidemment pas les leurs, mais qu'elles avaient fini par croire indissociables de leur destin.

Sa famille avait été parmi les premières à quitter le Yémen, en laissant tout derrière elle, à commencer par son insouciance. Comment imaginer que ceux-là mêmes avec qui ils partageaient leur existence de tous les jours, rythmée par les mêmes joies, les mêmes douleurs, les mêmes espoirs, au sein de leurs communautés respectives, allaient finir par vouloir leur mort ? Mais quelle mouche piquait les hommes pour tourner ainsi le dos au bonheur ? Ce questionnement incessant ne l'avait plus quittée depuis cette époque où, jeune encore, elle avait définitivement perdu son innocence.

À peine installé au Chambord, Gerson avait appelé la rédaction de *L'Orient–Le Jour,* pour annoncer à Nour leur arrivée à Beyrouth. Bien qu'ils ne se soient pas parlé depuis plusieurs mois, elle avait immédiatement offert ses services quand il lui avait annoncé qu'il était là avec son agent pour rechercher une galerie intéressée à le représenter localement.

- Il doit se passer des choses importantes, ici, lâcha-t-il énigmatique, tandis qu'ils ressortaient de l'hôtel pour aller à la rencontre de la ville.
- Et pourquoi donc ?
- J'ai appelé Nour à son journal. Elle m'a dit n'avoir que peu de temps pour nous voir, car la situation est tendue actuellement.
- Rien de neuf, non ? commenta Myriam d'un ton laconique. Au fait, elle traite quels sujets pour son journal, ta Nour chérie ?
- Laisse tomber ! Tu ne vas pas me la jouer jalouse à présent ?
- Sait-on jamais ? Alors, raconte !

Il haussa les épaules et ne répondit rien. Il en avait déjà assez dit sur Nour pour convaincre Myriam de l'embarquer dans son aventure libanaise. Il ne voulait pas en rajouter sur le fait qu'elle était une journaliste chevronnée, spécialiste des questions stratégie et sécurité et avait ses réseaux dans l'appareil sécuritaire du pays.

En attendant de passer aux choses sérieuses, il fallait s'occuper de leur couverture. Ils se mirent donc en devoir de visiter les galeries du quartier, mais ne trouvèrent rien de très convaincant. Tant qu'à faire, déclara Gerson, il valait encore mieux choisir un espace où il n'aurait pas honte d'exposer son travail si, d'aventure, la situation lui en donnait un jour l'occasion. Elle ne s'y opposa pas, ayant compris que sa participation serait d'autant plus efficace qu'il aurait l'occasion de faire d'une pierre deux coups.

C'est Nour qui, le rappelant dans l'après-midi, vint à leur secours. Elle avait une amie d'enfance, Souria, fille d'un notable sunnite proche du pouvoir, qui avait ouvert une galerie dans un ancien entrepôt de la banlieue industrielle de Beyrouth. Elle y organisait une nocturne, ce soir-là. Nour leur proposa de les y retrouver en début de soirée, car son amie l'y avait invitée.

Une galerie ? Plutôt un immense espace de près de deux mille mètres carrés avec une hauteur sous plafond d'au moins trois étages. Gerson était bluffé. Des toiles de tous formats, des sculptures monumentales, des installations sur le béton brut.

- Vous avez vu, cette œuvre de Kapoor ? Elle a été exposée dans les jardins, à Versailles, face au château, avant qu'un grand collectionneur ne l'achète et me la confie ! expliqua Souria avec enthousiasme après les avoir accueillis chaleureusement. *Dirty Corner*. Soixante mètres de long. Ça m'a coûté aussi cher de la transporter que de racheter les murs de la galerie ! Et comme ce n'est pas une œuvre anodine, mon client m'a demandé de la conserver encore un peu chez moi. Pas envie qu'elle se fasse vandaliser, comme en France, par les fachos. Ce n'est pas ce qui manque chez nous, non plus !

Ils déambulaient entre les œuvres, accompagnés par la galeriste. Elle s'était rapprochée de Myriam et la prit par le bras en lui glissant quelques mots à l'oreille. Toutes deux se mirent à rire de bon cœur. Quelle complicité entre ces deux-là ! se dit Gerson, alors qu'elles ne se connaissaient pas une heure auparavant. Il en éprouva une sorte de jalousie sourde.

Son amie Nour avait vu juste. Il était dans *the place to be*. C'est là et pas ailleurs qu'il voulait être exposé. Mais avait-il la force et le talent d'un Kiefer dont les immenses toiles, sorte de *Nymphéas* modernes, l'avaient subjugué l'instant d'avant, ou d'un Kapoor ? Oui, se dit-il, j'y arriverai. Je me le dois. Je n'aurai pas souffert inutilement. Je ne me serai pas compromis dans toutes ces magouilles indignes pour rien. Je leur montrerai que Frédéric Gerson est quelqu'un avec qui il faut à présent compter.

- Frédéric, tu nous suis, là ?

Myriam l'avait, encore une fois, ramené sur terre. Il abandonna à regret son rêve de reconnaissance pour faire face à la réalité qui les attendait. D'abord, faire illusion. Il prit un air inspiré et faussement détaché pour murmurer, tout en faisant des yeux le tour de l'espace dans un mouvement circulaire qui se voulait celui d'un professionnel humant le bon plan :

- Pas mal, vraiment pas mal.
- Ça vous plaît ? lui répondit en écho Souria avec un sourire hésitant. Je sais que ce n'est pas parfait, mais on a encore des aménagements à réaliser. Il y aura aussi un restaurant. On est en discussion avec plusieurs chefs français. Et aussi, une salle de projection pour les vidéastes. Bruce Nauman m'a promis de venir pour l'inauguration.

« Bruce Nauman, rien que ça ! », pensa Gerson. Cette fille, c'est une bombe ! Il eut envie de prendre Nour dans ses bras. Quelle chance ! Quelle incroyable chance venait enfin de lui sourire ! Il imaginait sa série des cariatides dans cet espace. « Il faudra que je les fasse sur des maxi-grands formats, car sinon, elles vont disparaître à côté des autres », se dit-il !

- Au fait, vous connaissez mon travail ? lança-t-il, l'air désinvolte
- Bien sûr ! Nour m'en a parlé. J'ai vu des photos de vos tableaux sur le web. Je trouve ça très intéressant. Figuratif, mais sans les codes habituels. Je trouve que vous avez un langage vraiment original, novateur et

unique ! Je crois que je peux en faire quelque chose. Et j'adore vos variations chromatiques ! Elles me font penser, en plus vibrant encore, à Matisse, si vous me permettez la comparaison.

Il eut du mal à ne pas rougir de bonheur et, n'y tenant plus, se rua sur la fille qu'il saisit dans ses bras et voulut embrasser. Elle se dégagea prestement. L'effusion à l'occidentale reste mal vue au Proche-Orient, même dans les milieux avant-gardistes. Myriam, qui était restée en retrait prit l'initiative de replacer la discussion sur le plan business, ce qui était après tout dans la logique de son rôle. S'adressant à Souria, sur un ton sérieux :

- Et, dites-moi chère Souria, qui sont vos clients ?
- Voyez-vous, Pénélope, nous avons beaucoup de jeunes acheteurs parmi les grandes familles du golf. Même les Saoudiens de la nouvelle génération. Il ne faut pas croire que l'art contemporain leur est inconnu. Seulement, ils dépensent leur fortune de façon, disons, moins flamboyante que leurs homologues de l'Ouest. N'ayez crainte, quand nous présentons un artiste, c'est pour le vendre !
- Et les Qataris ?
- Là, c'est plus discret. Les chiites, ici, sont prudents. Tout se sait et ils font profil bas question modernité. Au moins dans la région. C'est dommage, car dans leur grande majorité, ils sont très éduqués, sympathiques et fréquentables. Bien sûr, il y a toujours des exceptions.

Si elle savait ! pensa Gerson, tandis que le souvenir de la soirée chez Al Salami et de leur escapade miraculeuse de l'hôtel lui revenait en mémoire.

Les deux femmes s'étaient éloignées pour poursuivre leur conversation ; elles donnaient à Gerson l'impression d'une forme inattendue de complicité. Il n'avait jamais vu Myriam aussi excitée et, se rapprochant d'elles, il comprit que leur discussion n'avait rien à voir avec l'art. Bizarre, se dit-il. Voyant qu'il les observait, elles prirent un ton plus sérieux pour revenir à l'objet de la visite du Français. On eût dit que Myriam avait fait ça toute sa vie. Quelle maîtrise ! Décidément, les services faisaient appel à de vrais pros, capables de se fondre dans une identité nouvelle avec toutes les apparences de la réalité. Il se convainquit que leur couverture était solide et qu'ils pourraient jouir d'une certaine tranquillité. Ce qui, avec elle, n'était pas garanti.

Ils prirent congé de Souria, la laissant occupée avec sa nocturne et, après lui avoir promis de la revoir avant leur départ, décidèrent d'inviter Nour à dîner. Rendez-vous fut pris pour 21 h 30 dans un restaurant de bord de mer, le Petit Byblos, que leur avait recommandé le couple d'Arméniens de l'hôtel.

-o-o-o-o-o-

Quand ils se retrouvèrent dans le lobby du Chambord avant de sortir pour aller dîner, Myriam avait la mine sombre. Quelque chose clochait, de toute évidence.

- J'ai eu un appel de la centrale en revenant dans ma chambre.
- Tu es folle ? On va se faire repérer, souffla-t-il en regardant autour de lui de crainte d'avoir été entendu.
- Ça va pas, non ? Tu me prends pour qui ? Avec mon satellitaire, crypté je te rappelle, finit-elle par concéder quand ils furent dans la rue, à l'abri d'oreilles indiscrètes. Ton atelier a brûlé hier. Détruit, complètement. Surtout par les pompiers qui l'ont transformé en bains turcs. Et le mec de Longjumeau, Alex, a été retrouvé pendu dans son garage. Il semblerait qu'on l'ait aidé.
- Mais... mais comment ils ont su, tes chefs ?
- Par les stups et les types de la DGSI avec qui ils parlent, comme je te l'ai dit.
- Merde alors. Mes toiles !

- Dommages collatéraux. Tu en feras d'autres des tableaux, va ! Et je suis sûre qu'ils seront encore plus beaux, plus forts ! Et plus grands, si tu veux les exposer chez Souria ! Au fait, elle est top, Souria, non ?

Il ne releva pas et continua à marcher, hébété, la tête basse, comme si on lui avait appris qu'il venait de perdre un enfant.

- Ah oui, au fait, reprit-elle en se rapprochant de lui, ils m'ont conseillé d'être très prudent, car il y a eu un attentat hier dans le village de al-Nabi Sheet dans la Bekaa, justement. Trois morts, dont un chef de district du Hezbollah. Ils ne savent pas de quoi il s'agit. Règlement de comptes entre factions, questions liées à un trafic, peut-être, d'après ce qu'ils ont cru comprendre, mais les satellites n'ont pas réussi à saisir toutes les conversations.
- Voilà donc ce à quoi faisait allusion Nour quand je lui ai parlé, hier, en arrivant.
- Tu crois ?
- Sûr. Elle a évoqué une situation tendue. On y est ! Je ne me suis pas trompé, si on veut bien croire ce que racontent tes collègues.
- N'ironise pas ! Ils se trompent très rarement.

Nour les attendait au Petit Byblos. Elle avait choisi une table sur la terrasse donnant sur le front de mer. Après avoir passé commande et tandis qu'ils attendaient leurs plats, elle regarda Myriam intensément et lui dit, avec un air soudainement suspicieux :

- Vous n'êtes pas française, Pénélope, n'est-ce pas ?
- Si, mais mes parents sont d'origine italienne. La famille est à Nice depuis les années 50 et j'y ai passé toute mon enfance, jusqu'au bac. C'est à cause de mon accent ?
- En effet. Je me demandais comment vous pouviez rouler les « r » de cette façon si typique.

- Voilà la réponse ! Et mon nom est Rossi, le nom le plus répandu qui soit chez nous. Je veux dire, en Italie. Le Martin des Français, si vous préférez ! conclut-elle, en s'efforçant de sourire pour faire baisser la tension qui était montée d'un cran, soudainement. Je suis venue à Paris pour étudier à la Sorbonne. La communication. De là, les relations publiques dans l'art, car je suis passionnée depuis ma plus tendre enfance par la peinture.

Gerson n'avait rien perdu de cet échange. Quelle comédienne ! Elle passait d'une identité à l'autre avec un talent digne de l'*Actors Studio*. Nour reprit :

- Au fait, vous m'avez bien dit tout à l'heure que vous vouliez vous rendre dans la Bekaa, n'est-ce pas ? Vous savez, ce n'est pas très sûr.
- Je sais, mais on m'en a tellement parlé. Et puis, il y a Baalbek ! Venir au Liban sans voir Baalbek, c'est comme aller à Rome sans voir Saint-Pierre, non ?
- Oui oui… Mais encore une fois, c'est dangereux. Surtout ces jours-ci. Il y a eu un attentat, hier, et l'armée est sur les dents.
- Dommage. Trop bête. Il n'y a vraiment pas une solution ? Nous qu'est-ce qu'on risque, comme Français ?

Gerson sursauta. Elle est folle ! Une Juive, agent du Mossad en plus, qui veut aller se balader dans la Bekaa ! On aura tout vu. Sans moi, cette fois-ci. Comme elle avait l'air franchement déçue, presque désemparée, Nour, prise d'une soudaine pitié, lui lança :

- Attendez ! Ma rédaction a décidé de m'y envoyer pour faire un reportage. Ce n'est pas vraiment autorisé, mais si vous voulez, je vous emmène avec moi.
- Génial ! Myriam se mit à battre des mains. Mais il faut des autorisations, non ? J'ai cru comprendre que c'est une zone à accès restreint.

- Ne vous inquiétez pas. J'aurai ce qu'il faut et nous ne serons pas seuls.
- Vous êtes géniale ! Comment vous remercier ?
- Ce n'est rien. Si ça vous va, le chauffeur du journal passera vous prendre demain vers dix heures à votre hôtel.

Gerson n'en revenait pas de son culot. Ce qui était pour lui une descente dans les profondeurs de l'Enfer semblait une promenade de santé pour elle. Il ne pouvait pas ne pas y aller. Coincé, Gerson. Et doublement ! Pas possible de perdre la face devant deux femmes à la fois.
Leur repas terminé, après avoir pris congé de Nour, ils décidèrent de rester dehors, à déambuler dans la ville. Lui, qui appréhendait ce moment comme une veillée d'armes, fut pris par l'ambiance joyeuse et festive de Beyrouth tout autant que par l'attitude apparemment insouciante de Myriam. Quel contraste par rapport à l'extrême dangerosité de sa mission !

- Et comment comptes-tu t'y prendre pour remonter la filière du réseau dans la Bekaa, ne put-il s'empêcher de lui demander tandis qu'ils rentraient à leur hôtel.
- La chance, Gerson, la chance, lui souffla-t-elle, avec un sourire énigmatique. La baraka, si tu préfères ! poursuivit-elle sur un ton enjoué.

Disparue l'agent spécial des services israéliens au service d'une cause, froide, déterminée et investie au-delà de sa propre vie. Loin, l'arme fatale dévouée à son pays. Soudain, trébuchant sur les pierres disjointes des trottoirs, elle heurta un passant qui venait dans sa direction et eut besoin de s'accrocher au bras de Gerson pour éviter la chute. Elle adressa à celui-ci un sourire complice en s'agrippant à lui pour ne pas tomber, après avoir échangé quelques mots avec le type qui disparut en râlant.

Elle se trouvait bien, finalement, avec lui. Avait-il compris et intégré ses attentes ? Allait-il enfin se comporter comme un

partenaire fiable et arrêter ce jeu inutile de séduction à bas bruit ? Avait-il intégré qu'il n'aurait jamais plus l'occasion de la mettre dans son lit ?
Arrivés à l'hôtel, ils se quittèrent après qu'il l'eut embrassée sur le front avant de la laisser devant sa chambre. Il s'endormit sur cette vision de lui-même réconcilié avec ses démons et heureux aussi de se rendre utile pour une cause qu'il pensait juste, même s'il doutait de la dimension morale des méthodes et des combats dans lesquels elle l'avait entraîné.

Ni elle ni lui n'avaient conscience qu'un événement, en apparence fortuit, venant de se passer à leur insu quelques instants auparavant, allait se révéler crucial pour la suite.

-o-o-o-o-o-

L'agent Amos Allon était en poste depuis trois ans à Beyrouth. Contractuel de rang 3 au ministère de l'Agriculture libanais, il était arrivé de Londres avec un passeport syrien délivré par le MI6 au nom de Nayef Mwafaq al-Chaar, né à Alep, quarante-sept années plus tôt. Il était réellement né à Alep, où son père était rabbin, et avait étudié l'agronomie au Royaume-Uni où sa famille avait émigré en 1989. Puis, il avait rejoint Israël à la fin de ses études, où il avait intégré le ministère de la Défense après ses trois années de service militaire réglementaires. Enfin, le Mossad l'avait recruté et enrôlé dans ses unités combattantes où il avait passé douze ans jusqu'à ce qu'une mauvaise blessure en opération l'oblige à opter pour un poste plus tranquille. Et il était devenu agent dormant, une taupe en quelque sorte, au Pays du Cèdre. Ce qui convenait à son apparence calme et résignée de fonctionnaire zélé issu de la classe moyenne syrienne, heureux d'être accueilli dans un pays frère.

Il avait une couverture idéale : sa connaissance de l'arabe spécifique à la région d'Alep, avec cette façon gutturale de finir les mots, et les souvenirs vifs qu'il gardait des quartiers et des habitants de sa ville natale. Ces atouts l'avaient rapidement fait accepter au ministère où sa discrétion et sa compétence avaient été fortement appréciées. De taille moyenne, discret, affublé de lunettes d'intellectuel, toujours impeccablement sanglé dans un costume clair, il était bien vu par ses chefs, qui lui laissèrent peu à peu une grande latitude pour organiser ses allées et venues, dans tout le pays.

Comment imaginer que, sous cet aspect policé et sans histoire, se cachait un relais essentiel de l'appareil sécuritaire de l'État juif, dans la région ? Il circulait dans les endroits les plus reculés du pays, parfois même accompagné d'une escorte armée. Ainsi pouvait-il collecter sur le terrain des informations essentielles qu'il transmettait, codées, par le biais d'un correspondant supposément chercheur au bureau de la FAO, à Londres. L'homme s'empressait de les remettre à l'ambassade d'Israël pour transfert à qui de droit.

Ses fonctions l'autorisaient aussi à avoir un téléphone satellitaire pour être accessible en tout point du territoire libanais. Rien de très original, si ce n'est que ce téléphone d'un genre spécial avait évidemment une fonction cachée de cryptage, qui permettait à Allon d'être en relation régulière avec la centrale à Tel-Aviv. C'est ainsi qu'il avait été averti de l'arrivée à Beyrouth de Myriam et de Gerson et de la teneur de leur mission : identification des membres d'un réseau de trafic d'héroïne ayant son centre névralgique dans la vallée de la Bekaa ; mise à jour des liens avec une organisation ayant des ramifications en Europe dans les milieux intégristes ; confirmation d'une suspicion de financement de réseaux terroristes dormants ; preuves de la présence d'un supposé trafic d'armes en provenance de l'Iran via la Syrie. Tout un programme !

Il avait reçu l'ordre de les suivre discrètement sans se faire connaître d'eux, sauf en cas de nécessité absolue. Il les avait donc pris en filature depuis l'aéroport jusqu'à leur hôtel, les avait vus avec Nour, mais n'avait aucun moyen de savoir ce qu'ils tramaient. Pas aisé de travailler dans ces conditions. Il fallait qu'il sache. Et rapidement, car tout va très vite dans cette partie du monde ! C'est d'ailleurs une qualité essentielle, la réactivité, si on veut rester en vie dans un environnement aussi explosif avec des changements constants d'alliances, de retours sur services rendus, d'intérêts croisés. Il décida d'agir sur le champ.

Il les avait vus ressortir pour se rendre à leur rendez-vous sur le port, mais avait préféré rester près de leur hôtel pour ne pas se faire repérer. Vers minuit, il les vit rentrer du pas hésitant des noctambules en goguette et se dirigea vers eux. Il fit alors semblant de trébucher lorsqu'il arriva à leur hauteur. Se rattrapant *in extremis*, il bouscula Myriam à qui il fit perdre l'équilibre. Il ne lui restait plus qu'à se redresser en passant subrepticement une main sous le sac que la jeune femme portait à l'épaule. Il en profita pour y coller avec un adhésif ultra puissant un micro tracker GPS avec transmission audio, pur produit de la technologie de pointe israélienne.

- *Excusez-moi, mademoiselle... Je suis désolé !* Les mots avaient été murmurés en arabe.
- Je vous en prie avait-elle répondu en français, du tac au tac.
- *Plus de peur que de mal. Inch'Allah!*

La scène avait été suivie de loin par un jeune d'une vingtaine d'années. Jeans, T-shirt, Vans et lunettes Ray Ban Aviator sur le nez, malgré la nuit tombée. Son manque d'expérience et ses lunettes de soleil ne lui avaient pas permis de saisir le but de la manœuvre de ce mec, trébuchant volontairement dans les bras de la fille qu'il devait suivre depuis son arrivée à l'aéroport. Celle-ci avait suscité l'intérêt de ses chefs. En effet, une jeune femme se prétendant attachée de presse dans l'art voyageant avec un satellitaire, ça fait un peu désordre. Lorsqu'un des douaniers avait repéré le téléphone dans la valise de Myriam, il en avait immédiatement informé qui de droit et instruction avait été donnée au jeune aux Ray Ban de prendre le couple en filature.

Encore heureux que la fonction de cryptage ne soit pas décelable à première vue.

Curieux pays où les services de l'État sont doublés, voire triplés par des structures parallèles qui, contrairement aux droites de l'axiome d'Euclide, se recoupent souvent et pas toujours de la façon la plus paisible qui soit. En tout cas, le Hezbollah, véritable patron du pays grâce au soutien de l'Iran, tenait à savoir qui entrait dans le pays et ne négligeait aucune piste, aucune information, obnubilé par le risque sioniste. Bienvenue dans le pays des paradoxes ! Douceur de vivre, accueil, nonchalance et langueur garanties, mais aussi mort violente au détour d'une rue.

-o-o-o-o-o-

Le chauffeur du journal les récupéra le lendemain matin comme prévu en bas de l'hôtel. Gerson n'avait pas beaucoup dormi, obsédé par la perspective d'une expo prochaine dans la galerie de Souria. Les pensées se bousculaient dans sa tête. Quel thème ? Quel message ? Ici, à Beyrouth, il ne pouvait pas faire n'importe quoi. Il savait que tout pouvait dégénérer sur un malentendu. Dans l'art comme en politique, il était sur un volcan.

Un bref coup de klaxon le ramena à la réalité. Elle était déjà installée à l'arrière d'une Range Rover aux vitres fumées, prête à reprendre son rôle, loin, très loin, de ce qu'elle avait laissé transparaître la veille de l'autre face de sa personnalité. Il retrouvait la guerrière qu'elle était avant tout. Il comprit au masque de son visage que l'intermède de la nuit passée, cette complicité aidée par les mojitos, était très loin à présent et qu'il n'aurait pas, avant longtemps, le bonheur de retrouver de pareils moments. Un court moment d'égarement. Gerson en éprouva un sentiment de vide sidéral et de tristesse. Il s'était imaginé, encore une fois, qu'elle aurait pu le voir comme autre chose qu'un *asset* dans son jeu, tandis que défilait le paysage de la ville, immeubles populaires, rues grouillantes, trafic apoplectique.

À bonne distance, sur une Honda 500cc flambant neuve, le jeune aux Ray Ban avait repris sa filature interrompue par la nuit. À tout hasard, car ses chefs ne voulaient pas prendre le risque de laisser s'évanouir dans la nature cette femme à qui ils auraient aimé poser certaines questions. Il fallait comprendre ce qu'elle et son compagnon étaient réellement venus faire dans le pays. Et quand il leur annonça au téléphone que la Range Rover avait pris la direction de la Bekaa, la tension monta d'un cran. Mais il fallait absolument qu'il évite de se faire repérer, car l'organisation ne voulait pas avoir de problème avec un couple de Français. Pas le moment de se mettre la France à dos alors que les Américains étaient en train de se déchaîner sur les grands frères iraniens. En tout cas, tant qu'il n'y avait rien de sérieux à leur reprocher.

De son côté, Nour était partie aux aurores avec une escorte militaire, car la situation était explosive. Elle avait fait jouer ses amitiés dans les forces armées, pour prendre place dans l'hélicoptère du colonel Mattar, un vieil ami de son père. « Grande famille maronite, un des rares militaires qui n'a pas trempé dans les magouilles de tout genre qui ont conduit le pays là où il en est », avait précisé Nour quand Myriam l'avait interrogée sur le personnage. Celui-ci lui avait confirmé qu'en effet le chef local de la milice chiite avait perdu la vie dans un attentat ciblé, qui avait aussi coûté la vie à deux de ses gardes du corps.

La charge dissimulée dans sa villa de la périphérie de al-Nabi Sheet, à l'entrée de la plaine de la Bekaa, ne l'avait pas manqué. Monnaie courante dans la région. Assassinat bien évidemment non revendiqué, probablement attribué à une fraction rivale, ou peut-être simplement causé par une banale histoire de trafic, les deux leviers de la violence endémique partout dans le monde, pouvoir et fric, se repassant le plat du désespoir auprès d'une population victime d'enjeux la dépassant et la martyrisant sans fin.

Après les années *dolce vita*, bienvenue dans l'enfer de l'Orient compliqué, qui méritait plus que jamais à présent ce qualificatif.

Gerson se demanda ce qu'ils allaient bien trouver sur leur route. Il se dit qu'ils n'allaient probablement pas être déçus.

-o-o-o-o-o-

Allon était très ennuyé en se rendant à son bureau, le lendemain matin. Il n'avait rien appris d'utile à les écouter, leur conversation en partie couverte par la musique du Sporting Club où ils avaient passé une bonne partie de la soirée. Il était à son bureau lorsque les voix de Myriam et de Gerson se firent à nouveau entendre dans son oreillette. Dans la Range Rover, Myriam parlait avec le chauffeur, évoquant leur destination dans la Bekaa, Al-Nabi Sheet, où ils devaient retrouver le colonel Mattar. Gerson ne disait mot, probablement perdu dans ses pensées et, de toute façon, ne comprenant pas l'arabe. « Elle le parle bien, en plus », se fit-il la remarque avant de revenir à l'information capitale qu'il venait de récupérer : la Bekaa ! Ils y allaient…

Haut lieu de tous les trafics, sur la route de Damas, connue depuis la nuit des temps plus pour y abriter Baalbek, joyau de l'époque gréco-romaine, que pour être un repaire de terroristes, ce qu'elle était en fait devenue dans un récent passé, conséquence prévisible de la perte d'autorité du pouvoir central et de la faiblesse de ses forces armées. Les voyous et les intégristes avaient remplacé les archéologues et les touristes amoureux des vieilles, et sublimes, pierres.

En une fraction de seconde, sa décision fut prise : il fallait qu'il se rende lui aussi dans la Bekaa. Il rentra chez lui en urgence après avoir informé son assistante qu'il devait se rendre à un rendez-vous confirmé *in extremis*. Il appela Tel-Aviv sur son satellitaire pour prévenir ses supérieurs qu'il partait immédiatement pour al-Nabi Sheet.

- Al-Nabi Sheet ! Dans la Bekaa ? Tu es sûr ? lui répliqua son contact habituel.

Al-Nabi Sheet était un village suspecté d'abriter une base logistique avec un entrepôt de missiles et du matériel probablement iranien, en plus d'être un point névralgique dans le trafic d'héroïne en provenance d'Afghanistan, via l'Iran et la Syrie. Tout ça, avec la complicité des milices liées à Téhéran. Il était au courant de ces rumeurs, bien évidemment, et se hâta de répondre par l'affirmative, tant il savait que chaque minute pouvait compter.

Dans un coffre dissimulé dans le faux plafond de sa salle de bains, il prit deux automatiques Glock 17-9 mm, plusieurs chargeurs de secours et deux silencieux MWX-55 ultralégers en fibre de carbone. Il faudrait qu'il pense à remercier son contact à l'ambassade du Royaume-Uni, qui lui avait fait passer ces armes grâce à la valise diplomatique.

Heureusement que les British étaient des pragmatiques, pas comme ces idéalistes de Français qui n'osaient plus se mouiller officiellement dans la région, de peur de mettre en danger leur politique d'équilibre entre les parties. « Politique d'équilibre ! » plus facile à faire quand tu vis dans un pays aux frontières sûres et où les voisins ne rêvent pas de te foutre à la mer.

Dix minutes plus tard, il était au volant de son Land Cruiser, véhicule du ministère de l'Agriculture avec plaques administratives. Plus discret pour passer les contrôles.

-o-o-o-o-o-

Dans la Range Rover, l'atmosphère était calme, mais concentrée.

- On va bientôt arriver ? questionna Myriam en s'adressant au chauffeur en anglais.
- Encore pas mal de temps, répondit le type. On sera à Al-Nabi Sheet dans une heure et demie. Il n'y a que quatre-vingts kilomètres, mais avec tous les check-points, on ne peut pas espérer mieux.

- C'est là qu'on retrouve Miss Nour Slimani ?
- Oui, elle vous y attend pour déjeuner avec le colonel Mattar. *Inch'Allah!*

Gerson la questionna du regard, vaguement inquiet. Le type avait pris son mobile dans une main pour appeler un correspondant. La conversation en arabe était banale. Histoires d'une soirée entre amis et d'une partie de pêche en bateau au large de Tripoli, au nord du pays. Rien d'inquiétant. Myriam prit la main de Gerson pour attirer son attention, l'ayant senti préoccupé par cette discussion à laquelle il ne comprenait évidemment rien. D'un regard apaisant, elle lui fit comprendre « *everything is under control...* ». Pas de raison de s'inquiéter. Pour l'instant en tout cas, car on ne sait jamais quand, où, ni pourquoi, tout peut déraper, ici.

Son calme rassura le Français, qui se détendit et se concentra sur le paysage de collines arides, de champs en jachère et de constructions modestes, souvent inachevées – une impression d'abandon et de pauvreté qui contrastait avec l'opulence et l'insouciance de la nuit précédente au cœur de Beyrouth. Pas de sas de décompression, ici : tu passes du sublime au trivial, de la légèreté à la gravité, de vie à trépas, sur une simple injonction du destin, un coup de dés que la providence dans sa grande fantaisie, jamais à l'abri d'une facétie, peut s'inventer comme un dérivatif à ses préoccupations plus sérieuses. Une sorte de roulette russe imposée aux humains impuissants.

À une trentaine de kilomètres de Beyrouth, ils laissèrent sur la gauche un immense bidonville, enchevêtrement inextricable de baraques en tôles et en planches s'étendant à perte de vue. Çà et là flottaient mollement au vent chaud du désert de maigres drapeaux palestiniens. C'est donc ainsi, pensa Gerson, que s'étaient enlisés les rêves d'une vie meilleure de ce peuple chassé de chez lui depuis plus de soixante-dix ans. Quelle tristesse ! Voir ces nuées de gamins sortis de nulle part accourir vers eux en agitant leurs petites mains dans un dérisoire geste de bienvenue ;

voir les regards résignés qu'ils lançaient à leur passage, immobiles sur le bord de la route, déjà instruits que le monde n'était pas fait pour eux, le remplit d'une infinie tristesse. Eux n'avaient pas eu la chance d'être recueillis par une Léontine, de connaître les mille petits bonheurs d'un gosse insouciant dans une société apaisée ! Lui revinrent en mémoire les portraits qu'avait faits Steve McCurry de ces enfants d'Afghanistan. Les mêmes regards questionnant l'avenir, la même résignation, déjà, alors que la vie aurait dû être pour eux une promesse. Son esprit s'envola pour retrouver le regard de cette môme aux yeux verts qui le fixait sous son châle rouge. Sharbat, petite *mater dolorosa*, qu'es-tu devenue ? Comment as-tu pu vivre après tout ça ? Prise entre les bombes à fragmentation de l'US Air Force et les raids nocturnes des talibans, ta jeunesse s'était envolée et ton innocence avait été prise en otage par cette violence insensée. Il résolut de lui rendre hommage dans un prochain tableau. Et il réalisa soudain qu'il était en route pour un destin qui n'avait rien à envier à la jeune Afghane. Il aurait aimé croire en Dieu, à ce moment précis.

Ils quittèrent bientôt la route principale pour un chemin de terre à peine plus large que la Range Rover, lorsqu'apparut une pancarte en arabe : *« Caserne d'Al-Nabi Shee*t – 3 km ». « On approche », s'était contentée de souffler Myriam, qui avait pris une expression plus concentrée, presque tendue, à présent. Il avait noté ce changement dans son attitude et, lui-même, commençait à se sentir moins tranquille. Où allaient-ils finir, dans ce *no man's land* improbable ? Même elle, Myriam, malgré son sang-froid et son culot, que pouvait-elle faire sans relais, ici ? La pensée qu'ils avaient d'abord rendez-vous avec Nour le détendit. Au moins, on ne sera pas livrés à nous-mêmes.

Bientôt, apparut en contrebas de la route, au milieu de terrains vagues et à l'écart d'une sorte de gros bourg rural, une construction imposante. Elle avait tout d'un blockhaus de béton brut, entouré de hauts murs surmontés de barbelés. Au-dessus, flottait le drapeau du Liban. Sur un terre-plein distant d'une centaine de mètres, un hélicoptère Bell Iroquois UH-1H frappé du cèdre libanais sur le fuselage, relique de l'US Army que Washington, dans sa grande générosité, avait offerte au Liban quand les Marines avaient décidé que cet engin était vraiment un peu daté pour eux.

Quatre troufions armés montaient la garde, le PM prêt à cracher à la moindre alerte. Myriam et ses compagnons se dirent que Nour devait être là et, en effet, ils la retrouvèrent peu après en compagnie du colonel Mattar, grand gaillard à moustache, treillis camouflage et cigarillo au coin des lèvres, une gueule de baroudeur sympathique façon Hollywood années 50. Les présentations furent vite expédiées et Mattar lança, sur un ton qui se voulait jovial et détaché malgré le contexte qu'on pouvait imaginer explosif :

- Vous en avez mis du temps pour arriver !
- Désolée, mais la route… hasarda Myriam.
- Je sais, je sais ! C'est pourquoi je ne prends que l'hélico. C'est aussi plus sûr, par les temps qui courent.

Son français était excellent. Les « r » roulés à la libanaise et une façon inimitable de chanter les fins de phrase lui donnaient cette pointe d'exotisme propre à la région. Il doit avoir fréquenté Saint-Cyr, pensa Gerson, qui avait encore quelques souvenirs de son passage sous les drapeaux avec un des derniers contingents à vivre cette expérience inédite, avant sa mise au rancard par Chirac. Voir un officier supérieur libanais préférer voyager par les airs plutôt que par la route en disait beaucoup sur le niveau de sécurité du pays, se dit Myriam, qui était habituée à ce que les militaires de son pays ne se défilent pas devant le risque et fassent front, quoiqu'il leur en coûte.

- Et dites-moi, vous êtes ici pour quelle raison ? Mon amie Nour me dit que vous êtes dans l'art, continua-t-il sur un ton enjoué, en se tournant vers Myriam.
- En effet, colonel. Frédéric est un important artiste français et je m'occupe de sa communication. Nous

sommes venus à Beyrouth pour trouver une galerie qui accepte de le représenter.

- Et vous avez trouvé votre bonheur ?
- Oui, je crois. Une amie de Nour, qui vient d'ouvrir un très bel espace dans la banlieue de Beyrouth, est intéressée. Et, puisqu'il nous restait un peu de temps, nous nous sommes dit qu'on ne pouvait pas repartir sans avoir vu Baalbek, les temples de Jupiter et de Bacchus !
- Vous oubliez Vénus ! Mon préféré. Normal, un hommage à la féminité. Et avec Nour, vous ne pouviez pas trouver mieux ! Elle connaît tout Beyrouth. En tout cas, j'espère être invité au vernissage !

Son visage perdit son sourire à la Omar Sharif pour se faire sombre et sévère en poursuivant :

- On peut dire que vous avez mal choisi votre moment ! Vous avez dû apprendre qu'on a eu un attentat à quelques kilomètres d'ici. Depuis, la zone est bouclée. Je suis venu pour ça, justement. Pour l'instant, c'est calme, car j'ai réussi ce matin à m'entendre avec le chef de la communauté chiite d'ici. C'est un vieux sage, mais il aura du mal à tenir les jeunes qui rêvent d'en découdre.

Se rappelant qu'il était en présence de Nour et que ses propos, mal rapportés dans *L'Orient–Le Jour*, pourraient faire l'effet d'une étincelle sur un paquet d'étoupe, il se tut, laissant celle-ci sur sa faim. Retrouvant son sourire de vieux playboy après avoir jeté un regard à sa Ralf Tech, cadeau de ses camarades de Saint-Cyr, il reprit sur un ton badin :

- Au fait, il se fait tard ! Je vous propose que nous passions à table. Je voulais vous inviter chez Selim, un petit bistrot qui ne paie pas de mine, dans le village d'à côté, et qui fait une cuisine à tomber. Mais, vu les circonstances, je lui ai demandé de nous préparer un *chich taouk* comme vous n'en verrez nulle part de meilleur ! Et je ne vous parle pas de son *chawarma* ! Mon aide de camp nous a installé une table dans la salle de réunion. Ce sera plus simple et plus sûr. Je sais, c'est moins couleur locale que chez Selim, mais je tiens à vous rendre entiers à la civilisation ! Je serais surpris qu'il ne se passe rien d'intéressant dans les heures qui viennent.

Il avait dit ces derniers mots avec une sorte de jouissance malicieuse dans le regard. Un vieux singe séducteur, mais un homme pétri d'humanisme et de relativité. Gerson avait éprouvé pour lui un immédiat sentiment de respect et d'admiration. « Garder son humour et son sang-froid sans se départager d'une indispensable lucidité, c'est l'apanage des esprits forts », se dit-il. Celui-là en était un. Au moins, ils étaient avec un type bien à tous points de vue. Mais serait-ce suffisant pour leur éviter une accélération dramatique de l'Histoire ?

-o-o-o-o-o-

Allon, dans son Land Cruiser, avait suivi le parcours de la voiture dans laquelle avaient pris place Myriam et Gerson. Sur une version militaire de Google Map accessible depuis son satellitaire, il put lire les coordonnées du point où ils s'étaient arrêtés : 33°52'20.84" N et 36° 06'46.17" E. Il eut alors la traduction toponymique : Al-Nabi Sheet. « Al-Nabi-Sheet ! », ne put-il s'empêcher de répéter à haute voix. Ils y sont donc bien ! Ils sont complètement cinglés ! C'est le pire lieu de la Bekaa. Il le savait, pour s'en être approché lors d'un repérage avec un collègue du ministère qui avait insisté pour qu'ils rebroussent chemin, tellement le lieu avait la réputation d'un coupe-gorge sous la coupe de groupuscules que même Hassan Nasrallah, le puissant patron du Hezbollah, n'arrivait pas à contrôler complètement. Repère de tous les trafics, piège mortel pour ces deux-là, si jamais un moindre doute s'instillait sur leur identité, celle de Myriam surtout. Et sans moyen de défense, sans relais, sans rien. Il se hâta vers le lieu indiqué sur son écran.

Il venait à son tour de prendre le chemin en terre lorsqu'une violente déflagration se fit entendre au loin. Il accéléra, craignant le pire. Peu après, arrivé sur une hauteur dominant la vallée, il aperçut des volutes de fumée s'échapper d'une construction moderne de quelques étages, sorte de banal cube en béton entouré d'un haut mur de protection et de barbelés, situé à la périphérie d'un gros bourg, probablement Al-Nabi Sheet. Il prit les jumelles qu'il avait toujours dans la boîte à gants et aperçut un rassemblement d'une cinquantaine de personnes, agglutinées devant la construction sur laquelle il reconnut les bandes rouges et le cèdre du drapeau libanais, pendant sur son mât.

Un bâtiment de l'Armée ! Ils l'attaquent ! Il n'en revenait pas d'être là, aux premières loges de cette action insensée. Des kalachnikovs apparurent dans les mains de plusieurs types, qui se mirent à tirer en l'air, histoire de faire monter la pression. Il commençait à être sérieusement inquiet connaissant trop bien les manifestations spontanées dans cette partie du monde qui sont prétexte à expéditions punitives souvent radicales. Dans ce lieu perdu, que la poussière grise et poisseuse des collines avoisinantes transformait en décor déglingué pour western moyen-oriental de série B, il eut le sentiment qu'un drame se préparait.

Un bip se fit entendre dans son satellitaire. Il actionna le module « échanges cryptés » et put lire ces mots sur l'écran : « Encerclés dans un bâtiment de l'Armée à Al-Nabi Sheet. Besoin urgent de support. Situation potentiellement critique ». La centrale venait de lui *forwarder* un message de la fille. *Merde ! C'est donc bien ça. Ils sont coincés là-dedans et moi, je suis infoutu de faire quoi que ce soit pour eux !* Rien. Il ne pouvait pas, seul, tenter même la plus minime diversion. Et, surtout, risquer de mettre en péril sa couverture et le succès des autres missions dont il avait la charge. Comment pouvait-elle imaginer que quiconque viendrait d'Israël, ou d'ailleurs, les aider ? N'ayant aucune idée de sa présence, la fille ne pouvait qu'espérer un miracle.

Soudain, sous la direction d'un homme âgé, qui au vu de sa longue barbe blanche devait en être le chef, la foule se rapprocha du bâtiment. Allon entendit les clameurs qui montaient, des bruits et exclamations, des harangues enflammées où il crut déceler les mots de Mossad, CIA, mort, juif, effet de son imagination, car il était trop loin pour saisir le sens de ce tintamarre. Il resta tout de même de marbre, trop habitué à ce type de déchaînement, monnaie courante dans la vie qu'il s'était choisie.

« Les chiens taiseux sont plus dangereux que ceux qui hurlent pour se donner du courage », lui répétait son grand-père Moshé, à qui lui faisait penser le vieux qui menait cette bande d'excités. Même barbe blanche, même allure digne et paisible cachant, pour le vieux Allon, une détermination de fer. Et si ces deux-là s'étaient connus en d'autres temps, mais sous les mêmes cieux, distants finalement d'à peine trois cents kilomètres, auraient-ils réussi à s'entendre, si aucune question de pouvoir et d'ego ne s'était mise en travers de leur désir de fraternité ?

Toutes ces occasions perdues depuis si longtemps. Il se ressaisit pour ne pas tomber dans le doute sur la finalité de tout ce qu'il endurait, pour un idéal auquel il croyait encore, mais de façon plus nuancée à mesure que les années s'accumulaient.

En balayant l'horizon avec ses jumelles, il repéra, caché derrière un bosquet à environ deux cents mètres de l'attroupement, à l'entrée du village, un jeune type qui observait la scène. En jeans et T-shirt, il n'avait rien d'un membre de milice. Concentré, il observait la scène et semblait indécis sur la conduite à tenir. Il restait ainsi sur place, à scruter les alentours, comme s'il y cherchait une présence qui, de toute évidence, faisait défaut. Allon nota qu'il portait des Ray Ban et, qu'à ses côtés, une grosse moto était posée sur sa béquille. « Que fait-il ici, ce môme ? Bizarre », ne put-il s'empêcher de penser alors que les clameurs se faisaient plus violentes et que la tension était à son comble.

-o-o-o-o-o-

Dans le bâtiment de l'Armée, fortin rudimentaire aux confins du monde civilisé, avant-poste du progrès face à la barbarie et à l'obscurantisme, l'explosion avait jeté tout le monde à terre. Le colonel Mattar fut le premier à se relever. Il comprit que leur survie était une question de minutes et, constatant que personne n'était blessé, il se rua sur son portable et appela son unité, à Beyrouth. Quelques ordres criés en arabe, ponctués de jurons, suffirent à faire prendre conscience de l'extrême gravité de la situation à son correspondant. Quelques instants plus tard, l'ordre était donné à l'hélicoptère qui l'avait emmené avec Nour, et qui était reparti entre-temps, de revenir sur place et de se préparer à livrer bataille.

Dans les minutes qui suivirent, deux autres hélicos des forces spéciales prirent l'air dans la même direction. Puis, Mattar ordonna à un groupe d'une dizaine de soldats de se porter sur le toit avec leur équipement et de tenir en respect la foule pour qu'elle ne puisse pas pénétrer dans le bâtiment. Une information alarmante venait de lui parvenir : le mur d'enceinte avait cédé sous la violence de l'explosion. Heureusement, la porte blindée de l'édifice était encore intacte. Pour le moment.

L'air était chargé d'électricité. Nour, malgré son habitude des situations de crise à la libanaise, leurs cortèges de violence aveugle et sa longue expérience du terrain, était blême et prostrée dans un coin du salon. Gerson n'était pas plus reluisant. Seule Myriam ne montrait aucune tension et restait de marbre, dans cette ambiance de violence et de risque maximum. Elle se rapprocha de Mattar et lui dit :

- On va se défendre et les faire reculer, ces cinglés, non ?
- Restez tranquille, Mademoiselle ! On s'en occupe, avec mes hommes. Et j'ai deux hélicoptères d'attaque en chemin, en plus du mien. Il suffit qu'ils se montrent et tirent quelques rafales avec leurs mitrailleuses MSOD pour que ces crétins déguerpissent comme des lapins !

- Vous pensez que ce sera aussi simple, colonel ? lança Myriam avec un air dubitatif.
- Faites confiance à un professionnel, ne put-il s'empêcher d'ajouter, avec son sourire de vieux dragueur en embuscade.
- OK. Si vous voulez. En attendant, filez-moi une arme à moi aussi, pour que je puisse vous donner un coup de main ?
- Oh là, vous y allez un peu fort. Une arme ? Vous savez tirer, vous ?

Gerson n'avait rien perdu de leur discussion. Il se dit que là, elle y allait en effet un peu fort. Une attachée de presse dans l'art contemporain qui manie le flingue comme un commando ! Lui revint à l'esprit cette image d'elle prête à l'assaut dans l'hôtel de Marbella. Son sang-froid implacable et sa totale absence de remords quand ils avaient évoqué cet incident et sa suite logique. *Business as usual*, avait-elle commenté laconiquement pour mettre fin au questionnement de Gerson. Depuis, il avait évité le sujet, trop explosif entre eux.

Il était rare qu'il s'endorme sans revivre ces instants d'intensité folle. Et surtout, se remémorant le déroulé de cette séquence, il se rappelait comment, se tenant silencieux derrière elle, il avait été troublé par sa présence, son odeur, les formes de son corps qu'il avait à peine effleuré dans le silence de ce maudit couloir d'hôtel. Ce mélange d'extrême danger, de maîtrise totale et de sensualité sauvage continuait à le hanter. « Suis-je victime d'une hallucination ? » s'était-il souvent répété.

-o-o-o-o-o-

Quelques instants plus tard, Myriam était en position sur le toit-terrasse, avec un M40A3, aux côtés de Mattar et de sa garde rapprochée. Un bruit sec, au loin. Elle reconnut le son caractéristique d'un fusil longue portée, du type de ceux qu'utilisent les snipers. Peut-être le fameux Barrett 50, capable de percer un blindage, terreur de Tsahal lors de ses années de service militaire. Et, presque instantanément, un bruit sourd à quelques mètres derrière elle. Le bruit d'un corps qui venait de s'affaler sans crier gare, touché de plein fouet par le tir. Quand elle se retourna pour voir ce qui se passait, une tache rouge avait déjà pris possession de la poitrine d'un jeune soldat qui agonisait, allongé sur le béton, sans que personne ne puisse lui venir en aide.

Panique sur le toit. Chacun se baissa derrière le mur de protection pour éviter d'être le suivant sur la liste. En effet, un petit bruit métallique, puis un second, le sifflement et l'impact sur le béton, sans toutefois faire de victime. Du bas, se firent alors entendre les bruits sourds d'une masse de chantier frappant sur une surface métallique : les assaillants commençaient à s'en prendre à la porte blindée. Les soldats, terrorisés, se tenaient en retrait pour éviter le sniper tandis que Mattar, passant son bras à l'aveugle par-dessus le mur, vida un premier, puis un second chargeur. Sans faire cesser les coups sur la porte, qui redoublèrent de violence. Tant qu'ils ne pourraient pas se mettre en position de tir, aucune chance d'atteindre les types en contrebas. Et pas d'hélico en vue.

S'abritant dans l'ombre de l'édicule où aboutissait l'escalier menant au toit, Myriam se hissa de quelques centimètres au-dessus du mur de protection et laissa son regard balayer l'endroit d'où venaient les tirs, qui continuaient de plus belle. Avec la régularité d'un métronome, le type arrosait le toit du bâtiment et personne n'y pouvait rien. La situation était désespérée.

Elle entendit Mattar s'écrier :

- *Il m'a eu ! Il m'a touché, ce salaud.*

Affalé à l'abri du béton, l'épaule gauche ensanglantée, le colonel n'avait pourtant pas abandonné la partie et rien perdu de son autorité. Apercevant Myriam se déporter à découvert, se mettre en position de tir avec son M40, puis ajuster la lunette de visée, il tenta de maîtriser sa douleur et lui lança :

- Vous êtes folle, il va vous flinguer. Mettez-vous à couvert, nom de Dieu !
- Et vous pensez que les cinglés qui cognent sur le portail, en bas, sont ici pour nous apporter les loukoums et les baklavas du dessert ? lui répondit-elle sans se retourner, tout en continuant à scruter la zone de départ des tirs du sniper.
- Très drôle, Mademoiselle !

Mattar voulait donner le change, mais semblait à présent dépassé, et sa blessure lui tirait un rictus qui ne plut pas à Myriam. *Ce sympathique cowboy a de la classe, mais il en fait trop. En tout cas, pas question de s'en occuper pour le moment.*

En contrebas, la foule avait grossi entre-temps et le vacarme qu'elle faisait devenait assourdissant. Exaltés par la perspective de venger la mort du cheikh et de ses gardes du corps, dont ils semblaient tenir l'Armée pour responsable, les assaillants redoublaient d'efforts. Le temps était compté avant que la situation ne dégénère définitivement, à moins d'un miracle. Et les tirs du sniper continuaient, empêchant toute riposte efficace. Mais toujours pas d'hélicoptère.

À travers la lunette de visée du M40, Myriam crut voir une ombre fugitive au loin, dans une fenêtre au dernier étage d'un bâtiment en construction, au-delà d'un pont enjambant un mince filet d'eau saumâtre. Trois cents mètres environ. Un reflet ou un mirage ? Dans l'air déjà chaud et immobile de ce milieu de journée, le temps s'était arrêté pour elle. Rien ne l'atteignait plus que la conscience de l'action pour sa survie et celle de ses compagnons d'infortune. Gerson ? Il était sorti de son périmètre émotionnel. Planqué quelque part dans le bâtiment, priant je ne sais quel Dieu de lui venir en aide. Les cinglés en bas ? On verrait plus tard. Mattar, en train de se vider de son sang et que ses subordonnés avaient convaincu de redescendre se mettre à l'abri, à l'intérieur ? Qu'il se débrouille.

Un jeune lieutenant, presque un gamin, dont la mâchoire tremblait et les yeux faisaient des allers-retours comme des essuie-glaces, la fixait comme il aurait regardé une apparition divine. Calme, posée, presque sereine, elle lui fit reprendre confiance en lui montrant son pouce levé en signe de victoire à venir.

- Donne-moi quelques instants ! Après le tir, toi et tes gars vous tirez sur les mecs en bas. Ils vont comprendre leur douleur, lui dit-elle en français.

Le type écarquilla les yeux en signe d'incompréhension. Sous son casque, il avait l'air d'un moineau perdu. La fille était folle !

Zut ! Et en plus, il ne parle pas français, celui-là. Elle allait lui dire ça en arabe, quand elle se retint *in extremis*. Pas la peine de risquer sa couverture et toute la mission.

Elle le sentait là, le sniper. Elle acquit la conviction que s'il avait pris position quelque part pour arroser le bâtiment de l'Armée, ça devait être dans cet immeuble inachevé. Pas ailleurs. Une sorte d'intuition fulgurante qui vint balayer ses derniers doutes. Elle se concentra sur la cible qu'elle avait choisie. L'œil collé à la lunette de vision, retenant son souffle, une balle engagée dans la chambre, elle était prête, à présent. En position, comme elle l'avait appris. Ni plus ni moins. Elle n'eut pas à attendre longtemps. La bouche d'une arme sortit dans la lumière et apparut dans son viseur. Le métal d'un noir mat annonciateur de mort luisait faiblement sous les rayons acérés du soleil. Elle n'hésita pas et pressa la détente. Moins d'une seconde plus tard, elle vit que le canon qui les menaçait s'était relevé brusquement, apparaissant plus clairement dans la lumière, comme si celui qui le tenait en mains avait basculé.

- Touché ! ne put-elle s'empêcher de crier, en se relevant avec un visage épanoui.

Le jeune lieutenant à ses côtés la vit se redresser et lui intimer l'ordre, par un geste sans équivoque, de faire de même. Ils se dirigèrent vers le muret de protection, elle sans montrer la moindre inquiétude, lui de façon plus prudente, encore à moitié courbé. Abandonnant son fusil, elle saisit l'automatique que le type portait dans un étui à sa ceinture, sans lui demander son avis, et, se penchant par-dessus bord, commença à ouvrir le feu sur les assaillants. Elle vida un premier chargeur, prenant soin de viser les jambes. Les types, en bas, passèrent de l'exaltation à l'effroi, comprenant vite que leur protection avait été neutralisée.

Sans sniper pour se faire allumer comme des lapins, les militaires allaient pouvoir faire librement usage de leurs armes. Effectivement, les soldats, alertés par le jeune officier, sortirent à présent de leur planque et se mirent eux aussi à tirer comme elle. « Dans les jambes ! Visez les jambes ! », cria le type s'inspirant de Myriam, pour éviter un bain de sang. Les assaillants ne mirent pas longtemps à refluer et à courir se mettre à l'abri. Le siège fut levé avant que le portail ne cède.

Au même moment, un bruit de turbine caractéristique se rapprocha dans l'azur. Les hélicos arrivaient ! À peine parvenus à la verticale de l'affrontement, ils s'immobilisèrent à une trentaine de mètres du sol en vol stationnaire, gros insectes menaçants, cracheurs de mort auxquels pas un des assaillants ne se sentit le courage de se mesurer. Aucun n'essaya de livrer une bataille par trop inégale. Ils s'enfuirent pour de bon, laissant sur le carreau deux corps inertes qui baignaient dans leur sang.

Elle fut fêtée en héros par les hommes et leur chef. Mattar avait retrouvé son sourire de grande gueule hollywoodienne, sa blessure sommairement soignée par l'infirmier du poste, le bras en écharpe. Il ne voulait pas abdiquer face à cette fille qui avait mené ses troupes à la victoire, mais, bon joueur, tint à la serrer contre lui pour lui témoigner sa reconnaissance, devant ses hommes. Tandis que Gerson émergeait du recoin où il s'était tapi pendant la demi-heure qu'avait duré la séquence, elle goûtait son plaisir, pas mécontente de s'être fait une réputation de dure à cuire, elle, la petite communicante en balade au Pays du Cèdre.

-o-o-o-o-o-

Allon avait été témoin de cette séquence d'une violence folle avec une boule dans le ventre, convaincu que ces deux-là allaient se faire lyncher. Un tel fanatisme, un tel déchaînement, il ne les avait vus qu'en Somalie, lorsqu'il avait dû affronter les milices islamiques des Chabab, en octobre 1993, à Mogadiscio, aux côtés des Marines. Jeune soldat de Tsahal recruté pour sa connaissance de l'arabe, il avait fait partie d'une unité d'appui. Il avait compris, ce jour-là, ce que le stress post-traumatique – le fameux PTSD anglo-saxon – signifiait dans la chair et le cœur des hommes qui en étaient atteints. Bousillés à vie.

Il avait suivi l'action de la fille sur le toit et avait été bluffé par son cran, la regardant dans ses jumelles prendre en mains la situation. Il l'avait vue se préparer à éliminer le sniper, l'atteindre avec son M40A3, puis mener l'assaut contre les assaillants, l'automatique du jeune officier à la main. Il s'était dit que cette fille ne pouvait être que sa collègue des services tant elle était juste incroyable de courage et de lucidité. Il avait hâte de la rencontrer pour lui dire à quel point il avait trouvé son comportement exemplaire et qu'elle faisait honneur à son pays.

Le jeune aux Ray Ban avait déguerpi dès la fin de l'assaut sur le bâtiment de l'Armée, après avoir enfourché sa moto et disparu dans un nuage de poussière. Il avait échangé quelques mots dans son portable et pris la direction du village. Allon, qui l'avait suivi dans ses jumelles, acquit la conviction que ce jeune type était sur les traces de Myriam et du Français, pour une raison qui ne devait pas être que bienveillante. Comment savait-il ce que ces deux-là étaient venus faire au Liban ? Il faudrait qu'il résolve rapidement cette énigme ou qu'il règle le problème de façon radicale. Question de vie ou de mort pour eux.

-o-o-o-o-o-

Le calme revenu, chacun reprit son rôle dans la casemate. Mattar n'arrivait pas à comprendre comment cette inconnue, débarquée là par hasard, avait pu gérer la situation avec un tel aplomb ni comment elle avait réussi à dégommer le sniper, à trois cents mètres. Il l'avait observée se préparer dans le calme, posée et professionnelle. Ajuster son tir, détendue et concentrée. Attendre calmement son moment pour faire feu. Une seule balle, mais la bonne. Incroyable ! Il n'aurait jamais misé une livre libanaise sur elle, sur un stand de tir dans une fête foraine. Troublé par cette calme détermination, il s'était à peine posé la question du bien-fondé de la demande de la fille pour une arme et l'avait, Dieu merci, exaucée.

Le colonel déclara qu'il devait tout de même faire voir à Beyrouth sa blessure, qui le faisait souffrir et menaçait de s'infecter. Il hésitait sur la conduite à tenir avec ces trois civils dont il avait la charge. Nour en avait assez pour un papier à la une de son journal, le lendemain. « Aux premières loges de la tentative d'assaut contre un bâtiment de l'Armée » : un article explosif, qui allait faire parler d'elle.

- Tu nous as sauvé la vie ! fit Nour en prenant Myriam dans ses bras.

Celle-ci se dégagea rapidement. Pour elle, c'était la routine. Concentrée, elle devait le rester autant pour parvenir à son but que pour éviter de se faire descendre avant de l'avoir atteint. Les aléas du métier, elle s'en moquait, ayant appris à vivre dans l'immédiate proximité de la Faucheuse qui, pour l'instant, l'avait épargnée. Quand elle repensait à ses premières années dans le service, lui revenaient en mémoire les missions nocturnes de l'autre côté des lignes du Hamas, dans Gaza, avec les équipes du Shin-Beth, des types sans aucun état d'âme pour accomplir leur mission. Flinguer avant de discuter. Flinguer, puis disparaître dans la nuit, comme un troll mortifère.

Elle comprenait la nécessité de leurs actions, mais n'approuvait pas cette violence aveugle, cette politique de la terre brûlée qu'elle imaginait source de trop de frustrations, de sentiments d'injustice, alimentant un cycle de violence sans fin. Ça ne pourrait pas durer éternellement. Il faudrait qu'un jour elle se décide à faire face à la question qui la taraudait, parfois, sans rien laisser paraître. Cette violence absolue, aveugle, inhumaine, ne rabaissait-elle pas ceux qui la perpétraient au rang de ceux qu'ils combattaient ? Elle savait, au fond d'elle-même, que la violence ne règle jamais rien de façon définitive. Comment les grands chefs, dans son pays, n'en avaient-ils pas conscience ?

Gerson n'avait qu'une envie : que Mattar l'invite à prendre place dans un des hélicos pour retourner à la capitale, en lieu sûr. Mais Myriam, comme il le craignait, déjoua ses plans lorsqu'elle déclara au colonel :

- Vous avez une idée de qui sont ces cinglés ?
- Oui, ce sont les fidèles d'un cheikh local qui s'est fait descendre avant-hier. Un type dangereux qui, sous couvert de prosélytisme chiite, était en fait un des relais locaux d'un important réseau de trafic d'héroïne qui transite dans la plaine de la Bekaa avant de prendre la direction de l'Europe par la route des Balkans.

« Bingo ! » pensa Myriam.

- Un boss mafieux, donc, fit-elle avec un air ingénu que le colonel prit pour un questionnement sincère.
- Un petit chef. Un *capetto,* auraient dit les Italiens. Le vrai boss n'est pas là. Il est plus discret. On le connaît, mais on n'a jamais réussi à lui mettre la main dessus et à le neutraliser. Ce ne sont pas les ennemis qui lui manquent, pourtant. Mais il semble qu'il ait une baraka insensée.
- Intéressant. Mais vous, Colonel, vous avez bien une idée de l'endroit où il se cache, non ?

Là, elle se rendit compte qu'elle avait été un peu loin. Mattar la regarda fixement sans mot dire pendant de longues secondes, puis finit par lâcher :

- Vous lui voulez quoi, à ce type ?
- Non, rien de spécial. C'est plutôt Nour qui devrait être intéressée pour son article, n'est-ce pas, Nour ?

Nour avait suivi la discussion. Elle ne comprenait pas où voulait en venir Myriam, mais répondit à tout hasard :

- Oui, Pénélope a raison ! C'est qui, ce type, Colonel ? fit-elle en se tournant vers Mattar.

-o-o-o-o-o-

Mattar en avait assez. Pris entre des injonctions contradictoires, il voulait rentrer, mais ne voulait pas perdre la face devant ces deux jeunes femmes. En réalité, il était mal à l'aise avec cette Pénélope à qui il devait une fière chandelle. Il commençait à redescendre sur terre, accumulant les éléments d'information sur elle, qui avait démontré des capacités de réaction et des compétences inattendues, et même très étranges. Il s'en approcha et lui dit, doucement, presque en murmurant :

- Pénélope, on peut se voir tous les deux, seul à seul ?

Et il l'entraîna dans un bureau attenant, dont il referma la porte soigneusement.

Une fois seul avec elle, il la fixa longuement, vrillant son regard intense dans les yeux émeraude de la jeune femme. Le visage avait perdu sa bonhomie. Ce fut un officier supérieur qui ne semblait pas prêt à s'en laisser compter, qui lui posa la question qu'elle redoutait. Les yeux émeraude n'eurent soudainement plus d'effet sur lui.

- Vous êtes qui, réellement, Mademoiselle Rossi ? Allez, je vous écoute !

Ce fut prononcé sur un ton qui ne tolérait pas l'esquive et le faux-semblant. Cependant, ce sourire engageant qu'il retrouva soudainement pour la mettre à l'aise, malgré son visage fatigué et le rictus de douleur qui lui tordait la face à intervalles réguliers, ce sourire de vieux charmeur impénitent, la convainquit qu'elle pouvait lui ouvrir son cœur. Ou, en tout cas, lui parler et s'en faire un allié définitif. C'était bien le moins qu'elle pouvait attendre de lui après ce qu'elle venait de faire pour lui et ses hommes. Sans compter Nour. Et Gerson, au fait ! Elle sourit intérieurement en se rendant compte qu'elle l'avait oublié dans le décompte des rescapés.

- Colonel, je vais vous dire qui je suis.
- Je vous écoute ! Parlez sans crainte. Je suis une tombe !

Elle ne le crut pas une seconde, mais fonça dans son explication. Pas le choix, de toute façon.

- Voilà. Je suis membre du service action de la DGSE.
- Nom de Dieu, comme vous dîtes en France ! Je m'en doutais ! Quand je vous ai vue prendre en mains la situation sur le toit, tout à l'heure, quand je vous ai vue manier les armes, avec talent je dois dire, j'ai compris que vous étiez quelqu'un d'autre que ce que vous prétendiez. Chapeau, *Miss* ! Et vous faites quoi chez nous, si je peux savoir ?
- Je suis chargée par les services de remonter une filière de financement terroriste en France, notamment, qui agit sous couvert d'un réseau de trafic de drogue. Très structuré, très important. Une des plus sérieuses organisations sur lesquelles on ait travaillé depuis longtemps. Une sorte de *French Connection* orientale, si vous préférez.

Mattar apprécia le rapprochement avec cette histoire de flics et de mafia new-yorkaise des années 60. Il connaissait le film de William Friedkin par cœur. Gene Hackman avait été son acteur favori dans sa jeunesse. Elle avait des références, en plus, cette gamine. Efficace, sympa, jolie fille et pas froid aux yeux. Il se dit qu'il ne risquait rien à l'aider. Il voulut quand même la faire languir un peu, ne serait-ce que pour lui faire sentir son pouvoir retrouvé. En tout homme, le macho qui sommeille n'est jamais loin !

- Et qu'est-ce qui me prouve que vous n'êtes pas du Mossad ? Ou équivalent ? Là, ce serait un peu plus compliqué pour nous deux.
- Vous n'avez qu'à contacter le ministère de la Défense, à Paris. Ils vous confirmeront mes dires ! Je n'ai rien à cacher, surtout pas à vous, Colonel !

Elle n'avait laissé percer aucune expression, même la plus infime, qui aurait pu faire croire qu'elle paniquait à l'évocation du nom de son service. Là, le bluff était à son comble. Mais, en pareil cas, plus c'est gros, plus ça a une chance de passer. Elle le savait et l'avait même appris dans les cours de préparation psychologique qu'elle avait suivis pour sa formation. Le plus important et de loin, c'est l'aplomb. Et elle en avait. Elle savait aussi que le plus délicat, c'est de contrôler les signaux faibles qu'exprime le visage. Un battement de cils imperceptible, une ombre dans le regard, même fugitive, un raclement de gorge anodin. « Tout peut te dévoiler », avaient coutume de répéter les instructeurs de Tsahal.

Mattar eut envie de lui faire confiance. Que risquait-il, de toute façon ? C'était entre elle et lui, ce secret. Ou ce mensonge. Il s'en moquait finalement. Et il n'était pas rare que des agents de la DGSE foulent le sol de son pays. Simplement, ils arrivaient de façon plus officielle, dans le cadre d'un échange entre services français et libanais ou d'une opération conjointe. Et, nourri par la tradition militaire qui accorde une grande importance au sacrifice suprême, il gardait en mémoire les cinquante-huit paras français, victimes de l'attentat du Drakkar pendant la guerre civile, en octobre 1983, alors qu'il n'était encore qu'un adolescent. Ce drame, et le besoin d'engagement pour la liberté et la défense des valeurs de l'Occident, si fréquentes dans la communauté maronite, avaient été déterminants dans la suite de sa carrière. Il ne pouvait pas refuser de l'aider.

- Bon, c'est OK. Vous attendez quoi de moi ?
- Une escorte pour m'accompagner. Je veux aller au contact avec ce réseau.
- Vous êtes suicidaire ou quoi ?
- Non, juste déterminée. Et au fait, il s'appelle comment, le big boss ?
- Nous pensons qu'il s'agit d'un certain Walid Younis. Proche des Iraniens qui le protègent.
- Malgré ses trafics ?
- À cause de ses trafics ! Tout ce qui peut affaiblir l'Occident est bienvenu, pour ces gens. Mais nous, malheureusement, on ne peut pas faire grand-chose. On est pieds et poings liés, ici, par la politique, les clans, les équilibres entre factions. Dommage, mais c'est comme ça, lâcha-t-il dans un soupir. Bon, c'est d'accord, vous l'aurez votre escorte. Mais soyez prudente. Vous les avez vus à l'œuvre, déchaînés ? Ce sont des fanatiques. Incontrôlables.

Là-dessus, ils sortirent de la pièce pour retrouver Nour, Gerson et ses subordonnés qui l'attendaient avec nervosité. À voir le sourire rayonnant de Myriam, Gerson pensa qu'elle avait décroché le gros lot. Mais avec elle, le gros lot pouvait être une bombe atomique ! Elle se dirigea vers lui et le prit à part.

- Tu vas bien, Frédéric ? On ne t'a pas beaucoup vu sur le toit !
- Tu sais, moi… Je suis plutôt du genre pacifique.

- Dégonflé, plutôt ! Mais bon, le maniement des pinceaux ne t'a pas préparé à celui des armes. Je ne peux pas t'en vouloir, après tout.

Il ne sut pas quoi répondre. Quoi dire à cette Athéna impétueuse et incontrôlable ? Qu'il avait failli faire dans son froc, comme un petit mec, quand il avait senti que ces excités étaient à quelques mètres de lui, cognant comme des malades sur la porte du bâtiment et qu'il avait cru sa dernière heure arrivée ? Que dire d'autre quand on se sent merdeux, de toute façon ? Comment affronter un regard de braise, capable de vous transpercer le cœur ou de vous faire fondre comme glaçon au soleil ? Il n'avait ni la force ni le désir de s'opposer à elle. Juste envie d'être à ses côtés, de respirer le même air qu'elle, de la suivre du regard, de se remplir de sa voix, au timbre chaud et rauque, d'obéir à ses injonctions, en instrument docile de sa volonté. Il se rendit compte qu'il continuait à vibrer pour elle. Même si, à présent, il avait perdu toutes ses illusions.

Baissant la voix pour n'être entendue que par lui, elle continua, sur un ton enjoué :

- J'ai une nouvelle pour toi !
- Ah bon ? fit-il vaguement inquiet, car il s'attendait à tout. Et il n'allait pas être déçu.
- Oui, on va aller rendre une petite visite à Walid. Tu le connais, toi, Walid ? Un bon gars, apparemment !

Il ne comprenait pas, à mille lieues au demeurant de cet humour décalé de fille frondeuse qu'elle pratiquait quand elle voulait le déstabiliser encore plus.

- Ah pardon, c'est vrai que tu n'as pas assisté à ma conversation avec le colonel. Walid Younis, c'est le boss du réseau, ici. Le salopard par qui transite la dope qui arrive d'Afghanistan avant de repartir vers l'Europe.

Allez, assez parlé ! On y va ! continua-t-elle dans un sourire qui se voulait engageant.

- Sans moi, hurla-t-il, réalisant soudainement ce que ce sourire avait de décalé par rapport au projet de retourner dans la gueule des fauves dont ils venaient de s'extraire miraculeusement. Tu n'as aucun moyen de m'y contraindre !
- Et tu vas rentrer comme un toutou à la niche ? J'y crois pas. Et d'abord, sache qu'ici, je suis *persona grata* !
- Comment ça ?
- J'ai dit que j'appartenais à la DGSE.
- Quoi, les espions français ? Mais s'ils découvrent…

Il n'en dit pas plus. Le regard de Myriam l'avait transpercé. Il se tut et ferma les yeux en signe d'impuissance face à ce rouleau compresseur. Dépassé, l'artiste. Il n'était pas de taille à s'opposer à elle, en aucune manière.

-o-o-o-o-o-

L'agent Allon n'était pas resté inactif pendant cet épisode vécu dans une sorte d'apesanteur, comme face à un gigantesque écran hollywoodien. Rien n'y avait manqué : les terroristes, l'espionne, le sniper, les hélicoptères. Dans ses jumelles, il avait suivi l'enchaînement des actions jusqu'à la déroute des assaillants. Mais il avait aussi reçu sur son satellitaire le portrait de la fille, de face et de profil, qu'il s'était empressé de faire disparaître dès qu'il en avait imprimé les caractéristiques dans sa mémoire. Il était à présent certain que c'était bien elle qu'il avait vue prendre la direction des opérations sur le toit du bâtiment. La même allure autoritaire, le profil acéré qui se découpait sur la blancheur des murs du poste de l'Armée, cette crinière de jais, comme un casque de déesse punique prête au combat. Et ce sens du déplacement, tout en souplesse, comme un félin aguerri ! Impossible que ce ne soit pas elle.

Tout lui disait que cette fille était bien, en effet, cette Myriam qui avait lancé ce SOS, peu de temps auparavant. Aussi, lorsqu'il vit un couple sortir du poste militaire, malgré la distance, il fut pris d'un doute, car il ne la reconnut pas. Un Humvee, relique de la guerre d'Irak et autre dotation de l'US Army comme cadeau de départ à ses supplétifs libanais, s'était porté à leur hauteur. Le couple s'y engouffra, ainsi que quatre soldats armés de M16 en tenue de camouflage. Un type plus âgé, avec cinq barrettes sur les épaules, le bras en écharpe, s'éloigna pour monter dans un des hélicos qui étaient restés après leur démonstration de force.

Un sentiment confus s'était emparé de lui après qu'il ait vu le départ des deux civils, vraisemblablement pour Beyrouth. L'homme, la petite cinquantaine, pouvait bien être le Français qu'on lui avait annoncé. Ça semblait plausible. Pas du tout la tête d'un type du coin. La femme, en revanche, il n'avait pas pu distinguer correctement son visage, car elle portait sur la tête un hijab et s'était précipitée trop vite dans le Humvee, pour être reconnue. Il décida alors de rester encore un moment à surveiller les abords. Dans sa position, les sens en éveil au maximum, toute indication, toute information, même minime, devait être analysée et interprétée dans la seconde, car elle ne se représenterait pas et que la chance sourit essentiellement aux gens consciencieux et méthodiques. Elle est même la récompense de l'application, le contraire d'un cadeau à l'improvisation et à l'amateurisme farfelu.

Concentré qu'il était à scruter l'horizon, prompt à déceler tout indice d'une évolution de la situation, ses sens en alerte maximum, il perçut le bruit infime d'un caillou crissant sous une semelle. N'importe qui d'autre en de telles circonstances n'aurait simplement rien entendu. Pas Amos Allon. Pas lui, habitué à devoir la vie sauve à ses sens, à sa capacité d'analyse ultra rapide, à sa réactivité. Il baissa lentement les jumelles qu'il tenait encore, se racla la gorge, fit semblant de tousser pour justifier son retour dans sa voiture, à quelques mètres de là, afin d'y prendre une bouteille d'eau. Ce qu'il fit. Mais tandis qu'il se trouvait dans le véhicule, il en profita pour se saisir de son Glock, y visser le silencieux, et le glisser sous sa chemise.

Il le savait, il le sentait, qu'il était dans la ligne de mire d'un type à peu de distance. Il fallait qu'il règle le problème, et sans délai, car il ne pouvait pas se résoudre à quitter son poste d'observation tant qu'il avait encore le moindre doute. Il reprit ses jumelles et se déplaça lentement, faisant croire à la recherche d'un meilleur angle pour observer les alentours du poste. Se faisant, il se mit à l'abri d'un rocher, opportunément placé là. Il décrivit alors rapidement un large arc de cercle de façon à se replacer derrière celui qu'il supposait être en train de le surveiller.

Dans ce genre de situation, il vaut mieux toujours envisager le pire scénario afin de ne jamais avoir une réponse insuffisante et condamnée à l'échec. Il se rappela à ce moment précis ce qu'il avait appris en lisant un article du *Time* sur Andrew Grove, l'ancien boss d'Intel, qui professait que seuls les paranos survivent ! Ce patron singulier en avait d'ailleurs fait le titre d'un bouquin à succès. Oui, il faut être parano pour imaginer qu'un type qui ne te connaît pas et à qui tu ne dois rien veut te trouer la peau. Et pour imaginer que c'est justement ici et maintenant, et pas ailleurs ni demain.

Il savait qu'il n'y avait pas d'autre choix. Et il avait appris depuis longtemps qu'il faut frapper le premier et fort, car si la violence ne résout pas ton problème, c'est que tu n'as justement pas tapé assez fort ! Il n'avait jamais pris cette boutade pour un mot d'humour facile et convenu. C'était même un des mantras essentiels des agents du Mossad en action. Éviter autant qu'on peut la violence inutile, et souvent visible, car elle laisse généralement des traces et des indices. Mais aussi, taper fort et le premier, par surprise, quand on sent qu'il le faut et qu'aucune autre option ne peut être envisagée. Frapper avec la vitesse de l'éclair, immédiatement.

Il aperçut une ombre se déplacer à une vingtaine de mètres de lui. Il reconnut alors le jeune aux Ray Ban Aviator. Voilà donc notre homme ! Ce petit con va faire tout capoter. Et me mettre à découvert ! Désolé, mon vieux, pas le choix ! Il s'approcha encore de quelques mètres, recula la culasse de son arme dans le plus parfait silence (merci les armuriers maison !) et fit feu. Un petit bruit étouffé et le type s'écroula, une balle lui ayant explosé le crâne. Un gamin ! Il avait flingué un presque gosse. Il se reprit vite, car le mec tenait encore à la main un vieil automatique Makarov avec une balle engagée dans la chambre. Pas de remords à avoir, se dit-il, même si ce type de considération avait depuis longtemps disparu de son catalogue d'émotions.

Le temps de dissimuler le corps dans une anfractuosité, de faire de même avec la moto repérée derrière un monticule, et Allon reprit sa surveillance, jumelles en mains. La chance lui souriait encore. Il ne dut pas attendre plus de cinq minutes pour voir apparaître une petite Toyota noire qui s'arrêta devant le bâtiment des militaires. Une forme noire, voile balayé par le vent chaud qui s'était levé, sortit alors du bâtiment pour s'installer à la droite du conducteur. Une femme en tchador. Étonnant, se dit-il. Se concentrant sur cette image, il reconnut les traits du portrait qu'il avait aperçu peu de temps auparavant sur son écran. Myriam Qorah ! Celle-là même qu'il avait vue sur le toit pendant l'assaut. C'était bien elle !

De taille moyenne, 1,67 mètre avait indiqué le message reçu de la centrale, elle s'était avancée avec détermination vers la voiture. Son profil aquilin, son teint méditerranéen, la chevelure d'un noir absolu, comme l'onyx des parures aztèques, qui dépassait du tchador, son expression autoritaire malgré son jeune âge, la façon de lever le menton pour se faire entendre lorsqu'elle s'était adressée au chauffeur, tout dénotait chez elle la force de caractère, le sens de l'autorité et de l'engagement. Du charisme, certainement et une sorte de magnétisme qu'il ressentait même à cette distance, en plus.

Comment être ainsi impressionné par une forme fugace, aperçue quelques fractions de seconde ? Un effet de son imagination ou un réel pouvoir d'attraction ? Il réalisa soudain qu'il était heureux d'être là, ne serait-ce que pour élucider cette étonnante question. Et faire la connaissance de sa jeune collègue, en personne. En espérant ne pas arriver trop tard si le goût du risque de celle-ci ne l'avait pas poussée entre-temps dans une situation définitive, de celles dont on ne revient pas, sinon les pieds devant.

Il appela les gars de la centrale pour savoir si elle les avait contactés. Non, rien. Aucun signe de vie depuis la veille, quand elle était arrivée à Beyrouth. Il se hâta de retourner dans son Land Cruiser et de suivre les indications du système. Le clignotant lumineux d'un vert phosphorescent lugubre lui indiqua le chemin. La balise fonctionnait toujours, heureusement, et il s'aperçut vite qu'ils prenaient la direction de l'Est, vers la Syrie. La Syrie ! S'il y avait bien un endroit où elle ne devait pas aller, c'était là. Dans cette période de chaos et de guerre civile à outrance, dans ce *no man's land* qu'aucune autorité civile ou militaire ne contrôlait réellement, quelles étaient ses chances de s'en sortir ? Que vaudrait un quelconque laissez-passer, une quelconque recommandation ? Il ne pouvait de toute façon pas reculer, car il avait pour mission de la protéger et il allait le faire coûte que coûte.

-o-o-o-o-o-

Après avoir quitté Al-Nabi Sheet et être rentré à Beyrouth dans le Humvee qui l'avait déposé au QG de l'Armée à Yarseh, Gerson avait pris un taxi qui l'avait conduit à l'hôtel. Le couple d'Arméniens lui fit un accueil mitigé. Coincés et très mal à l'aise, les deux petits vieux. Ils évitèrent son regard quand il leur demanda sa clef et celle de la chambre de Miss Rossi. Il prétexta qu'elle était retenue à un rendez-vous et qu'il devait récupérer un dossier à sa demande. Il ne mit pas longtemps à comprendre qu'ils avaient en effet reçu de la visite et il en eut la confirmation dans sa chambre où il perçut, par d'infimes indices, qu'elle avait été visitée. Surtout, il y flottait une sorte de vague odeur d'eau de toilette bon marché et de tabac froid, qui ne pouvait pas venir de lui. Mais qui donc pouvait être déjà sur leurs traces ?

Il se mit à regretter de ne pas être resté avec elle ! Même dans la Bekaa, il se serait senti plus en sécurité qu'ici, dans cette chambre minable, oublié de tous, sans personne vers qui se tourner en cas de nécessité. Les deux chambres avaient été fouillées, c'était certain, et il réalisa alors qu'elle avait dû avoir une sorte de pressentiment, car elle avait le matin même emporté avec elle le satellitaire. Ouf, au moins, cet indice incontestable d'une double vie mis à l'abri, le risque de se faire coincer était, pour le moment, écarté. Et il réalisa soudainement qu'il l'avait dans la poche, ce satané satellitaire ! Elle le lui avait confié avant de le laisser rentrer seul à Beyrouth, ne voulant pas se faire fouiller avec ça dans son sac au cas où les choses tourneraient mal là où elle avait décidé d'aller. Ce qui était plus que probable.

-o-o-o-o-o-

Allon s'était mis en route, essayant de garder une distance suffisante pour ne pas se faire repérer par le conducteur de la Toyota noire qu'il avait prise en filature. Il progressait dans cette immensité de terre et de poussière grise, parsemée de bosquets rachitiques, d'ânes faméliques, de moutons hagards, abandonnés à leur sort en rase campagne. Ici et là, une maigre masure rappelait que des humains habitaient cet endroit perdu. Son regard faisait d'incessants allers-retours entre les nids de poule de la route et le cadran de son portable sur lequel s'affichait le signal du tracker qui, Dieu merci, était resté collé sous le sac de la fille. Pas le moment de casser un moyeu et de tomber en rade dans cet enfer minéral !

Il arriva, peu après, dans une zone déserte où la route passait entre deux collines. Il aperçut alors, à une centaine de mètres devant lui, la Toyota noire arrêtée sur le bord de la route et arriva bientôt à sa hauteur. Elle était vide. Pressentant le pire, il se gara prestement et, après avoir pris son Glock dans la boîte à gants, partit à la recherche des occupants de la voiture. Ses yeux balayaient la zone, à la recherche du moindre indice. Rien que des cailloux. Et un silence absolu, pesant. Pas la moindre piste. Où aller ? À droite, à gauche ? Perdu dans ses pensées et indécis sur la stratégie à adopter, imaginant déjà le pire – déformation professionnelle oblige –, il fut brutalement ramené à la réalité par une voix féminine qui, venant de derrière, s'adressa à lui en arabe :

- *Les mains en l'air ! Les jambes écartées ! Ne vous retournez pas et balancez votre arme au loin ! Exécution !*

Il ne bougea pas. C'est à peine s'il avait levé les mains et la voix se fit plus impérieuse. La fille se mit à crier.

- *Je t'ordonne de jeter cette arme ! Sinon, je t'abats comme un chien !*

Là, Allon sentit qu'il n'avait aucune issue autre que d'obtempérer. Gagner du temps. Éviter que la fille ne perde patience et lui loge une balle dans le crâne. En même temps, il crut déceler dans son accent quelque chose d'indéfinissable. Elle n'est pas Libanaise ! Ni Syrienne. Ce pourrait-il que…

- *Bon, tu l'auras voulu !*

Il entendit alors distinctement qu'elle venait de déverrouiller la sécurité de son arme. Il s'exécuta et jeta son arme à terre.

- *Je peux me retourner, maintenant ?*
- *Oui, lentement et tu ne bouges pas d'un millimètre d'où tu es !*

Quand il fut enfin en face d'elle, son visage s'illumina. Myriam Qorah ! C'était donc bien elle. Elle dont le portrait s'était gravé dans sa mémoire quelques heures auparavant, grâce à la photo reçue sur son satellitaire. Elle portait encore le tchador, mais il était à présent déchiré et laissait apparaître un jean délavé. Il nota aussi une marque de sang sur le coin gauche de sa bouche tandis qu'un rictus barrait son visage. Un regard sombre, un regard faisant penser à la mort le dévisageait sans ménagement. Il hurla alors en hébreu :

- *Agent Qorah, Myriam Qorah ! Ne tirez pas ! J'appartiens au Mossad, moi aussi.*

Elle le tenait en joue et lui lança, pas impressionnée :

- *Et tu es qui, toi ?*
- *Je suis Amos Allon. J'appartiens aux services. En poste à Beyrouth. J'ai reçu de la centrale l'ordre de vous suivre et de vous protéger.*
- *Qu'est-ce qui me force à vous croire ?*
- *Posez-moi des questions sur le service à Tel-Aviv !*
- *OK. Alors, comment appelle-t-on le directeur du service action, entre nous ?*
- *Babar*, répondit sans hésiter Allon.
- *Et où fête-t-on entre nous le succès des missions ? Quand les agents rentrent à la maison sains et saufs ?*
- *Chez Esther, le restaurant de la rue Shlomo Hamelekh.*
- *OK. Et comment s'appelle la synagogue qui est à côté ?*
- *Il n'y en a pas... Que je sache. Non ?*
- *C'est bon... Tu m'as fait peur. Qu'est-ce que fait un type de la maison, ici ? C'est quoi ton nom, encore ? J'ai déjà oublié...*
- *Amos.*
- *Amos comment ?*
- *Amos... Amos Allon. Tu sais qu'on ne doit théoriquement pas communiquer notre identité à personne, même à un agent maison.*
- *Oui, mais bon. Ici...*

Mise en confiance, elle le rejoignit dans le Land Cruiser après s'être défaite de son tchador qu'elle jeta, roulé en boule, derrière un bosquet. Quelle bonne idée elle avait eu de le repérer suspendu dans la cuisine du bâtiment de l'Armée et de s'en emparer ! Ça lui avait permis de sortir du bled sans se faire inquiéter, aux côtés de ce salopard de chauffeur.

L'air conditionné du véhicule lui fit du bien. Elle sentait peu à peu ses sens retrouver leur équilibre et son pouls redescendre à son rythme habituel. Il lui dit en quelques mots le but de sa mission auprès d'elle, comment il avait été témoin de la façon courageuse dont elle avait fait fuir les assaillants, l'épisode du sniper, jusqu'à son départ dans la Toyota. Il ne put s'empêcher de lui dire son admiration et la regardait comme un enfant regarde une bête fauve apprivoisée, avec un mélange de crainte et de vénération.

- *Et tu voulais aller où dans ton déguisement de corbeau ?*
- *Je voulais aller au contact avec un certain Walid Younis ben Abdullah, chef présumé du réseau d'héro dont la base serait sur la route d'Assal al-ward, en territoire libanais, juste avant la frontière. Plus facile pour les transferts de chargement.*
- *Tu n'es pas un peu inconsciente, par hasard ?*
- *Comment tu fais toi pour récupérer des infos pertinentes, si tu ne vas pas sur le terrain ? Tu trouves ça sur Google ? Et on nous a dit aussi qu'il y avait de fortes présomptions de présence d'armes d'origine iranienne. Tu es au courant ?*
- *Tu parles si je suis au courant… C'est moi qui ai fourni les infos à la direction, il y a trois mois !*
- *Pardon.*
- *Et qu'est-ce qui est arrivé à ton chauffeur ?*
- *Il a voulu s'amuser avec moi. Pour une fois qu'il avait autre chose qu'une chèvre pour se soulager ! Il m'a fait descendre, m'a entraînée derrière les rochers sous la menace de son flingue, ce connard. Et…*
- *Et quoi ? Je n'ai rien entendu. Pas de coup de feu.*
- *Ben non. Je lui ai cassé les vertèbres de la nuque. Comme on nous l'a appris. C'est tout. En voilà un qui n'embêtera plus les filles ! Ni les chèvres, d'ailleurs,* conclut-elle dans un souffle.
- *Et pourquoi, au fait, as-tu pris le risque de ne pas me descendre ? Tu ne pouvais pas imaginer que j'étais là pour toi !*

- *Une erreur, peut-être. Je ne pouvais pas te tirer dessus* par-*derrière ! Un reste de principe !*

Cette fille était gonflée et elle lui donnait un coup de vieux inattendu. Elle lui expliqua qu'elle avait décidé de faire un repérage dans une propriété privée où se trouverait Younis ben Abdullah. Elle tenait ses infos du colonel Mattar qui les lui avait confiées, mis en confiance par sa supposée appartenance à la DGSE. Elle proposa alors à Amos Allon d'y aller sur le champ. Mais il jugea l'expédition trop hasardeuse sans préparation et sans solution de repli et déclina la proposition, promettant de l'accompagner dès que possible. On ne peut pas refuser un petit service à une fille pareille ! Même de se jeter dans la gueule des fauves.

Ils reprirent la route pour Beyrouth. Mais avant de démarrer, il lui demanda de récupérer et de remettre le tchador qu'elle avait abandonné dans la nature. Elle s'exécuta, tout en gardant cachée, prête à s'en servir, l'arme qu'elle avait récupérée du type de la Toyota. À plusieurs reprises, ils furent arrêtés par des barrages. L'Armée. Le Hezbollah. Tout le monde y allait de sa démonstration de force. Bluff ou pas, c'était impressionnant de voir ces sales gueules vous arrêter, demander vos papiers et vous dévisager comme un physionomiste de boîte de nuit pour essayer de connaître vos véritables intentions.

L'envie des types qui les arrêtaient de faire un carton sur eux sautait aux yeux et on sentait que le doigt sur la détente de leur arme les démangeait. Heureusement qu'Allon avait la bonne couverture : fonctionnaire au ministère de l'Agriculture, papiers *ad hoc*, RAS. Et Myriam, sous son tchador, avec ses traits méditerranéens, avait tout d'une bonne petite épouse chiite. Mais, bon Dieu, qui dirige ce pays ? se dit Myriam. On pouvait en effet se demander si l'exception libanaise n'était pas tout simplement déjà une illusion définitivement envolée.

Mais il fallait penser à la suite de la mission. Elle appela Gerson sur le satellitaire crypté d'Allon. Le Français lui répondit dans sa chambre du Chambord où il l'attendait, mort d'inquiétude. Il guettait son appel et fut soulagé de l'entendre.

- Écoute-moi bien, Frédéric. Tu laisses tout sur place. Tu quittes immédiatement ta chambre. Tu n'emportes que le satellitaire sur lequel tu me parles, là. Tu enlèves la carte SIM de ton mobile et tu la fais disparaître dans la chasse d'eau de la chambre. Tu laisses ton appareil sur place après l'avoir essuyé avec un kleenex. Tu ne peux plus l'utiliser à présent. Essaye, pour une fois, de ne pas montrer que tu meures de trouille. Tu seras surveillé quand tu vas sortir. Tu te rappelles le parcours qu'on avait fait au BHV ?
- Oui... Et alors, je fais quoi ? finit-il par articuler.
- Tu vas faire pareil. Tu te débrouilles pour aller dans les souks, je t'ai montré où ils commencent. Tu joues au touriste. Les mains dans les poches. Tu n'es pas pressé, pas stressé. Tu les endors. Tu achètes deux ou trois babioles, style cadeaux pour ta concierge. Tu vois ce que je veux dire. Tu prends un taxi, toujours bien visible, et te fais déposer au New Palace.
- Le New Palace ?
- Oui, c'est un grand hôtel sur la corniche. Là, écoute-moi bien. Tu demandes Monsieur Julien, à la réception. Quand tu le verras, tu lui dis que tu viens de la part de Socrate. Non, ne te moque pas, c'est sérieux. Et ne râle pas non plus ! Il fera semblant de te montrer une chambre, mais, en réalité, te fera sortir par une porte arrière, donnant sur une rue où tu n'auras plus qu'à faire cent mètres et attraper un taxi sur le boulevard Rafic el Hariri. Ne cours pas ! Ça pourrait avoir l'air suspect. Tu te fais déposer là où on est allés tous les deux hier. Chez l'amie de ton ex, qui a ce bel espace. Tu sais, celui qui t'intéresse pour ce que tu sais. Je ne te donne pas de nom.

On ne sait jamais. Je t'y retrouve dans deux heures. Dis-lui, à la fille, qu'on doit la revoir pour nos projets, etc.

- Ça va faire louche.
- Laisse tomber. Elle s'en fout. Elle sera ravie de te revoir. Tu lui as tapé dans l'œil, se crut-elle obligée de rajouter pour être plus convaincante. Enfin, je n'en suis pas sûre, mais ce n'est pas grave. OK ?

Elle avait déjà raccroché.

Il fallait à présent que le réseau d'Allon et ses relais sur place se montrent efficaces sinon, *bye bye* le père Gerson. Elle n'en éprouva aucun sentiment de culpabilité. Il avait joué et il pourrait tout perdre, à commencer par la vie. Ou s'en sortir. Là, ce n'était plus de son ressort à elle. Elle avait suivi les instructions et n'avait pas d'autre objectif que la réussite de sa mission. Quelles qu'en soient les victimes collatérales.

-o-o-o-o-o-

Gerson et Myriam passèrent deux jours dans un studio qu'Allon louait à Karm el Zeytoun, quartier populaire d'Achrafieh, sous un faux nom. Une sécurité, au cas où il aurait dû quitter précipitamment son logement habituel avant d'être exfiltré vers Israël, leur avait-il précisé. Pour l'heure, il ne pouvait pas repartir avec elle immédiatement sur les traces de Walid Younis, sans que ses collègues ni ses chefs ne se posent de questions sur ses allées et venues dans la Bekaa. Ce n'était tout de même pas l'endroit rêvé pour des études agronomiques sous l'égide de la FAO ! La région attendrait encore longtemps les premiers essais de permaculture… sauf à ce qu'ils aient lieu sous la protection d'une division de Marines.

Il leur avait fait ses recommandations pour ne pas se faire repérer et leur avait notamment formellement déconseillé de jouer les touristes, car leur signalement devait être diffusé largement. L'absence du jeune aux Ray Ban n'avait pas dû passer inaperçue et les réseaux chiites devaient être sur les dents pour mettre la main sur eux. Surtout qu'ils avaient dû faire l'amalgame avec l'épisode de l'attaque du poste de l'Armée et son dénouement heureux.

Dans cette région et en cette période folle, tout événement imprévu et violent était catégoriquement labellisé sioniste. La théorie du complot juif était en effet la seule qui trouvait systématiquement audience auprès de toutes les composantes de la société libanaise et on ne se gênait pas pour l'utiliser. Il fallait en conséquence redoubler de prudence.

Myriam passa plusieurs appels à Allon sur le satellitaire qu'avait ramené Gerson, afin de préparer la suite de leur mission. Ils passèrent de longs moments à échanger en hébreu, laissant le Français de côté. Celui-ci enrageait et tournait en rond comme un lion en cage. Il ne supportait plus toutes ces précautions qui l'empêchaient d'aller et venir. Et surtout de retourner dans la galerie de Souria qu'il n'avait pas revue, car elle était absente lorsqu'il s'y était présenté en rentrant de la Bekaa. N'y tenant plus, il entreprit de sortir à l'improviste.

Lorsqu'elle se rendit compte de son absence, elle partit comme une folle à sa recherche et le trouva deux rues plus loin, attablé à la terrasse d'un bistrot, en train de lire *L'Orient–Le Jour* tout en tirant sur une cigarette. Elle se retint d'exploser ne voulant pas les faire remarquer. Quand il la vit, il la dévisagea d'un regard amusé. Pour une fois qu'il imposait son choix, il avait décidé d'en profiter. D'un mouvement de la main qui se voulait cérémonieux, il l'invita à sa table. Quel crétin ! Jouer les gentlemen. Quelle mauvaise comédie, il me fait là ? Et il croit m'impressionner ? pensa-t-elle.

- Tu es malade ? lui souffla-t-elle finalement en s'asseyant à ses côtés. Tu n'as pas encore compris où on est, ici ? C'est la Goutte d'Or puissance 100 ! Et les barbus ont des indics partout. Le pays est noyauté. Ils savent tout. Tu disparaîtrais avant même de savoir ce qui t'arrive.

- Écoute, j'en ai assez de cette histoire. J'en ai marre de te suivre comme un toutou. J'en ai marre que tu te serves de moi comme alibi à tes activités meurtrières. J'arrête. Je ne marche plus dans ta combine. Fini ! C'est fini ! Tu piges, oui ou merde ?

Il avait hurlé ces derniers mots, qui déclenchèrent l'attention des tables voisines. Tout ce qu'Allon leur avait dit d'éviter à tout prix. Mais elle ne bougeait pas, se contentant de le regarder avec une sorte de pitié dans le regard. Ils restèrent ainsi de longues secondes à se dévisager. L'air sévère et calme de Myriam, ne trahissant aucune émotion, contrastait avec l'expression furieuse et le regard assassin de Gerson. Elle tendit la main vers son paquet de cigarettes et en prit une, qu'il lui alluma en lui lançant de façon ironique :

- Tiens, tu refumes, toi, maintenant ?

Elle ne répondit rien et se contenta de le dévisager à travers les volutes de fumée bleue qui s'élevaient dans l'air déjà moite de cette belle matinée d'été. Un observateur étranger à leur histoire les aurait alors pris pour un couple de touristes amoureux préparant le programme de la journée. Leurs regards, d'une intensité palpable, auraient pu faire croire qu'ils vivaient en ce moment présent une relation torride, fusionnelle. Il se dit qu'il avait dû marquer un point pour qu'elle abandonne sa résolution récente de renoncer à la cigarette et en éprouva un sentiment de victoire. Bien modeste victoire, certes, pensa-t-il, mais contre Myriam Qorah, l'agent spécial Myriam Qorah du célèbre et redouté Mossad, toute victoire, aussi infime soit-elle, était déjà en soi un succès digne du *Guinness* !

Oui, il n'en pouvait plus de cette cavale, de ce stress permanent, de cette violence au service d'une cause qui n'était pas la sienne. Et d'ailleurs, quelle cause valait la peine de s'y investir, au risque d'y laisser sa peau, quand on est un artiste poursuivant sa propre vérité ? Ses armes valaient bien celles de cette fille et ses trophées ne se comptabilisaient pas en nombre de macchabées, mais en tableaux, chacun étant l'expression d'un moment, d'une rencontre, d'une urgence à témoigner. Dans la douleur, en faisant tomber les masques, percer l'insondable mystère de l'âme humaine, à commencer par la sienne.

Il sentit la présence de son regard qui le transperçait. Les yeux émeraude, devenus étrangement sombres, se vrillèrent dans les siens. Ils étaient à présent des lance-roquettes qui ne lui laissaient aucune chance. Il tenta crânement de faire face, sachant qu'il aurait du mal à résister à ce bulldozer. Mais il comprit au même moment qu'il n'aurait pas la force ni la volonté d'ailleurs, d'aller contre elle. Attraction, répulsion. Quand une telle force de caractère, alliée à une telle puissance de séduction, monte à l'assaut de ta volonté, comment s'en sortir ? Gerson dut rendre les armes.

-o-o-o-o-o-

- Vous avez été repérés ! J'ai eu des infos depuis Tel-Aviv, cette nuit. Nous avons une taupe dans le Hezbollah, par chance. Ils sont à la recherche d'un couple de sionistes ! Une fille décrite très exactement comme toi, Myriam. Longs cheveux noirs, teint mat, à peine la trentaine. Et vous, Frédéric, topo conforme. Et ils auraient même vos portraits.

Allon avait débarqué cinq minutes plus tôt dans le studio, pour faire le point avec eux sur la suite des opérations. Les présentations avaient été on ne peut plus minimales entre les deux hommes. Façon douche glacée. Myriam avait présenté l'Israélien à Gerson comme un ami. Un ami ? Et quoi encore ? s'était dit celui-ci en esquissant un vague sourire de convenance. Elle me prend encore pour un naze ! L'agent du Mossad n'avait pas eu besoin d'en rajouter, ses traits tendus et son regard nerveux tandis qu'il leur parlait les ayant déjà prévenus que la situation était problématique. Ils n'imaginaient pas à ce point.

Il s'exprimait dans un parfait anglais avec une pointe d'accent arabe, un mélange classique d'intonations *snobbish* British et de roulement de « r » local. Gerson répondit dans sa langue pour mieux laisser exploser sa fureur et sa frustration.

- Merde ! Qu'est-ce qu'on peut faire, à présent ? Se casser d'ici ! Je me barre. Je prends le premier vol d'Air France ! avait rugi Gerson, sautant de sa chaise comme mû par un ressort.
- N'y compte pas ! Tu n'arriveras même pas jusqu'à l'aéroport. Non ? fit Myriam en se tournant vers son collègue.
- Oui, elle a raison. Ils ont des yeux partout. Et vous n'avez aucune chance de vous en sortir comme ça, commenta Allon, dans un français chanté.

La Syrie avait été sous protectorat français avant la Seconde Guerre mondiale et ça avait laissé de jolies traces. Ils n'eurent pas le temps d'apprécier, car la situation requérait dans l'urgence une réponse adaptée.

- Alors, on va moisir ici, faits comme des rats ? reprit le Français.
- Laissez-moi réfléchir, conclut l'agent du Mossad en se concentrant.

Les deux autres évitaient de se regarder. La tension était à son comble et même Myriam n'en menait pas large. Pas tant pour elle que pour Gerson, qu'elle venait de faire basculer dans une situation encore plus délicate que ce qu'elle avait imaginé.

- Faites-moi confiance, lança Allon. Je reviens en fin de journée. Je vous apporterai de quoi vous restaurer. En attendant, pas question que vous mettiez le nez dehors !

OK ? Sinon, je ne pourrai plus rien faire pour vous. N'est-ce pas, Monsieur Gerson ? Je sais que vous avez été un peu imprudent, ce matin. Un esclandre en pleine rue... Vous êtes, excusez-moi du terme, totalement inconscient !

Gerson baissa les yeux vers le sol et se mit à contempler ses chaussures, penaud. Myriam avait mis son collègue au parfum de l'incident. Pas top. Là-dessus, l'Israélien prit congé d'eux non sans avoir gratifié Myriam d'un sourire complice, mais sans un regard pour Gerson.

Quelle autre option s'offrait à eux que de lui faire confiance ? Gerson avait beau retourner le problème dans sa tête, il était coincé. Et, en plus, les responsables du réseau avaient certainement déjà fait le lien entre ce qui s'était passé à Paris, l'épisode à Marbella chez Al Salami et à l'hôtel, et l'élimination du tueur à la porte de son atelier. Ça commençait à faire beaucoup. Beaucoup de cadavres, surtout, et donc le signe flagrant que ce dossier était entre les mains d'autre chose qu'une bande concurrente pour le compte de voyous dealers de came. La main des services israéliens, c'est ce que devaient se dire les autres. Et eux, ici à Beyrouth, ils étaient coincés dans ce cauchemar. Oui lui, spécialement, était très mal barré. Pas d'autre option que de suivre le mouvement, en effet, en espérant que la bonne fée qui veillait sur les agents du Mossad ne l'oublie pas, lui le goy arrivé dans cette galère à son corps défendant. Enfin, presque.

Presque, oui en effet. Car s'il voulait être honnête, ne serait-ce qu'avec lui-même, et se rappeler ce qu'essayait de lui inculquer Rico, l'amoureux de Léontine, rien ne t'arrive jamais totalement par hasard. Tu finis toujours par être rattrapé par tes faiblesses, petites et grandes, par ta propension à mener une vie de sybarite insouciant et jouisseur. Et tu finis par recevoir la facture. Pas toujours par la poste, non. Parfois de façon beaucoup plus violente. Comme dans le cas présent, pensa-t-il. Sans regret, car il savait qu'il en avait largement profité et que c'était à son tour de payer. Peut-être le prix fort. *Inch'Allah.*

Ils évitèrent de se regarder. Concentrée sur les *Mémoires d'Hadrien* dont elle lisait les dernières pages, elle finit par lever les yeux de son livre pour s'adresser au Français.

- Écoute, Gerson, ce qu'elle écrit Yourcenar : « Tâchons d'entrer dans la mort les yeux ouverts ». C'est beau, non ?
- Je préfère ne même pas y penser ! fit-il en haussant les épaules et en allumant une nouvelle cigarette dont il avala goulûment la fumée.
- C'est ça ! « Arrête de te cacher derrière ton ombre ! », comme disait mon père, à Aden, quand il voulait nous faire réagir et nous inciter à faire face avec courage à la réalité de la vie. Et Dieu sait si nous aurions eu des raisons de vouloir nous réfugier dans nos rêves !
- Ça va, la morale…
- Continue à fuir dans tes chimères. Moi, je préfère vivre dans la lumière, dans la vérité.
- Oui, Miss, c'est ça. Je vais me coucher pour ne pas perturber ta lecture et tes considérations inspirées sur l'âme humaine !

Elle haussa les épaules. *Pauvre Gerson, grand naïf. Tu ne sais pas encore jusqu'où je vais t'entraîner ! Si tu savais…*

-o-o-o-o-o-

Acte 4

Ils avaient changé d'itinéraire et pris la direction du nord, par la route 51M, qui relie Beyrouth à Tripoli par la côte. Longeant la Méditerranée, dans cette nature baignée du soleil matinal qui l'enveloppait d'une lueur dorée, scintillante, se reflétant dans le bleu sombre de la mer, le temps semblait suspendu. Une promesse de journée pour ne penser à rien, à se laisser porter par le temps qui passe, à profiter de cette nature généreuse, rieuse et apaisante. Une journée à l'image de la vraie nature de ce peuple, avant que ne se déchaîne la folie des ego et des hubris de tous bords qui étaient en train de l'abattre définitivement.

Dans la sono de la voiture passait *The Dark Side of the Moon*. Les accords planants des Pink Floyd ajoutaient une touche magique, presque irréelle, en complet décalage avec ce qui les attendait. Gerson avait fermé les yeux, s'imaginant à dix mille kilomètres de là sur une plage de Bolinas, un joint dans une main et une canette de Budweiser fraîche dans l'autre, le regard perdu dans les étoiles du ciel de San Francisco. Souvenir d'un passage très court sur les traces de la *beat generation* après un détour pèlerinage à Big Sur, pour rendre hommage au grand Kerouac.

Malgré cette ambiance californienne, Allon conduisait en fixant la route d'un regard tendu, les mains crispées sur le volant. Il n'avait pas desserré les dents depuis qu'il les avait récupérés dans le studio et leur avait exposé le programme de la journée. L'itinéraire, d'abord. Pas question de reprendre le même que lors de leur première escapade dans la Bekaa. Leur signalement était à coup sûr largement diffusé et, même s'ils s'étaient préparés à

l'éventualité de contrôles lors de probables check-points sauvages, il valait mieux emprunter la route du nord. Là, au moins, dans cet itinéraire qui avait tout l'air du chemin des écoliers, l'effet de surprise aurait plus de chance de jouer en leur faveur. Peu de chances de rencontrer des barbus. Plutôt des chèvres et des moutons.
Peu avant Byblos, ils avaient bifurqué vers l'est, direction la vallée de la Bekaa. Les routes, plutôt les chemins empierrés, qu'ils empruntèrent bientôt les emmenèrent bringuebalant pendant près de trois heures jusqu'à quelques encablures de la frontière, à un jet de pierre de Serghaya, premier gros village en Syrie sur la route de Damas. Le soleil était passé derrière les collines et il faudrait qu'ils trouvent un endroit pour passer la nuit, se dit Gerson, passablement inquiet.

Le Land Cruiser s'engagea alors sur une piste de terre bordée de cyprès, qui filait droit dans la campagne. Soudainement, le paysage était devenu plus ordonné, presque policé. Les champs étaient tirés au cordeau, des barrières avaient été érigées pour garder à l'enclos un troupeau de vaches qui n'avaient rien à envier à leurs cousines bretonnes ou normandes. Quelques chevaux de monte les regardèrent passer avec la tranquillité qui sied à quiconque vit une existence paisible.

- On va où ? questionna Gerson, d'une voix rendue nerveuse par l'absence d'information dans lequel il était tenu depuis le départ de Beyrouth.
- On est arrivé. Vous allez pouvoir prendre une douche et vous reposer !
- Et en griller une ou deux ! répondit Gerson, soudain plus à l'aise.
- Dis, Allon, chez qui tu nous emmènes, là ? poursuivit Myriam qui n'en savait pas plus.

Le culte du secret chez les espions, ce n'est pas un mythe, pensa le Français. Même entre eux, ils ne lâchent rien ! En se disant ces mots et en les regardant tous les deux, assis sur les sièges avant du véhicule, il réalisa soudain qu'il n'avait même pas réagi à l'accoutrement de Myriam. Ni au sien, d'ailleurs. Et il prit conscience du comique de la situation. Amos Allon avait imaginé un stratagème vieux comme le monde pour échapper à la vigilance des hommes de main du réseau. Il était arrivé la veille au studio avec une valise, dont il avait sorti tout un attirail censé les transformer en d'inoffensifs pékins en balade dans le Pays du Cèdre : matériel de coiffeur, maquillage, perruques, vêtements, etc. Et le résultat avait dépassé ses espérances.

Myriam n'était plus Pénélope Rossi, mais une gamine androgyne, cheveux châtain clair coupés court façon garçonne, – « Putain, elle l'a fait ! », avait pensé Gerson admiratif avec une pensée attristée pour sa chevelure sacrifiée –, marguerite tatouée à la base du cou, fines lunettes en acier, jeans et blouson proprets, Nike aux pieds, tous les codes vestimentaires d'une jeune prof écolo engagée dans la lutte pour la biodiversité. Seulement, dans son sac un flic curieux aurait trouvé son cellulaire et un des deux Glock, gracieusement transférés au Liban grâce à l'aimable complicité de la valise diplomatique anglaise. Et Allon avait l'autre dans sa poche.

Lui, Gerson, était affublé d'une perruque aux cheveux longs poivre et sel, d'une parka kaki inattendue en cette période de l'année et sous ces latitudes, d'un sac à dos de vieux baroudeur et d'un Nikon cabossé qui semblait avoir fait la guerre du Vietnam avec McCullin. Il portait aux pieds les inévitables Timberland des trappeurs bobos de tout poil. Tout du militant Greenpeace en vadrouille.

Avant de prendre congé d'eux pour la nuit, Allon leur avait tiré le portrait façon identité judiciaire, en les laissant perplexes sur ses intentions. Ils comprirent le lendemain quand il vint les récupérer pour l'expédition dans la Bekaa et qu'il leur tendit deux passeports « République française » avec les photos de leur nouveau look et leurs nouveaux patronymes : Marguerite Reynaud, née à Villemomble trente-deux ans plus tôt, résidant à

Saint-Denis, dans le 93, et Patrick Le Friec, né à Morlaix en 1964, et domicilié à Loctudy, en plein pays bigouden. Pour faire bonne mesure, les passeports avaient été tamponnés par les services de police de l'aéroport de Beyrouth, dix jours auparavant. Tampons officiels, signatures autorisées (au moins en apparence). Devant leurs visages médusés, il ne put s'empêcher de préciser, avec un sourire de vainqueur :

- Intervention directe du chef d'état-major particulier du président de la République française ! Instructions données et exécutées par votre ambassade, cher Monsieur Gerson, ici à Beyrouth, en moins de vingt-quatre heures. On a encore des amis, en France !
- J'aurais jamais cru ça possible, commenta Gerson.
- Tu connais mal notre efficacité, mon pauvre Frédéric, répliqua Myriam, qui avait retrouvé un visage de marbre. Tu ne sais pas encore où tu es tombé !
- Ça va. J'ai compris que vous avez des réponses à tout. Jamais pris au dépourvu. C'est ça, non ?

Le satellitaire de l'Israélien se mit à vibrer dans la boîte à gants. D'un signe de la tête, il fit comprendre à Myriam de s'en saisir et de répondre. Elle échangea quelques mots en hébreu avec son correspondant, puis se concentra sur ce que ce dernier avait à lui dire, en hochant la tête à intervalles réguliers. Après avoir terminé la conversation et remis le téléphone à sa place, elle s'étira, le visage radieux, les yeux au ciel. C'est en français qu'elle continua, surprenant Gerson qui ne s'attendait pas à une telle marque d'intérêt pour sa modeste personne.

- Ils ont réussi ! Ils ont réussi, fit-elle alors en tapant dans ses mains, le corps secoué d'un rire nerveux qui découvrit l'émail immaculé de ses dents – des dents de carnassière, se dit Gerson qui l'observait de l'arrière du véhicule.
- Tu peux nous expliquer ? questionna Allon.
- Ils ont réussi à infiltrer Pegasus, dans le système du cheikh !

- C'est génial ! Ce sont vraiment des cracs, nos gars de la tech, commenta l'Israélien.
- Écoutez un peu ça ! Ils sont arrivés à aspirer le disque dur du PC d'Al Salami et, imaginez ce qu'ils y ont trouvé ! La preuve que nous sommes sur la bonne voie. Ils ont tracé les échanges qu'il a eus récemment avec Younis, notamment sur *Telegram,* car leur logiciel réceptionne les données avant qu'elles ne soient cryptées. Et on a les infos quasiment comme si on les lisait dans le *New York Times*, avec tout le trafic audio, mail, messages, géolocalisation des sites visités, photos, etc.
- C'est juste exceptionnel ! Bravo, les gars ! commenta Allon.
-

Gerson était perdu dans ces explications techniques qui le dépassaient, lui qui avait déjà du mal à faire fonctionner son smartphone.

- T'en dis quoi, mon petit Fred ? fit-elle avec un large sourire en se tournant vers lui.
- Moi, tu sais, pour ce que j'en comprends…

Il n'arrivait toujours pas à se faire au nouveau look de la fille. Pas plus qu'au sien ! Quand il se regardait dans le rétroviseur, il se trouvait plutôt ressembler à un vieux clown triste et fatigué qu'à un agent spécial en mission en terre hostile ! Elle continua en hébreu. À quoi bon l'impliquer dans leurs discussions, si c'était pour qu'il montre aussi peu d'enthousiasme ?

- *Le cheikh a eu des échanges très tendus avec Younis, qui était très inquiet à cause d'une livraison qu'il a qualifiée de matériel de « construction fragile ». Avec ce qui s'est passé il y a trois jours, à Al-Nabi Sheet, il n'est pas tranquille. Il a dit craindre que les sionistes débarquent et ne pas avoir de quoi résister à un commando de Tsahal. Qu'il fallait que Nasrallah lui envoie dare-dare du renfort, etc., etc.*
- *Tu parles ! On peut le comprendre.*

- *Ce n'est pas fini. Écoute ça : les services maison ont interprété « matériel sensible » comme une possible livraison de roquettes Qassam XT, les nouvelles, et Fajr 7. Donc, ce salaud serait aussi un relais dans l'acheminement du matériel iranien qui transite par la Syrie. En plus de l'héro, ça commence à faire pas mal.*
- *Ils ne t'ont rien dit sur le dispositif de défense de Younis ?*
- *Non, malheureusement. Mais ils ont un plan, m'ont-ils dit. Attendons !* finit-elle résignée.

Allon fit une grimace. La situation était passée d'orange à rouge vif ; rouge sang, aurait-il pu dire. Il était de notoriété publique que l'Iran et ses affidés libanais accumulaient un stock d'armes aux portes d'Israël, et qu'une course contre la montre était engagée pour éviter que leur arsenal n'atteigne un seuil critique, ce qui déclencherait l'usage de la force de frappe tactique, de la part de l'État juif, avec un risque d'embrasement dans tout le Moyen-Orient. Il éprouva un sentiment de fierté d'être au cœur d'une mission qui revêtait un tel intérêt pour son pays et vit enfin la justification de toutes ces années, à jouer les taupes dans ce pays étranger, loin des siens, et à vivre sans cesse sur le fil du rasoir.

Myriam se taisait. Elle le regardait en coin et imaginait sans peine ce qui se passait dans sa tête, d'autant mieux qu'elle éprouvait le même sentiment de satisfaction et de fierté. Il s'était garé sur le bas-côté pour écouter son compte-rendu, mais il redémarra pour parcourir encore une centaine de mètres, avant de s'arrêter devant un portail qui contrôlait l'accès à une grosse bâtisse, ceinturée de murs, façon ferme fortifiée. Il consentit enfin à prononcer quelques mots d'explication :

- Nous sommes attendus ! J'avais prévenu mon ami Béchir que nous étions dans la région et que nous voulions rendre visite à son père, Cheikh Fouad Hamadé. C'est un des hommes qui comptent dans la communauté druze. Il est retiré maintenant et passe la plupart de son temps à s'occuper de ses terres et de ses bêtes. Vous allez voir, c'est un personnage ! Il a insisté pour que nous passions la nuit chez lui, ce qui ne pouvait pas mieux tomber. Demain matin, on sera à pied d'œuvre en une demi-heure.

- On ne risque rien, quand même ? lança Myriam.

Elle n'était pas tranquille. Elle n'appréciait pas ce genre de situation. Coincée dans une maison au bout du monde ! Mais elle n'avait pas le choix et, après tout, Allon savait ce qu'il faisait.

- Non, aucun souci. J'ai rendu un grand service à Béchir l'an dernier et son père ne sait pas quoi faire pour me remercier. Béchir travaille avec moi au ministère de l'Agriculture. Il a été un peu maladroit avec une chrétienne et ça a failli dégénérer. J'ai arrangé le coup et, bon, disons que le père m'en est très reconnaissant.
- Pas top, ton Béchir !
- Ça va, Myriam, oh pardon ! Marguerite. C'est sûr qu'avec ton look écolo, tu ne risques pas grand-chose. Ils les aiment plus flamboyantes, les filles, ici ! Ah, et au fait, on se méfie tout de même, une fois à l'intérieur. Les murs ont des oreilles ! Et, Myriam, pas de communication audio sur ton satellitaire et le trafic texte au minimum. Et crypté, évidemment. On ne sait jamais.

Myriam haussa les épaules et tourna la tête vers Gerson, recherchant pour une fois son soutien. Qu'Allon se foute d'elle avec son look asexué, pourquoi pas, mais qu'il imagine qu'elle pourrait être à ce point inconsciente, là il y allait un peu fort, le collègue. Avant même qu'elle ait pu répondre, un puissant projecteur s'alluma et le portail s'ouvrit automatiquement, les invitant à pénétrer dans une cour empierrée qui s'illumina dans la nuit tombante. Au même moment, un vieil homme apparut sur le seuil de la maison et alla vers eux, les bras ouverts.

-o-o-o-o-o-

Gerson se revit arrivant à la Colombe d'Or, à Saint-Paul de Vence, accueilli par le patron, Francis Roux, qui le prenait dans ses bras avant de le conduire à sa table, sous l'œil envieux des clients. Même douceur de la nuit tombante, même accueil affectueux, même lieu chaleureux. Artiste accueilli par le patron, grand mécène, ami de Léger, Miro, Chagall, César. Artiste reconnu, donc, entrant vivant au Panthéon de la gloire !

Il s'y était cru, quelques années, promotionné par quelques amis dans le cercle étroit des gloires éphémères germanopratines. Un philosophe en vue, un ancien ministre de la Culture, un galeriste avaient pris en mains sa carrière. Et Gerson avait vite oublié que le succès, c'est d'abord le travail, la sueur et les larmes, le lent et obstiné labeur solitaire pour faire sortir de soi la vérité, sa vérité, de façon à créer son histoire, à creuser sa trace, à affirmer son identité, sa différence. Il s'était perdu dans les vapeurs de la mondanité alcoolisée et cocaïnée et avait commencé à dériver. Pour en arriver là, finalement ! Il y repenserait sérieusement, à son œuvre, s'il avait la chance de se sortir de ce merdier.

- *Nayef Mwafaq al-Chaar ! Bienvenue, mon ami dans ma modeste demeure !* Le vieil homme s'était exprimé en arabe.
- *Barak allah fick, Cheikh !* répondit Allon. *Je suis tellement honoré de vous revoir ! Merci pour votre hospitalité.*

Les deux hommes s'étreignirent longuement. Le vieux cheikh arborait une imposante barbe blanche, qui lui donnait un air de père Noël, et il portait un costume en lin blanc immaculé. Mais rompant avec l'impression de bonhomie qui se dégageait de sa personnalité, il portait un keffieh, le couvre-chef traditionnel des Palestiniens. Étrange message, ne put s'empêcher de penser Myriam. Il était pourtant hors de question qu'ils soient tombés dans une souricière, Allon était trop pro pour ça. Mais c'était un message qu'il ne fallait pas prendre à la légère, en ces temps fous de montée des intégrismes de tout bord.

Les présentations furent faites. Le vieil homme, patriarche de sa petite communauté égarée en pays chiite, invita le groupe dans sa demeure. Ils étaient attendus, car une table avait été dressée dans une pièce qui avait tout d'une salle d'armes médiévale avec armures, hallebardes, boucliers et heaumes assortis. Devant leurs regards étonnés, le vieil homme déclara de façon quelque peu théâtrale et dans un anglais qui se voulait shakespearien :

- Cette maison a un passé glorieux ! Elle fut construite lors de la première croisade. On a toujours dit que Godefroy de Bouillon, qui avait dirigé cette première invasion en territoire musulman pour le compte du pape et du roi de France, y aurait dormi sur le chemin du retour, en 1099. Puis, elle servit de relais aux chevaliers-templiers, sur la route de Jérusalem. Regardez, au-dessus de la cheminée, cette croix aux quatre branches, gravée dans la pierre. C'est celle de leur ordre !

Myriam et Allon échangèrent un rapide regard à l'évocation de Jérusalem sur le mode *no comment*. Pas le moment de faire un commentaire, en effet. Quant à lui, Gerson avait déjà déconnecté et contemplait une sculpture en pierre noire. Une forme inquiétante qui évoquait un dragon, une sorte de divinité maléfique. « L'endroit est habité, à n'en pas douter », se dit-il. « Il m'inspire. Il faudra que je revienne, » conclut-il tout en sachant que c'était un vœu pieux avec une probabilité de réussite proche de zéro. Il échangea un regard avec Myriam, qui faisait semblant de s'intéresser aux explications de leur hôte.

On passa à table, après un rapide détour dans les chambres. Un personnel effacé, mais efficace faisait le service. Gerson se serait cru dans une maison bourgeoise en plein milieu du Berry ou de la Normandie, si les serveuses n'avaient pas eu la tête couverte d'un hijab et n'avaient pas gardé le regard baissé vers le sol, évitant de regarder les convives. Drôle d'ambiance, tout de même, pensa Myriam.

Au milieu du repas, on entendit frapper à la porte principale et une inquiétude palpable se propagea instantanément parmi le trio de visiteurs. Peu de temps après, un homme d'une trentaine d'années faisait irruption dans la pièce. Plutôt beau gosse, habillé à l'occidentale, lunettes de soleil relevées sur des cheveux mi-longs, ceinture à boucle surdimensionnée Gucci bien en évidence sur un début d'embonpoint, montre en or.

Allon se leva pour aller à sa rencontre et lui serra vigoureusement la main.

- *Quelle belle surprise tu nous as faite ! Je ne t'attendais pas ici ce soir !*
- *Cher Nayef, mon ami ! Je ne pouvais pas te laisser passer chez moi sans venir te saluer !*
- *Tu sais, comme je te l'avais dit, nous sommes ici pour la soirée. Le cheikh nous a offert l'hospitalité et nous repartirons demain à l'aube. Mes amis français Marguerite et Patrick veulent voir sur le terrain les expériences que nous menons. Tu sais, la ferme de Sofiane, à Sidi Hamli, devenue une vitrine de la permaculture en milieu semi-désertique. C'est tellement inattendu, ici, que mes amis français voulaient la visiter.*

Allon avait préparé cette justification, alibi à leur présence dans cet endroit loin de tout, que peu venaient visiter sans raison valable. Ses explications rencontrèrent soudain un écho inattendu.

- *Je le connais, Sofiane ! Je viens demain avec vous, alors* ! rétorqua Béchir.

Myriam n'avait rien perdu de la conversation et trouvait que ça prenait un tour compliqué. S'embarrasser de ce fils à papa ! Elle enrageait, si près du but, de devoir se charger d'une telle présence. Il faudrait trouver un moyen de l'envoyer voir ailleurs.

Mais le vieux cheikh n'en avait pas fini de son cours d'histoire. Sitôt son fils installé, il reprit :

- Après une période confuse, cette maison fut un relais de poste, entrepôt pour le fourrage quand cette région était très riche en bétail puis, au milieu du XIXe siècle, mon aïeul Walid l'acquit pour en faire la maison familiale, ce qu'elle est restée depuis.

Ils avaient déjà décroché, tandis qu'il égrenait encore la généalogie de son clan, les faits d'armes des uns et des autres, perdu dans la mémoire d'un Liban qui n'existait plus sinon dans les souvenirs des vieux de sa génération. Tard dans la nuit, quand ils purent enfin regagner leurs chambres, une tâche attendait les deux espions. Tandis que Gerson avait disparu sans demander son reste, ils se retrouvèrent dans la chambre de Myriam pour échafauder un plan tenant compte des derniers éléments. Allon réussit à trouver un site de musique rock sur Spotify afin de couvrir leurs voix au cas où la pièce aurait été sonorisée. Tandis que David Bowie entonnait l'inoubliable *Heroes* de sa voix envoûtante de cockney sexy, elle commença.

- *On doit faire sortir le loup de sa tanière, lui mettre le feu au poil,* commença Myriam. *Sinon, on n'arrivera jamais à s'approcher assez près pour repérer ce qu'il y a dans les entrepôts de ces salauds.*
- *Tu vois ça comment, toi ?* questionna Allon, intéressé par ce qu'elle pouvait imaginer.
- *Le seul moyen de les faire détaler, c'est...* Elle hésitait devant l'énormité de son idée.
- *Vas-y, accouche !*
- *C'est un peu violent, mais sinon on n'y arrivera pas seuls. C'est de leur envoyer un drone ou de leur balancer un missile. Chez nous, ils ont les coordonnées du lieu depuis qu'ils ont intercepté les conversations de Younis et d'Al Salami.*
- *Bien sûr... mais c'est un peu risqué, s'il y a des civils, non ?*
- *Écoute, c'est probablement une base terroriste et ceux qui sont là ne sont pas innocents, quels qu'ils soient ! Et on ne fait pas d'omelette sans casser des œufs, comme on dit en France !*

Il avait moyennement apprécié la boutade, mais devait reconnaître qu'elle avait raison. Il suffisait d'une seule charge assez puissante pour créer la confusion et les conditions d'une intervention. Elle reprit, plus convaincante que jamais :

- *Là, on pourra intervenir, s'infiltrer, profiter de la panique, faire toutes les constatations nécessaires.*
- *Et y rester ! C'est ça que tu veux ? On n'aura aucune chance de s'en sortir.*
- *Pas sûr,* poursuivit-elle. *En tout cas, je demande une frappe à mes chefs.*

Quand on lui avait parlé de Myriam Qorah en lui décrivant la mission « appui et assistance » qu'il devait lui apporter, son correspondant de la centrale lui avait indiqué au sujet de celle-ci : « gros potentiel tactique, courage physique, engagement total ». Il allait vérifier maintenant si ces qualificatifs élogieux n'étaient pas usurpés. Ça en prenait bien la direction, en tout cas !

-o-o-o-o-o-

À cinq heures quarante-cinq, alors que la maison dormait et que le soleil étalait déjà son disque d'or dans le ciel, une explosion sourde, mais puissante retentit au loin. Tsahal avait tenu parole : un drone avait envoyé son missile air-sol sur la propriété de Younis, distante d'une dizaine de kilomètres. La charge, d'après Allon, devait être d'au moins cent kilos d'équivalent de TNT, au vu de l'effet de souffle ressenti jusqu'à la maison du cheikh dont les vitres avaient tremblé. Ils étaient déjà prêts, en train de prendre un rapide encas, quand l'explosion avait retenti. Myriam et son collègue avaient esquissé un sourire à peine perceptible, car une domestique du maître de maison était dans les parages pour s'occuper d'eux. Gerson, lui, avait rentré la tête dans les épaules, comme si le ciel allait lui tomber dessus. Ils savaient qu'ils avaient peu de temps pour intervenir avant que les réseaux ne se mobilisent pour porter secours aux victimes. Toute la Bekaa allait être en branle-bas de combat.

Ayant prétexté auprès de leur hôte vouloir se mettre en route pour leur mission avant que la chaleur ne les accable, il n'y avait rien d'étonnant à ce qu'ils soient déjà prêts à partir. Ils avaient aussi trouvé ce prétexte pour se débarrasser de Béchir, qui n'avait pas manifesté un grand intérêt à les accompagner si tôt et était probablement encore en train de cuver l'arak dont il avait fait un usage immodéré, au cours du repas. Ils avaient donc pris congé du patriarche et de son fils, avant de filer se coucher.

Leur plan avait failli tomber à l'eau quand Gerson était descendu de sa chambre sans sa perruque ! Par chance, Myriam s'en était aperçue avant que l'employée de maison ne relève la supercherie.

- Tu n'as rien oublié, mon petit Fred ? Tu n'aimes plus ton nouveau look, c'est ça ?

Encore à moitié endormi, il n'avait pas réagi immédiatement. Il avait fallu que Myriam lui montre du doigt ses propres cheveux sacrifiés pour la bonne cause pour qu'il réagisse et reparte comme une flèche dans sa chambre. Quand il redescendit, elle ne put s'empêcher de lui lancer :

- Voilà ! Comme ça, tu es irrésistible.
- C'est que ça me tient chaud, cette saloperie de moumoute ! fit-il en grimaçant, goûtant peu l'humour.

Ils furent vite installés dans le Land Cruiser qui mit le cap vers Serghaya. Au moins, ils n'avaient besoin de personne pour savoir d'où était venu le bruit de l'explosion. Ils avaient les coordonnées topographiques que leur avait communiquées le siège et ils se hâtèrent de rejoindre l'endroit de tous les dangers.

- Sur place, on passe pour des chercheurs français accompagnés par toi, Amos.

Elle l'avait finalement appelé par son prénom, constata Gerson, surpris par cette sollicitude inattendue.

- Avec ta couverture du ministère, on est crédible, non ? lança Myriam.
- Bien sûr !

Allon n'était sûr de rien, mais il choisit de faire confiance à cette fille décidée, qui ne manquait pas de baraka.

- Et on justifie comment, le fait qu'on se pointe justement où ça vient de péter ? continua-t-il.
- On n'aura qu'à dire que l'explosion nous a détournés de notre but, et qu'on vient proposer nos services, au cas où. On n'est pas censé savoir que c'est un missile de chez nous !
- C'est quand même un peu gros de se pointer comme ça, et...

Il n'eut pas le temps de finir qu'elle lui coupa la parole et lui lança en hébreu :

- *Si tu te dégonfles, j'y vais seule ! Enfin, avec le Français.*
- *Arrête, je suis avec toi ! Juste que si on se fait prendre, tu connais la suite !*

Elle connaissait en effet la « suite ». Surtout pour une femme. Elle avait lu les rapports de l'agence sur les traitements infligés aux filles du service, qui s'étaient fait capturer en mission par ces cinglés. Le viol, bien sûr, mais pas n'importe lequel. Leur barbarie était insurpassable. Et, surtout, elle se rappelait comment avait été récupéré le corps de Sarah, ou plutôt ce qui en restait. Sarah Segal, sa camarade de l'école du Mossad, descendante de pionniers lituaniens qui avaient participé à la construction du pays dans les années 30, élevée à la dure dans un kibboutz où elle avait appris à vivre au contact de la violence endémique, toujours présente, comme une composante incontournable de la vie.

Cette grande blonde aux yeux bleus, qui avait tout d'une Aryenne pur sucre, douce et forte, s'était fait capturer lors d'une opération sur le Golan, trois ans plus tôt. Prise au piège, alors que ses deux coéquipiers étaient restés au tapis. Pour une fois, une opération qui avait mal tourné. Un enchaînement de circonstances, une organisation qui se dérègle et la catastrophe. Elle avait eu en mains le rapport du légiste qui avait autopsié son amie. Mutilations génitales, lacérations à vif, ongles arrachés, énucléation. Et ils avaient tout filmé et essayé de mettre la vidéo en ligne. Heureusement, sans succès. Les plateformes avaient réagi dans la seconde pour que ces images abjectes ne circulent pas.

Depuis, lorsqu'elle relisait mentalement certains passages du rapport, elle sentait son cœur se soulever et l'envie de vomir la submergeait. Mais jamais, elle ne remit en cause son engagement. Revenant à la réalité, elle réalisa à ce moment qu'elle avait totalement omis de se munir du comprimé de sels de cyanure, version moderne de l'antique ciguë. Elle en éprouva un sentiment d'effroi qu'elle balaya vite. Elle saurait ne pas se faire prendre. Elle fit même semblant de croire que ça ne dépendait que d'elle.

Allon s'était tu et continuait à conduire nerveusement à vive allure, sur la route empierrée. Les ressorts du Land Cruiser couinaient sous les coups que les nids de poule leur imposaient. Mais ils résistèrent. Le soleil commençait son ascension et une lumière scintillante, chargée de poudre d'or, enveloppait le décor minéral qu'ils parcouraient, laissant derrière eux des volutes de poussière qui s'élevaient lentement dans le ciel.

Une façon très efficace de se faire repérer, se dit Gerson, qui n'avait pas ouvert la bouche depuis le départ. À l'arrière du véhicule, trimbalé comme un vulgaire paquet, il avait depuis longtemps abandonné toute velléité de faire valoir ses objections au plan fou dans lequel il était entraîné. Le pire pour lui était l'indifférence teintée de désinvolture et d'une pointe de cynisme, même, que Myriam lui jetait au visage. À peine si elle s'était rendu compte qu'il était encore là !

Soudain, au détour d'un virage, ils aperçurent à deux cents mètres un pickup blanc garé en travers de la piste. Un groupe de cinq ou six hommes en treillis, kalachnikov en mains, entourait le véhicule. Des jeunes, le visage fermé, tous barbus, avec une expression violente et déterminée qui était perceptible déjà d'où ils se trouvaient. Le comité d'accueil, pensa Gerson, oubliant ses récriminations envers elle. Les choses sérieuses reprenaient.

Myriam saisit le Glock, dans la boîte à gants, et fit sauter la sécurité. Elle le glissa entre la portière et le siège, en gardant sa main à proximité immédiate. Allon avait, lui aussi, saisi son arme et l'avait coincée sous une jambe. On approchait du barrage et il ralentit pour avancer au pas et parcourir les derniers mètres avant de stopper. Les types s'approchèrent tout en pointant leurs armes vers eux, relevant le menton, leur allure se voulant martiale et menaçante.

La tension dans le Land Cruiser était au maximum. Gerson la sentit, comme une présence palpable, une sorte d'onde magnétique prenant possession de leur système nerveux. La peur ! La peur qui, justement, tétanise – chape glaciale descendant en fines goûtes le long de la colonne vertébrale –, qui endort l'influx nerveux en l'épaississant comme une sauce hollandaise et freine les réactions en donnant l'impression de vivre au ralenti quand tout, autour, s'est brusquement accéléré. Et ces tripes qu'on a du mal à contrôler ! Qui pourraient se vider à tout moment comme une outre soudainement prête à exploser.

- *Vous allez où, comme ça ?*

Le ton était impérieux, même si la voix était celle d'un gamin. Pas vraiment façon comité d'accueil. Plutôt du genre expédition *no return,* sur le Styx. Le type, un jeune mec qui aurait encore pu être dans les jupons de sa mère, s'il n'avait été enrôlé tout juste sorti de l'adolescence, avait parlé dans un dialecte arabe qu'Allon reconnut immédiatement comme celui de la région de Raqqa. Raqqa ! Là où Daesh avait sévi jusqu'en octobre 2017. Ça commençait bien. Allon était calme, posé, pro. Pas de stress apparent. Un sourire engageant, juste, mais pas trop, car il ne faut pas tomber dans la flagornerie apeurée. Meilleur moyen de montrer qu'on a quelque chose à cacher. Il répondit en arabe.

- *On a entendu une énorme explosion. On dormait chez cheikh Fouad Hamadé, à 10 minutes d'ici, quand on a été réveillé par le bruit.*
- *Qu'est-ce que vous foutiez chez Cheikh Fouad Hamadé ? Que son nom soit maudit ! Il parle aux mécréants, ce chien de Druze.*

Cette fois-ci, la voix était plus grave, plus posée aussi. Elle émettait un très léger sifflement, comme si le type avait un cheveu sur la langue. Un homme d'une quarantaine d'années, au physique trapu venait de s'interposer entre le jeune et Allon et s'approcha, méfiant, tandis que le gamin et deux autres acolytes entouraient le véhicule, leur arme pointée vers eux.

- *On est arrivé hier soir chez lui et on devait aller ce matin chez mon ami Sofiane, à Sidi Hamli.*
- *Quelle idée ! Chez ce cinglé qui prétend faire pousser du blé dans les cailloux et sans engrais ?*
- *Non, ne riez pas ! Il est sérieux. Il fait de la permaculture. C'est l'avenir, vous savez...*
- *Ça suffit ! Vos papiers !*

Le type était de plus en plus nerveux et Myriam eut l'impression qu'imperceptiblement les doigts sur les gâchettes s'étaient raidis. Elle se tourna vers Gerson pour lui souffler : « Si je sors mon arme, tu te jettes sur le plancher ! ». Il prit un air ahuri, tétanisé par cette scène d'une tension extrême, et elle se demanda s'il avait encore toute sa raison.

- *Excusez-moi, je suis fonctionnaire au ministère de l'Agriculture. Alors, la culture, je connais.*
- *Vos papiers ou je vous envoie tous voir Allah, loué soit son nom, plus tôt que vous le pensiez !*

Allon tendit les trois passeports et sa carte de fonctionnaire au type, qui s'éloigna pour les lire attentivement. Il sortit alors une feuille A4 d'une des poches de son treillis qu'il déplia et consulta en faisant des allers-retours du regard vers le Land Cruiser. Il observa longuement la plaque minéralogique du véhicule, qui indiquait « État libanais » en écritures arabe et latine. Il fit une moue de dégoût tout en inclinant la tête à droite et à gauche, dans un mouvement qui indiquait clairement le doute. Merde, ça y est ! On est fait ! Il ne va pas croire en notre couverture et va nous reconnaître.

Myriam sentit que les choses étaient en train de déraper. Elle murmura alors à son collègue : « *Je prends les deux de mon côté et toi, le vieux et le gamin. Tu attends jusqu'à ce que je donne le signal* ». Elle avait parlé d'une voix neutre, comme si elle commentait le bulletin météo de la journée avec sa voisine de palier. Elle sentait dans sa paume l'acier froid de son Glock et s'imaginait déjà le pointant sur les types. Tout devait se passer en une fraction de seconde. Deux tirs instinctifs pour les prendre par surprise. Gerson était immobile, figé, absent. Elle haussa les épaules en levant les yeux au ciel.

Le type revint, l'air toujours aussi méfiant, mais quelque chose d'indéfinissable dans sa démarche, soudain plus cadencée, moins heurtée, leur fit comprendre que la chance semblait vouloir tourner de leur côté. Oh, rien de garanti encore. Il suffisait d'un grain de sable dans la mécanique de la providence pour qu'ils rebasculent du mauvais côté, mais, enfin, l'espoir ne demandait qu'à reprendre du service. Allon passa la tête par la portière et lança au type :

- *On veut aider, s'il y a des victimes. Ma collègue française a un brevet de secouriste de la Croix rouge et son ami, là derrière, est infirmier à Paris.*

Le type se rapprocha et scruta attentivement Myriam et Gerson. Ça avait l'air de coller, pensa-t-il. Et ce type qui parlait avec un accent du nord de la Syrie, ça ne pouvait pas être un ennemi, non, après tout ? Il avait envie d'y croire. Peut-être tout simplement marre de devoir considérer tout étranger comme un chien à abattre.

- *Et toi, Nayef, tu viens d'où ?* lui lança-t-il, soudain conciliant en appelant Allon par son prénom d'emprunt.
- *Moi ? Je suis né à Alep. Une bien belle ville, mais je te dis pas comment elle est à présent. On va la rebâtir ! Inch'Allah! Tu connais ?*
- *Non, moi je suis né ici, mais j'ai pas mal de nos camarades qui sont Syriens. Heureusement qu'on les a avec nous. Ce sont de sacrés combattants. Peur de rien ! Tiens, tu vois, ces jeunes-là. Ils sont de la région de Raqqa. Ils sont arrivés ici après que les mécréants les ont expulsés, mais ils vont y retourner, Inch'Allah !*
- *Bon, tu me laisses passer, mon frère ? S'il y a moyen d'aider, je ne veux pas arriver trop tard !*

Myriam était bluffée par le numéro de comédien de son collègue. La grande classe, cinq étoiles dans le hit-parade de la manipulation !

- *C'est qu'on recherche deux Français, un couple. Ils sont dangereux. Si on les prend, les chefs les veulent vivants pour les interroger. Tu vois ce que je veux dire ? Du sérieux, quoi. Mais les deux avec toi, là, ne leur ressemblent pas du tout. La fille, peut-être un peu le profil. Mais le vieux là, derrière, c'est pas ça du tout. Tu peux passer. Je ne sais pas ce que vous pourrez faire pour aider, mais bon, c'est sympa de pouvoir compter sur des frères !*
- *C'est naturel. Quel est ton nom au fait ? Si on est encore arrêtés plus loin, qu'on leur dise que tu nous as contrôlés et qu'on est*

clean, lança Allon soudain enhardi par l'attitude confiante du type.

Myriam trouva qu'il en faisait peut-être un peu trop. La réponse lui fit froid dans le dos.

- *Tu n'as qu'à dire « Samir le Boucher de Deir Al-Ahmar » ! Ils comprendront.*

Le Boucher de Deir Al-Ahmar ! Myriam sentit un frisson glacé lui parcourir l'épine dorsale. Elle n'en revenait pas. Ce salaud était sous ses yeux et elle brûlait d'envie de lui défoncer la cervelle. Celui-là même qui s'était fait filmer en train de décapiter plusieurs otages, pendant la bataille de Raqqa. Belle recrue ! Recherché par tous les services des armées de la coalition, il avait toujours réussi à se faufiler malgré les importants moyens mis en œuvre pour le liquider. Il faudrait qu'elle se charge elle-même de lui régler son compte, à cette ordure ! Elle se promit de ne pas l'oublier.

Allon ne s'arrêta pas à ces considérations. Pas le temps de se livrer à ce genre de spéculation. Il fallait ne pas perdre de temps avec ce cinglé et faire comme si tout cela était parfaitement dans l'ordre des choses. Il se fendit d'un large et engageant sourire, fit un signe de la main pour prendre congé et s'apprêta à démarrer. Le type leur cria alors pour être sûr d'être entendu :

- *C'est moi qui gère la sécurité dans la région. Tu n'auras plus de problème.*

Muni de ce dérisoire, mais précieux viatique, Allon accéléra et ils disparurent dans une envolée de poussière grise, laissant les autres les regarder partir avec regret. Ce n'est que partie remise, semblaient dire leurs regards déçus.

-o-o-o-o-o-

Il ne leur fallut pas longtemps pour vérifier que la réputation du Boucher de Deir Al-Ahmar n'était pas usurpée. Il inspirait une sorte de réaction de peur animale à ceux auprès de qui son nom était évoqué. À peine cinq minutes plus tard, ils étaient en effet arrêtés à un nouveau check-point et ils purent alors constater que se recommander de lui équivalait à un laissez-passer VIP. Le visage soudain assombri et le regard d'effroi des gardes, contrastant avec leur allure arrogante et belliqueuse au premier contact, en étaient la preuve manifeste. Il ne devait pas avoir que du sang d'infidèle sur les mains. Mais, quelques *As-Salam Alaykom* et *Inch'Allah* plus tard, ils filaient de nouveau vers leur but.

Peu après, ils aperçurent une colonne de fumée grise s'élevant lentement dans le ciel. Gerson ne put s'empêcher d'admirer le mariage subtil du bleu azuréen de l'éther, légèrement voilé par un début de brume de chaleur, le gris des volutes de fumée, et l'or du soleil qui se reflétait sur les rochers environnants dans une nuance d'ocre toscan. Il eut envie de reprendre ses pinceaux. Ici et maintenant ! Comme la peinture lui manquait ! Il n'avait jamais été aussi convaincu qu'à cet instant précis qu'elle était l'essence même de sa vie, au moment où il s'apprêtait à la risquer pour une cause qui n'était pas la sienne, qui ne le serait jamais. Comment croire qu'on réglait des problèmes avec la mort ? Il dut faire un grand effort pour se retenir de leur dire de le laisser repartir et d'aller sans lui vers un sort qu'il ne pouvait imaginer que funeste.

- Gerson, tu rêves encore ? On arrive ! Il va falloir garder les yeux ouverts ! Chaque seconde est un nouveau défi. Tu dois être au top. Désolée, mon petit Frédéric, mais il faut t'y mettre. On y est presque !

Les paroles de Myriam lui firent l'effet d'une douche froide. Il ne supportait pas son ton faussement affectueux et protecteur, cette façon dont elle se jouait de lui, de sa prétendue couardise, de son côté artiste. Ces mots fouettèrent son ego de mâle et il se résolut d'être à la hauteur. Malgré ses réserves sur la finalité de cette expédition, il allait lui montrer qui il pouvait être. Elle sentit alors sa main sur son épaule l'enserrer avec vigueur, non pas celle d'un amant caressant, mais bien d'un compagnon d'aventure prêt à prendre sa part dans l'action. Elle se retourna et vit, pour la première fois, un autre Gerson. Il la fixait d'un regard sombre et résolu. Elle en éprouva un sentiment mêlé de surprise et d'admiration. Mais elle n'eut pas le temps de s'appesantir sur ces sentiments nouveaux, tellement loin de l'image qu'elle s'était faite de lui, car Allon lança soudain :

- *On arrive. Myriam, sois prête !*
- *OK !*

En effet, devant eux, légèrement en contrebas de la route, se dressait une sorte de bourg, assemblage aléatoire de maisons modestes à l'aspect décrépi. Un peu à l'écart, une grosse villa plus moderne de style arabo-mauresque contemporain, avec murs ocres, tuiles vernissées bleu dur luisant sous le soleil et débauche de fer forgé, surmontée d'une antenne VHF de dimensions incongrues à cet endroit. Tout un symbole. Entourée d'un épais mur en briques rouges, lui-même surmonté de fil de fer barbelé en rouleaux compacts, selon toute vraisemblance la maison du chef, du caïd, le but ultime.

En avançant, ils purent aussi voir à quelque distance de la villa, sur le terrain protégé par le mur d'enceinte, un bâtiment plus moderne, sorte de parallélépipède de béton dépourvu de fenêtres et flanqué d'une grosse porte coulissante en métal gris. Deux gardes armés y étaient postés, la kalach en mains.

- Enfin, nous y voilà ! dit Myriam.
- Oui, enfin, les choses sérieuses vont commencer, répondit Gerson sur un ton enjoué, à la surprise de ses compagnons.

Myriam ne put s'empêcher de sourire intérieurement. Quelle mouche venait donc de le piquer, l'artiste ? Où venait-il de trouver ce nouvel élan, cette affirmation d'une confiance inconnue jusque-là ? Elle se retourna vers lui et fut surprise de le voir concentré, scrutant le paysage qui s'étalait devant eux, essayant de comprendre où et comment allait se dérouler la suite des opérations. L'œil vif et les sens aux aguets, il donnait l'impression de vouloir être aux premières loges de l'action. Et d'y jouer un rôle essentiel.

Ses compagnons ne firent aucun commentaire. Chacun, perdu dans ses pensées, soupesait les chances de succès de leur expédition. Comme dans un film qui défilerait à vive allure, leur esprit identifiait toutes les éventualités de situations à risque en les hiérarchisant et en essayant à chaque fois d'y trouver une solution. Comment pénétrer dans les lieux ? Combien de défenseurs ? Quelle issue de secours si ça devait mal tourner – question superflue, car ça ne pouvait en effet que mal tourner, d'une façon ou d'une autre – ? Quelle stratégie d'approche ? La ruse et la surprise ou l'attaque frontale ? Avec si peu de moyens matériels et en si petit nombre, les options étaient limitées, évidemment.

Arrivés à une centaine de mètres de la villa, ils découvrirent l'endroit d'où partait la fumée, qui continuait à s'élever mollement dans le ciel. L'incendie, apparemment maîtrisé, car il ne semblait plus virulent, touchait à sa fin. Une construction banale et modeste avait été la cible de la frappe, dont les conséquences s'affichaient sous leurs yeux : le toit s'était en partie affaissé sur le sol tandis que deux de ses murs extérieurs étaient réduits à l'état de ruines.

- *Missile à charge creuse, puissance de souffle réduite. Parfait. C'est ce qu'il nous fallait. Ils n'ont pas touché les bâtiments essentiels. Du travail de couturière… Good job!*

Allon venait de commenter, à sa façon, l'opération qui avait détruit le bâtiment. Les infos des satellites d'observation avaient été bien traitées. Les services du renseignement militaire avaient identifié l'endroit où logeaient les membres de la mini garnison chargée de surveiller le site et l'avaient détruit avec précision. Il ne fallait pas toucher à ce qui pouvait être la pièce à conviction principale : les armes, dans l'entrepôt gardé et, évidemment, l'héroïne, qui allait de pair.

- Je peux savoir ? s'enquit Gerson, qui trépignait à l'arrière et voulait comprendre, lui aussi.

Myriam se tourna vers lui et, le visage radieux, lui expliqua comment Tsahal avait détruit le campement des gardes et vraisemblablement mis hors d'état de nuire bon nombre de ceux-ci tandis qu'ils dormaient. Afin de créer une diversion salutaire. Afin aussi de rendre leur mission moins impossible avec un nombre de défenseurs réduit. Le plan ourdi de concert entre eux et les services était au point. Elle respira profondément, en se disant qu'ils avaient à présent une petite chance de s'en sortir. Pas très grosse encore, mais quand on est au bord du précipice, tout est bon à prendre.

Deux pickups étaient garés à côté de la maison en ruines devant laquelle gisaient plusieurs corps alignés, sans vie. Ils s'approchèrent sans même attirer l'attention de quiconque. Normal : ils avaient franchi deux barrages de contrôle et devaient donc avoir eu la bénédiction de Samir le Boucher pour arriver jusque-là. Étonnamment, il régnait là une ambiance tranquille. Personne ne gesticulait ni ne criait. L'accablement et une infinie tristesse se lisaient sur les visages fermés des rares individus qui s'activaient pour extraire les victimes des décombres. La rage et la vengeance viendraient après. Ils abordèrent un jeune type, presque un ado, qui flottait dans un T-shirt GAP à l'état douteux sous une parka de camouflage, une paire de sandales en plastique bleu vif aux pieds :

- *As-Salam Alaykom, jeune frère* ! lança Allon, d'un ton qui se voulait engageant.

Le type ne répondit pas et passa devant eux sans lever la tête

- *Où sont les chefs ? Tu peux me répondre ?* Allon se faisait insistant à présent.

Le jeune se tourna vers eux et fondit en larmes.

- *Mon frère Ali ! Il est mort. Ils l'ont tué.*
- *Nous sommes désolés, vraiment. Ce n'est pas juste. On le vengera ! Par le Prophète, on le vengera au centuple. Crois-moi. Mais pour ça, il faut qu'on voie les chefs.*

Il leur indiqua la villa derrière eux, d'un geste du menton, tout en continuant :

- *On a eu cinq morts et sept blessés. Plus de la moitié d'entre nous. Ce sont ces chiens de sionistes. Que leurs mères soient maudites. On les tuera tous ! Là-bas, vous trouverez le chef. Il doit être en train de faire ses bagages. Comme d'habitude, chaque fois que ça chauffe, il disparaît et nous, on reste ici, à se faire allumer.*

Mais déjà, ils n'entendaient plus les vaines jérémiades du gamin et ils le laissèrent en plan, le visage révulsé d'horreur et de haine.

Donc, les infos reçues de la centrale étaient correctes. Il y avait une vingtaine de gardes armés sur place dont une bonne moitié était à présent hors d'état de nuire. Il fallait se hâter d'agir, car d'autres allaient être appelés en renfort. Ils se dirigèrent vers la villa. Qui aurait pu imaginer qu'à peine plus d'une heure auparavant le feu s'était abattu ici, venu du ciel, lancé à la vitesse de l'éclair, touchant sa cible avec une précision chirurgicale, semant le chaos et la mort ? Gerson ne pouvait pas espérer être plus au cœur de l'action, lui qui s'était enfin résolu à tenir son rang et à faire montre d'audace et de résolution.

La surveillance de la villa avait été délaissée et ils pénétrèrent bientôt dans une cour carrée pavée de pierres blanches, au milieu de laquelle se dressait une fontaine en mosaïque de couleurs vives.

Tout autour, des colonnes de marbre blanc délicatement veiné de gris pâle délimitaient un patio de pierre, un peu à la façon du cloître d'une abbaye cistercienne ou de l'atrium d'une villa romaine. Sur les murs, des fresques représentant des scènes de chasse au faucon dans le désert, des caravanes de chameaux arrivant à la fraîche dans une oasis.

Des bancs de marbre disposés autour du patio faisaient penser que cet endroit aurait pu être un lieu d'échange, porteur de paix et d'amitié, et non le siège d'une organisation terroriste. Le maître des lieux avait dû être ébloui par les ruines de Pompéi et s'en était inspiré pour sa demeure. On avait affaire à une âme sensible, un amoureux des belles pierres !

- *Vous cherchez quelqu'un ? Je peux vous aider ?*

Une voix suave, presque féminine, venait de résonner dans le silence. Ils sursautèrent, surpris par un tel accueil. En se retournant, ils se trouvèrent en face d'un homme d'une soixantaine d'années, de taille moyenne, qui cachait un embonpoint dans un qamis de satin noir rehaussé de broderies argent. Une barbe poivre et sel soigneusement taillée, de fines lunettes d'écaille et un indéfinissable sourire bienveillant contribuaient à lui donner l'air d'un notable chiite, peut-être un riche marchand ou un intellectuel, professeur de théologie dans quelque université musulmane réputée. Derrière lui, légèrement en retrait et de chaque côté, deux hommes en treillis, la kalachnikov en main, ne laissaient aucun doute sur le personnage.

- *Cheikh Younis, Walid Younis ?* se hasarda Allon, tandis que les deux autres restaient en retrait. *Quel plaisir de vous rencontrer enfin ! Nous ne pouvions plus y croire !*

Le cheikh marqua sa surprise par un mouvement de recul de la tête et prit un air étonné.

- *Il n'y a pas de Cheikh Younis ici !* – Se voulant menaçante, la voix, soudain métallique, était montée d'un ton. Les deux sbires, derrière lui, s'étaient raidis et avaient levé le canon de leur arme. – *Que faites-vous chez moi ? Vous êtes entrés ici sans y avoir été invités ! Et d'abord, qui êtes-vous ?*
- *Nous avons entendu une explosion alors que nous quittions la maison de notre ami, le Cheikh Fouad Hamadé, où nous avons passé la nuit. Nous étions en route pour nous rendre à Sidi Hamli, sur une exploitation agricole expérimentale. C'est mon domaine, au ministère de l'Agriculture.*

Le type ne réagit pas à l'énoncé du nom du leader druze ni aux explications avancées par Allon, dans un parfait arabe littéraire. Son esprit était soumis à un tsunami de pensées contradictoires. Qui étaient réellement ces trois-là ? Samir les avait laissés passer, mais quelque chose lui disait qu'ils avaient l'air trop lisses, trop prévenants. Son visage était devenu blême et ses yeux, à présent de fines fentes, laissaient passer un éclat de métal froid. Des lames d'acier prêtes à se planter dans la gorge de ces impudents.

- Monsieur, nous sommes ici pour vous aider ! Nous avons vu ce carnage monstrueux. C'est un accident, je suppose. Quelle horreur ! Mon amie Marguerite est infirmière et mon ami Nayef et moi avons un brevet de secouriste. Vous savez, quand on travaille dans la nature, il faut être prêt à toute éventualité ! Les accidents sont notre lot commun.

Contre toute attente et devant ses compagnons médusés par son audace, c'est Gerson qui venait de prendre la parole en interpelant le cheikh. Myriam n'en revenait pas. Quel culot ! Quel aplomb inattendu ! Allon traduisit en arabe ce qu'avait dit Gerson. Le gars ne fit aucun commentaire et resta de marbre. Impossible de savoir ce qu'il pensait. Avait-il été renseigné par les types, sur les barrages, qui les avaient contrôlés ? À ses côtés, les deux chiens de garde restaient en alerte maximum. Il suffisait d'un mouvement du menton de leur boss pour que les chargeurs de leurs armes se vident sur ces intrus. Pendant quelques secondes, la tension fut à son comble. Gerson avait l'impression qu'il entendait les battements de son cœur, lancé à folle allure, résonner sur les colonnes et les murs du patio.

Le téléphone de Younis se mit à vibrer dans une poche. Il s'éloigna pour répondre. Il hochait la tête régulièrement tout en écoutant attentivement un correspondant. De temps à autre, il jetait un regard furtif à Myriam et aux deux autres. Soudain, son visage s'épanouit dans un sourire mielleux tout à fait inattendu, tandis qu'il leur lançait, en s'adressant à Allon :

- *Désolé. Il fallait que nous fassions quelques vérifications. On n'est jamais assez sûrs avec ces chiens de sionistes et leurs complices américains. Ils sont capables de tout, y compris de se faire passer pour des frères !*

Devant leur air ahuri et sans réaction de leur part, il crut indispensable d'ajouter :

- *Nous avons nos hommes partout ! Et on vous connaît bien, Nayef Mwafaq al-Chaar, au ministère de l'Agriculture. Vous êtes même quelqu'un de très apprécié chez nous ! Samir, qui vous a contrôlé plus tôt, a pris la précaution de vérifier. Il vient de me rassurer. Heureusement pour vous ...*

Amos fut fier de constater à quel point sa couverture avait fonctionné. En tout cas, jusqu'à présent. Myriam avait bien évidemment déjà commencé à souffler et elle saisit la main de Gerson, dans un geste de compensation que celui-ci prit pour une marque d'affection. Peut-être, inconsciemment, avait-elle voulu lui témoigner quelque chose et lui faire passer un message.

Quelques minutes plus tard, ils étaient à pied d'œuvre, posant garrots et perfusions, administrant morphine, antibiotiques et tonicardiaque. La trousse de premiers soins du Land Cruiser n'avait jamais été aussi utile. Les types étaient dans un sale état.

Le souffle de l'explosion avait provoqué de nombreuses blessures. Longtemps, ils auraient en mémoire ce jeune type qui avait perdu un bras et une jambe, sectionnée au-dessus du genou. Ou tel autre, dont l'œil gauche, exorbité, pendait sur sa joue, tandis qu'il prononçait des mots incohérents en regardant, de son œil valide, son pantalon maculé de sa propre urine. Gerson lutta pour ne pas vomir à plusieurs reprises, mais il tint son rang aux côtés des deux autres qui s'affairaient sous l'œil admiratif des gardes encore valides.

-o-o-o-o-o-

Quand ils reprirent la route pour poursuivre leur prétendue mission, deux heures plus tard, un semblant d'ordre était revenu sur place. Entre-temps, étaient arrivés plusieurs types en treillis qui commençaient à creuser des tombes pour enterrer les morts, dans la direction de la Mecque. Ceux-là s'en iraient rejoindre leur paradis sans même avoir été accompagnés par un proche, quittant leur monde de souffrances en catimini, à l'image de leur vie qui ne laisserait rien derrière elle.

À peine installé dans le Land Cruiser qu'Allon avait demandé à Gerson de conduire pour lui laisser les mains libres afin de contacter la centrale, ils eurent la confirmation que leur hôte dans la villa était bien Walid Younis, le boss du réseau côté oriental. Une conversation avait été interceptée après leur départ et la teneur des discussions de celui-ci ne laissait aucun doute sur sa véritable identité et sur son rôle. Plus gênant pour eux, l'interlocuteur de Younis lui conseillait de les liquider pour ne prendre aucun risque s'il en avait la possibilité. Les masques étaient définitivement tombés.

Ils décidèrent d'attendre la nuit pour agir et prirent la route de la ferme de Sofiane, à Sidi Hamli, distante d'une cinquantaine de kilomètres. Ils devaient rester cohérents de bout en bout avec leur couverture. En tout cas, pour le moment. Ce faisant, ils évitèrent de repasser devant les barrages qui les avaient contrôlés à l'aller et n'aperçurent que quelques bergers avec leurs maigres troupeaux de brebis ou quelques camionnettes en route pour une livraison dans le coin. S'assurant de ne pas être suivis, ils sortirent de la route principale pour emprunter un chemin de terre jusqu'à un renfoncement, derrière un amas de rochers, qui les protégeait de la vue pour quiconque serait passé par là.

Allon avait emporté quelques provisions et ils convinrent de prendre un peu de repos dans le véhicule après avoir mis en place une surveillance à tour de rôle. Gerson se montra volontaire pour commencer et Myriam lui confia son arme à cet effet. C'est avec un visage béat de satisfaction qu'il la prit en main, la soupesa, fit semblant de mettre en joue une cible imaginaire. Un gamin n'aurait pas été plus heureux à la découverte de ses cadeaux aux pieds du sapin de Noël. Elle le regarda amusée, essayant de trouver la juste contenance.

- Tu sauras faire, Frédéric ?
- Tu veux rire ! Tu ne savais pas que je suis avant tout un manuel ?
- Ouais. Mais les pinceaux et les armes, excuse-moi, mais bon… N'oublie tout de même pas d'enlever la sécurité avant de tirer !

Il ne répondit rien, vexé qu'elle puisse croire qu'il était à ce point ignorant du fonctionnement d'une arme. En réalité, il n'avait pas envie de lui dire que Rico l'emmenait dans l'arrière-pays niçois faire des cartons avec son vieux Luger, chez un de ses copains, paysan du côté de Saint-Martin-Vésubie. Tous les deux, dans la grange transformée en pas de tir, y avaient passé de mémorables après-midi, Rico prenant ce prétexte pour lui conter les exploits de sa jeunesse. Il avait rejoint la résistance, failli devenir truand à la fin de la guerre en mettant au service des caïds de la côte son courage de casse-cou et son goût pour l'action violente.

Par chance, il avait rencontré Léontine à la même époque. Elle l'avait détourné de ses fréquentations sulfureuses et il avait troqué les armes pour la clef à molette et le poste à soudure de plombier, et avait ainsi évité la fin tragique de nombre de ses copains. Il gardait de ses années de jeunesse dans le maquis Ventoux, qu'il avait rejoint dès 1943, la passion des armes, le sens de l'amitié et de l'engagement. L'aventure, la vraie.

Gerson, plongé dans son passé, se laissait porter par ce sentiment de plénitude que procure la conviction de vivre, au même titre que Rico, des moments intenses aux confins de la mort. Quel meilleur moyen d'apprécier la vie quand on sait qu'on a de grandes chances de la perdre à tout moment ? Et il y avait le regard de Myriam qu'il sentait soudainement plus appuyé, plus attentionné, comme si elle le considérait enfin autrement et voulait croire qu'il pouvait la surprendre par des vertus jusque-là cachées. Celles-là mêmes qu'une femme comme elle apprécierait plus que les ronds de jambe des galeristes branchés ou les pseudo compliments du microcosme de l'art contemporain. D'autres valeurs. D'autres vérités. Où il se retrouvait et renouait avec son passé et ce que Rico lui avait enseigné.

Ils attendirent 3 heures du matin, alors que le soleil n'était encore qu'une promesse de lumière, pour se mettre en marche. Pour équipement, ils disposaient des deux Glock 19 (dont un munit d'un silencieux Brugger & Thomet), de deux couteaux de commando à lame d'acier au carbure de tungstène affûté comme un rasoir, et de lunettes de vision nocturne. En outre, faisant partie de son équipement, Allon avait aussi des explosifs agricoles. Un maigre croissant de lune éclairait chichement le paysage alentour d'une lueur blafarde et ils purent ainsi ne pas allumer les phares du Land Cruiser.

Prenant la même route qu'à l'aller où ils n'avaient rencontré aucun barrage, ils progressèrent aussi vite qu'ils le purent, sachant qu'à 4 h 30 la lumière naissante changerait la donne. Ils savaient aussi qu'à cette heure de la nuit, toute surveillance est relâchée. Le biorythme des gardes épouse celui du commun des mortels et c'est le moment où l'attention est moins vive, la tentation plus grande de sombrer dans le néant et l'oubli du sommeil. Surtout qu'avec les pertes subies la veille dans le bombardement, les équipes étaient réduites et les capacités de rotation probablement limitées.

Ils longèrent pendant plusieurs kilomètres la frontière syrienne. « Chez moi ! », avait failli souffler Allon avant que le ridicule de cette remarque ne l'oblige à se taire. Il conduisait de façon précise, nerveuse, évitant de faire ronfler son moteur et de rouler dans les nids de poule trop profonds. Gerson ne put s'empêcher de poser la question qui lui brûlait les lèvres depuis qu'ils s'étaient lancés à la recherche de la tête du réseau, ici.

- Pourquoi ne pas envoyer vos missiles tout détruire ? Plutôt que de nous envoyer au casse-pipe. Ce serait réglé une fois pour toutes ! Quelques bombinettes et hop, plus de Younis, plus d'entrepôt au contenu pas clair… Non ?
- Non ! C'est Myriam qui lui répondit. Non, car nous devons rapporter les preuves de ce qui se passe ici. Les preuves, Frédéric, tu comprends ? Des photos, des informations, des pièces à conviction. Pour dire à la face du monde que ces gens n'ont pas abandonné le rêve fou de faire disparaître les Juifs du Proche-Orient.

Elle avait prononcé ces dernières paroles avec véhémence et s'arrêta soudain pour reprendre son souffle. Allon décida de conclure :

- *Nous n'avons pas le choix. Notre mission est une mission de renseignement. Nous ne sommes pas un commando action et nous allons faire notre devoir. Avec toi, Gerson. Voilà. C'est tout. Allez, concentrons-nous sur la suite qui va être… délicate.*

Son anglais oxfordien cadrait mal avec ses fonctions présentes, mais il y avait dans sa voix une forme de résolution et de tranquillité qui calma Gerson. Le silence retomba dans l'habitacle du Land Cruiser. Un silence lourd de doutes, de questionnements. Un silence d'avant la tempête, comme quand les oiseaux volent bas, en cercles concentriques, se gardant de piailler et essayant d'imaginer où et comment ils pourront se protéger contre le déferlement imminent des éléments.

Quand le géolocalisateur du GPS leur indiqua qu'ils étaient à environ quatre cents mètres du hameau de Younis, Allon gara le véhicule dans un virage puis prit soin, aidé par les deux autres, de déployer sur celui-ci un filet de camouflage dont les couleurs reproduisaient assez fidèlement le sol des environs.

- *Ils ont aussi des drones, à présent, ces salauds,* fut son seul commentaire.

Munis de leur équipement, ils continuèrent à pied, se dirigeant dans le silence vers le hameau sans rencontrer le moindre obstacle. Dans sa lunette de vision nocturne, Allon put identifier deux gardes devant la propriété de Younis. Adossés au mur d'enceinte, de chaque côté du portail métallique, ils semblaient avoir relâché leur surveillance à en juger par leurs gestes lents. Le plan d'attaque fut vite mis au point. Il fallait entrer dans le périmètre de la villa, derrière les murs d'enceinte pour accéder à l'entrepôt. Et là, ils aviseraient, ne sachant pas combien de gardes seraient sur place. Apparemment, le nombre de combattants n'avait pas été sensiblement augmenté depuis la frappe de la nuit précédente et la sécurité reposait avant tout sur les check-points situés sur les routes d'accès, à part celle venant de Syrie qu'ils avaient judicieusement utilisée.

Ils se répartirent les rôles. Myriam allait se charger du type à la droite de l'entrée, Allon de celui de gauche. Elle partit avec en tout et pour tout un des deux poignards. Ils étaient convenus qu'arrivée à l'angle du mur d'enceinte, encore invisible de sa cible, elle attendrait qu'Allon abatte le type de gauche avec le Glock muni du seul silencieux en leur possession. Il était probable que le type, touché de plein fouet par la balle de 9 mm allait tomber naturellement comme s'il avait succombé au sommeil et perdu l'équilibre. Son compagnon se porterait alors à sa hauteur pour le réveiller en se préparant à l'admonester pour son manque de sérieux.

Myriam en profiterait pour se glisser à sa hauteur et lui trancher la gorge tandis qu'il serait penché sur l'autre, en train d'essayer de comprendre pourquoi ce dernier ne bougeait pas. Le tout, dans le calme le plus absolu, le silencieux, dernier cri de la technologie suisse, n'émettant aucun bruit avec la munition subsonique utilisée pour l'occasion. Pas plus qu'un livre qu'on referme doucement. Le livre de la vie de ces deux pauvres garçons allait ainsi se refermer, lui aussi, dans quelques secondes.

Le plan se déroula comme prévu. Quelques instants plus tard, ils pénétraient dans le périmètre de la villa, après y avoir traîné les deux corps sans vie qu'ils abandonnèrent derrière ce qui devait servir, en temps normal, de guérite de contrôle. Aucun bruit. Aucune preuve de vie dans les lieux. Le site était plongé dans le noir, à présent que la lune avait disparu du ciel. Le soleil n'allait d'ailleurs pas tarder à réchauffer la scène. Peu de temps devant eux. Pas d'éclairage non plus, les stratèges barbus ayant compris qu'il valait mieux ne pas faciliter le repérage de nuit de leurs installations. Précaution inutile en ces jours de guerre high tech. Les drones lisaient comme dans un livre tout ce qui se passait sur le terrain, de jour comme de nuit, y compris par temps de brouillard, peu fréquent il est vrai dans la région ! La mini garnison, ou tout au moins ce qui en restait, dormait convaincue, faussement évidemment, que la foudre ne s'abat jamais deux fois de suite au même endroit.

Ils progressèrent rapidement le long de la villa, dont aucune lumière ni aucun bruit ne s'échappait. Younis avait-il déserté les lieux pour se réfugier dans un endroit plus sûr, comme le pensait le jeune croisé plus tôt avec la tête de son frère dans les bras ? Vraisemblable. Mais là n'était pas le sujet du moment. Il fallait accéder à l'entrepôt. Il avait été convenu que Gerson resterait en couverture avec une des deux kalachnikovs récupérées sur les gardes abattus. Allon leur intima, du geste, l'ordre de se figer.

Dans sa lunette de vision nocturne, il avait repéré deux caméras et trois capteurs de mouvements placés sur les murs de l'entrepôt. Ça devenait compliqué. Ils ne pouvaient pas prendre le risque de déclencher un branle-bas de combat qui allait faire rappliquer tout ce que la zone comptait de gardes.

- Il faut couper l'électricité, car il y a des caméras autour de l'entrepôt, souffla Allon.
- Et on fait quoi, pour ça ? demanda Gerson.
- On retourne à la villa, tous les deux. Myriam, tu restes en couverture. Tiens, prends mon Glock avec le silencieux. Prends aussi l'autre kalach ! Tu peux en avoir besoin.

Allon et Gerson revinrent sur leurs pas et pénétrèrent dans la villa. Silence absolu. Noir complet que la lampe torche d'Allon zébrait de déchirures blanches. Ils firent un rapide état des lieux. Comment trouver un tableau électrique dans un endroit pareil ? La logique voulait qu'un local technique soit installé au sous-sol pour regrouper le tableau électrique de la villa et, pourquoi pas, de l'entrepôt. Ils trouvèrent effectivement une porte donnant sur un escalier étroit menant à la cave.

Arrivés dans les lieux, ils entendirent une sorte de gémissement ténu. Comme une plainte d'enfant ne trouvant pas le sommeil. S'approchant d'une porte métallique dont la clef était restée sur la serrure, ils pénétrèrent dans une pièce de modestes dimensions. Une odeur d'excréments et de sang les prit à la gorge. Sur un matelas posé à même le sol, gisait une forme humaine. Soudain, la lumière s'alluma dans le couloir. Des bruits de pas s'approchant les incitèrent à refermer prestement la porte et à se dissimuler dans la pièce, non sans avoir au préalable retiré la clef.

Se débarrasser de l'intrus fut pour l'agent spécial Amos Allon une répétition de ce qu'il avait maintes fois effectué dans la période où il était membre des commandos action dans les territoires occupés de Cisjordanie et de Gaza. En quelques secondes, le malheureux qui s'était hasardé dans la cave s'en alla rejoindre ses camarades d'infortune éliminés de la même façon, peu de temps auparavant. De sang-froid, avec méthode, sans état d'âme. La routine, en quelque sorte. Tandis qu'il essuyait la lame de son poignard sur la chemise de sa victime, celle-ci se vidait de son sang en gros bouillons obscènes par une entaille béante à la gorge.

Gerson avait assisté, pétrifié, à ces quelques secondes d'inhumanité absolue, quand le concept même de vie est oblitéré par une exigence supérieure. Quand toute considération morale est bannie, dans une sorte de folle partie à somme nulle, le malheur des uns ne pouvant pas, en était-il convaincu, provoquer le bonheur des autres. Le cercle vicieux de la violence, en quelque sorte. Ils retournèrent auprès du malheureux sur son matelas.

- *Qui es-tu ? Qui t'as mis dans cet état ? Dis-moi, mon frère !*

Allon voulut lui prendre la main dans un mouvement de sincère empathie. L'autre la retira vivement à peine l'avait-il touchée. Le contact avec une surface molle, froide et poisseuse lui fit prendre conscience de l'état du type, dont il s'approcha doucement. Il entendit avec peine le souffle de la respiration qui s'était accéléré. « Le pauvre est mal barré et il n'en a plus pour longtemps », se dit-il. Et il fallait pourtant qu'il parle !

- *Nous sommes venus pour prendre ce salaud de Cheikh Walid Younis ! C'est lui qui t'a mis dans cet état, non ?*

Le type voulut répondre. Il essaya de relever la tête, mais y renonça et murmura, dans un dernier effort :

- *Prends-le, mon frère, ce salaud ! Fais-lui ce qu'il m'a fait !*
- *Compte sur moi ! Je vais te venger. Je te le jure sur le Coran ! Qu'Allah me fasse disparaître si je manque à ma promesse.*

Le type trouva tout de même la force de serrer le bras d'Allon dans un dérisoire geste de reconnaissance.

- *Dis-moi une chose. Où peut-on arrêter le courant ici ? J'ai besoin de savoir.*

Quelques instants plus tard, l'électricité était coupée au compteur général de la propriété et dans les bâtiments annexes, notamment l'entrepôt. Ils ressortirent et trouvèrent Myriam qui s'adressa vivement à Allon :

- *Vous faisiez quoi pendant tout ce temps ?*
- *On jouait aux cartes, voyons !*
- *Pas drôle ! Il y a un type qui est passé devant l'entrepôt. Il avait l'air de chercher quelque chose. Ou quelqu'un.*
- *Ils ont dû s'apercevoir que les deux types devant le portail extérieur n'étaient plus là. Et ton mec, il est reparti dans quelle direction ?*

Myriam ne répondit pas. D'un signe de la tête, elle indiqua le ciel. Allon comprit. Elle s'en était débarrassée. Du beau travail. Quel sang-froid ! Cette fille était de la dynamite !

Les deux avaient échangé en hébreu et Gerson était resté sur sa faim. Qu'est-ce qui se trame ? Elle vint vers lui et, contre toute attente, lui colla un baiser sur la joue en lui soufflant :

- T'affole pas. Tout est en ordre ! Tu sais que tu me plais plus comme ça que comme prof aux Beaux-Arts ?

Il n'eut pas le temps de répondre à cette pique ni de s'attarder sur sa signification profonde. Déjà, Allon les entraînait vers l'entrepôt, leur but ultime. Les caméras désormais hors service, les radars volumétriques aussi, ils atteignirent sans encombre la lourde porte montée sur glissière donnant accès à l'entrepôt. Un classique cadenas en bloquait le fonctionnement. En quelques instants, leur décision fut prise. Il fallait passer coûte que coûte au risque de se faire prendre en réveillant le reste des gardes et en rameutant ceux qui étaient restés sur les postes de contrôle extérieurs. Allon avait emporté plusieurs charges d'explosif agricole qu'il commença à installer.

- Quand ça va péter, ils vont tous rappliquer de la région. On aura un régiment sur le dos ! commenta Myriam soudainement très inquiète. Il faut faire diversion d'une façon ou d'une autre
- Pourquoi vous ne demandez pas à vos boss de rebalancer une bombinette ? lança Gerson.
- Tu deviens stratège militaire, Frédéric ? commenta Myriam sur un ton moqueur.
- Bonne idée, Frédéric ! répondit Allon. Mais il faut que ce soit dans les minutes qui viennent. En réalité, j'avais déjà prévu cette éventualité et nos gars se tiennent prêts à répondre dans les vingt minutes si on leur en fait la demande maintenant. Vous voyez une autre solution ?

Il attrapa son satellitaire et composa le code d'accès au poste de commandement du service action. Quelques mots, codés, et la commande fut passée. Pas plus compliqué qu'avec Amazon, s'amusa à penser Gerson, voyant comme le type du Mossad passait commande avec une telle simplicité. Livrez-moi donc dix kilos de TNT. À débiter sur ma carte Visa.

- Nous, on rentre dans la villa, car, même s'ils visent une autre maison du hameau, il vaut mieux se mettre à l'abri. Dès après la frappe, on actionne les charges sur la porte. J'ai déjà mis les cordons Bickford en place. Gerson, tu fumes toujours ? J'aurais besoin de ton briquet.
- Vous voyez, vous avez finalement besoin de moi !

En effet, ils eurent à peine le temps de se réfugier au sous-sol de la villa, assis par terre, en position de protection, la tête protégée par les bras, qu'une explosion sourde fit trembler le sol. Ils se ruèrent alors vers l'entrepôt. Il fallait profiter de la confusion pour que l'explosion que se préparait à déclencher Allon passe pour la réplique de la première frappe, afin de leur laisser les minutes nécessaires pour agir.

En quelques instants, les charges furent placées, les cordons Pickford positionnés, le briquet de Gerson sollicité. L'explosion, de faible intensité par rapport à celle du missile, ne sembla pas attirer les foules. Ils entendirent des cris et des vociférations venant d'au-delà du mur d'enceinte de la propriété de Younis. Les rescapés tentaient de faire face à cette nouvelle frappe avec les moyens du bord.

Ils purent enfin pénétrer dans l'entrepôt, alors que les premiers rayons du soleil commençaient à caresser les alentours de leur lueur pâle. Gerson fut laissé en guet à l'entrée, toujours équipé d'une kalachnikov.

- Tu ne tires que si les types viennent vers nous ! précisa Myriam, tandis qu'elle pénétrait dans les lieux, à la suite d'Allon.
- T'inquiète ! lança-t-il, l'air bravache.

Les deux agents du Mossad progressèrent vite dans leur exploration de l'entrepôt. De longues caisses en bois vert olive portant des numéros écrits au pochoir à la peinture blanche étaient stockées à côté de caisses métalliques de plus petites dimensions. Allon n'eut aucun mal à en ouvrir plusieurs, dans lesquelles ils découvrirent des tubes de roquettes qu'ils identifièrent sans mal pour des Fajr 5C dans leur version guidée par GPS. Environ six mètres de long et trente-cinq centimètres de diamètre. C'était bien ça ! Ils avaient sous les yeux la preuve que l'Iran contribuait très directement à la fourniture de l'arsenal du Hezbollah côté libanais, ne se contentant plus d'intervenir sur le sol syrien en prétendu soutien du régime alaouite.

Myriam, quant à elle, s'était attaquée à un mur de cartons enveloppés d'un épais plastique brun que son poignard n'eut aucun mal à transpercer pour faire apparaître des sachets de poudre blanche, ultrafine qu'elle identifia immédiatement par son goût amer comme de l'héroïne !

Le tac-tac caractéristique d'une kalachnikov vint interrompre brutalement leurs recherches. Mais ils en avaient déjà assez. Ils avaient juste eu le temps de photographier tout ce qui pouvait l'être et, pour Myriam, de prendre un des sachets d'héro qu'elle glissa dans la poche de son blouson. Dehors, les bruits de la fusillade s'étaient amplifiés. Gerson était en mauvaise posture, sous un feu nourri. Myriam avait noté, en entrant dans les lieux, qu'une faible lueur due aux premiers rayons du soleil commençait à tomber des impostes basculantes installées en hauteur au fond du bâtiment. Elle se précipita dans cette direction et laissa Allon aller seul à la rescousse du Français.

Réussissant à monter sur des caisses qu'elle avait assemblées au bas du mur, elle se hissa au niveau d'une étroite fenêtre, se faufila à travers et se laissa tomber sans bruit de l'autre côté, à l'opposé de l'endroit où avait lieu l'affrontement. Elle eut une pensée reconnaissante pour son instructeur de parachutisme, qui leur avait appris, à l'école des commandos, à se recevoir sans se tordre une cheville. Munie du Glock à silencieux, elle progressa dans l'aube naissante sans se faire remarquer et réussit à atteindre les assaillants par l'arrière. Elle en dénombra une demi-douzaine. Gerson s'était réfugié à l'intérieur du bâtiment et il était fait comme un rat. Allon aussi, qu'elle ne vit pas et qui devait avoir rejoint le Français.

- *Je les veux vivants ! Je vais les couper en petites lamelles, les écarteler, les faire vider de leur sang goutte à goutte. Ces maudits Juifs, ces chiens de sionistes !*

Cette voix assurée, plus grave malgré son sifflement caractéristique, cette carrure de lutteur de foire. Pas de doute, Samir le Boucher avait rejoint les lieux ! Revenu en renfort pour prendre en mains la suite des opérations, surtout depuis le départ précipité du cheikh Wallid Younis, parti en laissant ses sbires faire face, seuls, à la situation.

Elle avança prudemment jusqu'à ne plus être qu'à une vingtaine de mètres de lui, leva calmement le canon de son arme et fit feu. Le Boucher tomba la tête en avant, tandis qu'une partie de sa boîte crânienne se détachait et allait finir aux pieds d'un de ses acolytes. Celui-ci n'eut pas le temps de comprendre ce qui lui arrivait, qu'il était déjà mort, une balle logée en plein cœur. Comprenant à présent qu'ils étaient pris à revers, les gardes refluèrent derrière la villa pour se protéger. Myriam en profita pour crier, en arabe, afin d'augmenter la confusion :

- *Et vous deux, sortez, vite ! Immédiatement. La voie est libre, mais pas pour longtemps.*

Puis, elle ramassa l'arme que le type venait de laisser tomber. Un PM Uzi ! Ainsi donc, les types avaient aussi de l'armement israélien. Récupéré sur un soldat de Tsahal ou au marché noir ? Il faudrait qu'elle en parle à ses chefs, si elle s'en sortait.

Allon et Gerson n'y croyaient plus. Ils la rejoignirent en quelques secondes et le trio se mit à courir vers le point où ils avaient laissé le Land Cruiser. Ils n'eurent pas parcouru cinquante mètres qu'ils furent pris à partie par un autre groupe de gardes, sortis de nulle part. Il n'était pas possible de rallier l'endroit où ils avaient garé le véhicule sans se mettre à découvert.

- Il faut les fixer ici, décréta Allon. Toi, Myriam, reste avec moi. Gerson, tiens, prends les clefs ! Tu sauras le retrouver ?
- T'en fais pas. J'ai tout dans la tête !
- Tiens, prends aussi ça ! fit Myriam en lui balançant l'arme qu'elle venait de récupérer.

Allon et Myriam se mirent à l'abri d'un muret, à la sortie du hameau, et vidèrent les chargeurs de leurs armes sur les assaillants pour tenter de les tenir à distance. Gerson s'était mis à courir comme un beau diable, l'Uzi à la main, effectuant d'incessants crochets comme il l'avait vu dans les films d'action pour éviter autant que possible de se faire allumer. Et il parvint en effet sain et sauf au Land Cruiser, dont il prit les commandes après l'avoir prestement débarrassé de son camouflage.

- *Tu penses qu'il va revenir, ton artiste ?* demanda tout à coup l'Israélien à sa collègue. *Il pourrait aussi bien nous planter là et retourner à Beyrouth. Et bye bye par le premier avion demain pour Paris.*
- *Impossible ! Aucun souci, je réponds de lui,* répliqua Myriam, vexée par ce qu'elle venait d'entendre. *Je réponds de lui, je te dis* ! se sentit -elle obligée de rajouter devant l'expression dubitative de ton collègue.
- *Ça va, ça va… Ne le prends pas mal !*

Déjà, ils entendaient le Toyota se rapprocher, tandis que les tirs en leur direction avaient repris de plus belle. Tentant de se protéger au mieux derrière les pierres, ils ne virent pas qu'un groupe d'assaillants avait entrepris de les contourner pour pouvoir les prendre sous des feux croisés. Quand ils s'en aperçurent, la situation était devenue désespérée. Soudain, Myriam entendit un son mat, différent de tous les autres produits par le rebond des projectiles sur les pierres. Comme le bruit d'un gant de boxe sur un sac d'entraînement, pensa-t-elle, en se remémorant ses séances de préparation au krav-maga. Allon venait de prendre une balle dans la poitrine. Il la regarda avec des yeux incrédules, comme surpris de ce qui lui arrivait et voulut lui parler, mais ses mots se perdirent dans le bouillonnement du sang qui s'échappait de sa bouche. Il réussit à articuler entre deux spasmes :

- *Tire-toi ! Laisse-moi ! Pour moi c'est fini…*

Au prix d'un effort surhumain qui accentua le rictus de douleur qui défigurait son visage, il fit un geste dans la direction d'une de ses poches, pour prendre son téléphone satellitaire. Il ne fallait pour rien au monde que les autres récupèrent un matériel aussi sensible, petite merveille de la technologie israélienne. Elle devança son geste et se saisit de l'appareil qu'elle fourra dans une poche intérieure. Elle en profita pour lui prendre aussi son iPhone et son passeport syrien. Un relâchement de tous les muscles du corps, la tête qui part en arrière, les yeux révulsés. L'agent Amos Allon, quarante-sept ans, venait de passer de vie à trépas.

Elle ne s'attarda pas. Encore fallait-il qu'elle arrive jusqu'au Land Cruiser qui était à une cinquantaine de mètres et qui allait entrer dans le champ de vision de leurs assaillants. En rampant au ras du sol, la face dans la poussière, comme elle l'avait appris et tant de fois répété, elle avança vers le véhicule. Trente mètres. Vingt mètres. Les tirs avaient repris de plus belle et les projectiles fusaient autour d'elle, ricochant sur le sol en soulevant des petits tas de poussière qui s'élevaient lentement dans l'air frais du matin. Quinze mètres. Elle y était presque. Gerson s'était arrêté de l'autre côté d'une masure, qui faisait écran avec une partie des assaillants. Elle entendit alors le bruit caractéristique de l'Uzi et, en même temps, la voix du Français lui crier :

- Fonce, derrière la maison, à ta droite. Je suis juste derrière. Je les aligne et ils ne pourront pas t'atteindre. Magne-toi, car je suis bientôt à court de munitions !

Entendre le Français dans ce brouhaha infernal lui fit l'effet d'un électrochoc. Elle voulut revoir Paris ! Comme une exigence vitale, absolue, qui lui fit puiser au plus profond d'elle-même l'énergie et le courage qui lui étaient indispensables pour s'extraire de ce bourbier. Elle bondit et se mit à courir de toutes ses forces, le Glock dans une main, un des deux AK47 récupérées plus tôt dans l'autre. Elle aperçut son regard fiévreux, le rictus de tension sur son visage, ses mains tendues pour l'accueillir. Elle s'imaginait déjà à l'abri dans le Land Cruiser, prête à s'enfuir de cet enfer. Elle eut juste le temps de noter sans surprise qu'il ne portait plus cette ridicule perruque. Puis plus rien. Et soudain, le vide. Le néant. Le trou noir.

-o-o-o-o-o-

Myriam ouvrit enfin les yeux. Son regard fiévreux fit le tour de la pièce. Blanche, immaculée. Le calme des lieux n'était pollué que par le bip bip d'un moniteur. Elle regarda ses bras. À chacun était fixée une perfusion. Deux flexibles transparents sortaient de dessous les draps, au niveau de sa jambe gauche et l'un des deux aboutissait à un récipient posé à même le sol à demi rempli d'un liquide rosâtre. Une vague de frayeur parcourut son visage. Quand elle croisa enfin son regard, elle esquissa un faible sourire. Il y répondit par une caresse sur son front. Brûlant. Elle aperçut alors qu'il portait un pansement dissimulant complètement son oreille droite et prit un air désolé comme pour dire « je ne l'ai pas fait exprès ! ».

Gerson n'en pouvait plus d'attendre. Il fut soulagé d'entendre enfin sa voix. Faible. Lointaine. Caverneuse. Il s'approcha d'elle et voulut lui parler, mais elle le devança :

- Approche-toi encore. Plus près !
- Ne parle pas. Tu dois te reposer.
- Me reposer ? Tu es fou ? Ils vont nous retrouver ! On est où, là ?

Ses yeux, pour la première fois, traduisaient une frayeur intense.

- En sécurité. Je t'ai ramenée ici en fin de matinée. Nour a été formidable ! Quand je l'ai appelée depuis la voiture, elle m'a dit qu'elle se chargeait de tout avec Mattar. Effectivement on était attendu ici, à Tayouneh, l'hôpital militaire de Beyrouth. Et on va…
- On ne va rien du tout ! le coupa-t-elle, se reprenant soudainement. On part d'ici immédiatement. Il est quelle heure ? 17 heures ? dit-elle en consultant une horloge accrochée au mur.
- Tu ne peux pas. Les toubibs ont réussi à extraire la balle dans ton épaule, mais il faut que tu repasses au bloc pour ta jambe. C'est plus compliqué.

- Passe-moi le satellitaire qui doit encore être dans une de mes poches !

Il s'exécuta. Impossible de résister à Myriam Qorah, alias Pénélope Rossi, alias Marguerite Reynaud.

Quelques instants plus tard, Marguerite Reynaud appelait un correspondant, en français, depuis son téléphone crypté.

- Oui, c'est moi, tante Zoé
- ...
- Je vais très bien ! Ne t'inquiète pas. Je viendrai t'embrasser bientôt avec mon nouvel amoureux !
- ...
- Est-ce que je peux te demander un service ? Demain, Maman a soixante-cinq ans.
- ...
- Oui, déjà ! Toi, tu es encore presque une jeune fille !
- ...
- Peux-tu lui acheter un bouquet de tulipes roses ?
- ...
- Disons soixante euros. Je te rembourserai !
- ...
- Merci, merci ! Je t'embrasse, moi aussi. À très vite, tante !

Gerson n'avait rien compris, mais à voir son visage prendre une expression espiègle malgré son état de fatigue, et la fièvre qui la tenaillait, il se dit qu'elle avait dû trouver une façon de reprendre en mains la situation. Elle lui fit signe de s'approcher d'elle et lui murmura :

- Reste à côté de moi et dis-moi ce qui s'est passé !

Par son expression et par son regard pointant les murs de la chambre, elle lui fit comprendre qu'ils devaient être surveillés. Micros et peut-être même, aussi, vidéo.

Il lui souffla dans l'oreille ce qu'avaient été les dernières heures. Depuis sa récupération dans l'enfer du hameau de Walid Younis, quand il avait réussi, miraculeusement, à la traîner sur les derniers mètres, jusqu'au Land Cruiser ; puis quand, après avoir sommairement stoppé l'hémorragie au niveau de sa jambe avec un garrot de fortune et parcouru une dizaine de kilomètres, il s'était arrêté pour appeler Nour et lui demander de l'aide, grâce à son propre portable, heureusement conservé sur lui pendant toute cette séquence ; comment il avait pu regagner l'hôpital militaire de Tayouneh grâce à Google Maps où leur arrivée avait été organisée par le colonel Mattar, alerté par Nour ; comment enfin elle avait été hospitalisée et opérée dans la plus grande discrétion, normal pour une collègue de la DGSE en difficulté !

Le satellitaire se mit à vibrer. Elle le reprit et le colla à son oreille.

- …
- Merci, tante de me rappeler ! Ce n'était pas la peine de te donner cette peine.
- …
- OK. Bien noté. 80 €. Dis donc, ils vendent les fleurs au prix du caviar, les fleuristes !
- …
- Oui, promis. Je viens t'embrasser dès que je suis rentrée à Paris !

Elle invita Gerson à se rapprocher plus près d'elle et lui chuchota :

- C'est bon. On va être exfiltré cette nuit. On sera récupéré au sud de Tyr. À 2 heures du matin. Il faut qu'on quitte ici, vers minuit.
- Ça va pas, non ? Ils doivent t'opérer demain matin à la première heure !
- Surtout pas. Le Hezbollah est partout. Ici, aussi. J'en suis sûre. Peut-être même qu'on est déjà repéré. Ils peuvent faire ce qu'ils veulent, même dans une enceinte militaire.

- Je te signale qu'il y a deux gardes devant la porte de ta chambre pour te protéger. Lourdement armés.
- Tu parles…

Elle ne croyait pas si bien dire. Le Toyota, garé dans un garage sous-terrain de l'hôpital sur ordre du colonel Mattar, avait attiré l'attention d'un indic. La vitre arrière explosée, plusieurs impacts de balles sur la carrosserie. Pas discret. L'info était déjà remontée en haut lieu dans l'organisation et le lien avait été fait avec l'attaque de la veille. Le piège allait à nouveau se refermer sur eux. S'en échapper une fois, OK. Deux ?

-o-o-o-o-o-

Mattar n'avait posé aucune question quand il avait vu dans quel état Myriam était arrivée la veille, mais il avait de sérieux doutes sur les véritables motivations de ses protégés et, surtout, sur leur identité. Trop d'indices concordants lui faisaient penser que cette fille ne lui disait pas tout. Et l'état du Toyota n'avait fait que confirmer ses doutes. Elle l'intriguait. Son charme, son énergie, sa volonté, une forme de charisme qui forçait à lui faire confiance. Mais qui ne balayait pas les zones d'ombre d'où elle semblait ne sortir que pour mieux le troubler.
- *Qui es-tu vraiment ? Pénélope, Marguerite ou une autre ?* lui avait-il demandé, à un moment où il était venu lui rendre visite dans sa chambre.

Il avait parlé à dessein en arabe, la tutoyant, après s'être approché d'elle et lui avoir murmuré ces mots à l'oreille. Quelque chose lui disait que l'histoire de cette fille avait à voir avec cette partie du monde. Elle n'avait rien de ces filles européennes, policées, propres sur elles, porteuses de cette forme d'arrogance et d'assurance que leur donne la conviction d'être nées du bon côté de la barrière, dans une partie du monde où leur physique et leur naissance leur donnent tous les droits. À commencer par traiter avec dédain un vieux con comme lui. Rien de ça, justement, avec elle.

Elle l'avait conquis par son courage, son brio, son sens de l'action. Une attitude de mec, décidé, factuel, courageux. Pas de nana ! « Désolé si je suis un vieux macho *old school,* mais j'assume », pensait-il quand il songeait à elle. Rien dans sa personnalité ne collait avec ce qu'il avait appris à connaître des filles en Europe lors de ses séjours, notamment lorsqu'il participait aux stages pour officiers étrangers, à Saint-Cyr. Et il lui devait une vie ! Il n'avait pas eu l'occasion de lui dire, en réalité. Il avait peut-être l'occasion de la lui rendre à présent.

En prononçant ces mots, il avait constaté chez elle une sorte de trouble quasi imperceptible, comme une ombre passant dans son regard. Comme si ses yeux se perdaient, une infime parcelle de seconde, au loin, avant de revenir le fixer avec attention. Il avait chuchoté, plutôt que parlé. Cet indice mit Myriam en confiance. Ce type ne lui voulait pas de mal, sinon, il n'aurait pas pris cette élémentaire précaution qui en disait beaucoup, aussi, sur le niveau de sécurité perçue par les chefs militaires, dans leur propre hôpital ! Et qu'avait-elle à perdre, finalement ? Des Israéliens prisonniers de l'armée régulière libanaise, il y en avait déjà eu dans le passé. Ils avaient toujours fait l'objet d'un échange et, dans la plus grande discrétion, recouvré la liberté avec l'accord du Hezbollah. Pour autant que quelque milice d'extrémistes enragés, façon Daesh ou autre, ne s'en mêle pas.

- *Alors ? La DGSE, c'est bidon, non ?* lâcha-t-il après l'avoir fixée intensément pendant de longues secondes de son regard profond, noir comme le charbon, mais où elle sentit la présence d'une sincère bienveillance.
- Et, au fait, comment va votre épaule, colonel ? fit-elle, pour changer de sujet. – Elle avait répondu en français.
- Mon épaule va bien, merci ! Plus de peur que de mal. Je suis en arrêt de travail, comme vous le voyez ! Si j'avais écouté nos toubibs, je serais parti trois mois me reposer à Cannes.

En effet, le bras gauche en écharpe témoignait de la blessure qu'il avait subie trois jours plus tôt, à Al-Nabi Sheet.

- Alors, ce n'était pas un Barrett 50, dit-elle comme pour elle-même. Sinon, nous n'auriez plus de bras !
- *Tu t'y connais vraiment trop bien en armes ! Allez, tu peux parler en toute confiance.*
- *Pourquoi vous obstinez-vous à me parler en arabe ? Vous devriez plutôt le faire en hébreu…*, finit-elle par murmurer, en arabe. Mais honnêtement, je préfère le français.
- Comme vous voulez ! répondit-il en français.

Elle savait, elle sentait de façon animale, primaire et essentielle, qu'elle pouvait lui faire confiance. Elle lui avoua alors être du Mossad. Lui expliqua les raisons de sa présence au Pays du Cèdre : une mission d'information. À ces mots, il ne montra aucune surprise. Son visage avait pris une couleur de marbre, la tête d'une sculpture d'empereur romain. Il avait compris depuis un moment, déjà. Il ne put s'empêcher de lui dire, avec un regard qui se voulait lourd de menaces :

- Vous ne craignez pas que je vous arrête pour espionnage, acte de sabotage, assassinats, Miss… ?
- Je suis ici pour collecter des informations sur ces réseaux. Je ne suis pas dans les commandos action !
- Qu'est-ce que ça serait si vous en faisiez partie, alors ?

Elle continua en lui disant que son gouvernement voulait apporter au monde entier les preuves irréfutables de la collusion entre l'Iran, le Hezbollah, certains Qataris, les réseaux intégristes en Syrie et tout ce que la planète comptait d'excités qui voulaient la destruction de son pays. Qu'ils étaient arrivés, ici, dans le cadre d'une vaste enquête qui avait débuté en Europe et au Maroc. Qu'ils avaient collecté une moisson d'informations à faire dresser les cheveux sur la tête de n'importe quel observateur quelque peu honnête. Qu'elle devait impérativement être exfiltrée dans la nuit, avec Gerson, au large de Tyr, tout étant arrangé avec la direction du service, chez elle. Qu'elle n'avait pas d'autre choix que de rentrer le plus vite possible, si elle voulait rapporter les preuves de ce qu'elle avançait. Et elle ajouta :

- Mes informations sont des bombes atomiques, Colonel ! Vous comprenez ? La drogue sert à la fois de couverture aux réseaux et de source de financement. Mais le plus grave, c'est que le trafic couvre un autre, beaucoup plus dangereux : les armes. Les armes qui s'empilent à nos frontières, tout autant que dans les banlieues en Europe et en Amérique. *Et vous, au Liban, vous faites quoi ? Vous cirez les bottes de ces salauds* !

Elle avait repris l'arabe, pour être plus percutante, pour le déstabiliser et provoquer une réaction qui ne vint pas. Dans sa position, il n'avait pas la possibilité d'émettre une opinion contraire à la ligne de son gouvernement. Et donc, il ne répondit rien et baissa les yeux, fixant inutilement le bout de ses rangers.

Oui, le colonel avait honte. Pour son pays. Pour sa communauté, qui n'avait pas su sauvegarder son modèle original de démocratie. Pour l'Occident, qui n'avait rien pu faire, malgré les sacrifices de centaines de paras français et de Marines US et même d'un ambassadeur français, exécuté pour faire pression sur son gouvernement. Empêtrés dans les luttes fratricides et les glauques calculs des grandes familles, Maronites, Sunnites et Chiites, modérés de tous bords, avaient oublié que l'appétit des puissants est sans limites et qu'ils prospèrent plus sur un champ de ruines, où ils peuvent dicter leurs choix et imposer leurs intérêts, que dans un pays ouvert, tolérant et généreux. Le Liban, son Liban, était mort et il le savait. Il préféra se taire pour ne pas lui dire son admiration et la profonde sympathie qu'elle lui inspirait.

Elle s'était tue et avait fermé les yeux. Son teint était devenu soudainement cireux. Mattar lui saisit la main. Froide et moite. Il se leva d'un bond et se rua hors de la chambre pour chercher du secours. Il croisa Gerson, qui était sorti pour fumer une cigarette.

Les deux regards se croisèrent et le Français comprit que la situation, dans la chambre, était devenue critique.

Deux minutes plus tard, un interne administrait à Myriam un tonicardiaque. Il fallait qu'elle tienne. Mattar avait compris qu'elle devait quitter les lieux le plus vite possible, avec le Français. Même ici, dans une enceinte militaire, malgré la présence des gardes à l'entrée de sa chambre, il savait qu'il ne pouvait rien garantir. Les autres étaient partout, continuant à tisser la toile de leur réseau. Une fois prise dedans, elle n'aurait pas plus de chance que l'insecte dans les rets de l'araignée. Et il était résolu coûte que coûte à l'aider, quelles qu'en soient les conséquences, même pour lui. Après tout, quoi de mieux que le panache pour exister auprès d'une personne comme elle ? Et un vieux réflexe chevaleresque qui n'avait jamais abandonné son esprit le poussait à agir maintenant, sans perdre une seconde.

-o-o-o-o-o-

À 23 h 30, une ambulance militaire quittait l'hôpital de Tayouneh. Assis inconfortablement, Gerson y avait pris place à l'arrière, aux côtés de Myriam, elle-même allongée sur une civière, ses perfusions en place. Une voiture banalisée les suivait, avec à son bord un commando de quatre agents spéciaux armés jusqu'aux dents. Des types sûrs, proches du colonel qui les avait personnellement choisis pour faire partie de sa garde rapprochée. Les deux véhicules prirent la direction de Tyr, au sud de Beyrouth.

Gerson veillait sur Myriam, dont le teint s'était coloré et qui semblait aller mieux. Elle ouvrit les yeux et le dévisagea longuement avant de murmurer :

- Je t'en aurais fait voir du pays, mon pauvre Frédéric !
- Tais-toi. Il faut que tu te reposes. On a encore pas mal à faire…

- Et regarde dans quel état tu t'es mis. Avec ton pansement sur l'oreille. Et ta chemise tachée. Tu as l'air d'un clodo !
- Ouais.
- Au fait, tu sais que je lui ai finalement appris mon prénom, à Mattar. Et même, je lui ai dit pour le Mossad, continua-t-elle en mimant de ses lèvres le nom, sans que le son ne sorte de sa bouche.
- Quoi, tu es folle ! Complètement cinglée. Il va nous balancer !
- Mais non. Il est d'accord avec ce que nous avons fait. Mais il ne peut pas le dire, c'est un militaire. Il est tenu au devoir de réserve. Et on est au Liban. Il aurait des soucis plus sérieux que se faire remonter les bretelles, comme vous dîtes. C'est bien ce que vous dîtes, non ?
- Calme-toi.
- Et attends. Quand je l'ai remercié, il m'a répondu : « Nous sommes quittes. Bon retour, Myriam. » Et il a ajouté « בהצלחה » ! Drôle, non ?
- Mais encore ?
- Bonne chance !

Gerson demeura bouche bée devant ces facéties de gamine. Mais il n'appréciait guère, n'ayant jamais eu ce sens de l'humour de bord de précipice. Jouer à la roulette russe, ce n'était pas son truc. Il avait assez tiré sur la corde et chatouillé son karma en se mettant *borderline* plus que de raison, mais au moins, il avait toujours eu l'impression de garder un tant soit peu le contrôle de la situation. Alors que là, il avait l'impression d'être dans une lessiveuse. Balloté, essoré, secoué. Sans espoir de pouvoir appuyer sur le bouton Stop pour en sortir. Les coups pouvaient venir de tous côtés. Bienvenue, mon ami, dans l'Orient compliqué !

Elle s'était endormie ou, tout au moins, en donnait l'impression. Son souffle soulevait ses petits seins à intervalles réguliers. Gerson ne put s'empêcher de revivre par la pensée les rares moments de complicité amoureuse qu'ils avaient connus. Une question le taraudait : avait-elle simulé les moments d'extase qu'elle avait connus dans ses bras ? Se pouvait-il qu'il ait été à ce point abusé par l'agent Myriam Qorah ? Où s'arrêtaient les impératifs de sa mission et où commençait son libre arbitre à elle ? Elle avait le droit à l'amour, non ? Et pourquoi ne pas l'éprouver avec lui ?

Il n'arrivait pas à accepter l'idée que tout en elle aurait pu être calculé, factice, pour mieux endormir sa confiance et le faire entrer dans son jeu. Et quand il lui arrivait de conclure qu'elle n'avait jamais été qu'en service commandé avec lui, prise dans ses obligations professionnelles, il l'excusait de ne pas avoir pu faire autrement. Un soldat, ça obéit !

Il s'approcha d'elle et déposa un baiser du bout des lèvres sur son front brûlant. Elle ouvrit les yeux à demi en soufflant :

- N'en profite pas, Gerson !

Et les referma, se laissant emporter par le tangage de la vieille Mercedes, dont les lumières du gyrophare se réfléchissaient sur les murs des immeubles, devant lesquels ils roulaient à vive allure.

La voiture de l'équipe de protection suivait à une quinzaine de mètres. Les gars étaient en alerte maximum, le Sig Sauer 551 en main, sécurité ôtée, une balle engagée dans la chambre. Le colonel Mattar avait été on ne peut plus clair : personne ne doit s'approcher de ces deux-là ni les empêcher d'atteindre leur but. « Ils savent où ils doivent aller et votre mission est de les protéger coûte que coûte. Mon téléphone restera allumé. Appelez-moi si besoin, quelle que soit l'heure », avait-il ajouté.

Plus loin, à environ deux cents mètres, une Suzuki GSX-R1000 suivait le convoi, deux types juchés sur les sièges de ce modèle surpuissant, moyen de transport favori des *killers,* sur tous les continents. Le conducteur n'avait aucun mal à ne pas perdre sa proie, tellement visible avec ses feux orange clignotants. Le passager, dans son casque, était en contact avec un correspondant qu'il renseignait au fur et à mesure de la progression du convoi. Quand il apparut qu'il se dirigeait vers le sud, vers la frontière avec Israël, il devint évident qu'il fallait passer à une autre option, l'attaque directe ayant peu de chances de réussir avec l'escorte de protection. Il fut décidé en haut lieu d'envoyer un drone d'observation surveiller la progression de l'ambulance, pour se préparer à intervenir d'une autre façon.

Le lieu de rendez-vous était situé sur la plage de Naqoura, au sud de Tyr, devant le bar Le Rendez-vous des Amoureux, qu'ils atteignirent sans encombre vers une heure du matin. Myriam avait ironisé sur le nom du bistrot, quand elle avait décrit à Gerson le projet d'exfiltration mis au point par les services :

- Ne te fais pas d'illusion, mon petit Frédéric, je n'y suis pour rien. Ce n'est pas un message subliminal, non plus.
- Je n'en demandais pas tant.

Avant d'arriver à destination, elle avait donné ses instructions à Gerson :

- Je vais te faire travailler. Vu mon état, tu ne m'en voudras pas ! Tu vas aller trouver un type, un de nos agents, sur place. Il doit attendre devant le bar. Tu vas lui demander du feu en lui disant que tu as perdu ton briquet sur la plage du Saint-Georges. Le Saint-Georges, tu notes ? C'est le mot de reconnaissance. Il te répondra : « Vous avez de la chance, d'habitude je n'en ai jamais sur moi ! ».
- OK, chef. Compris !
- Là, tu donnes un coup de main aux gars de l'ambulance pour me transporter jusqu'à un hors-bord qui devrait être amarré à un ponton, en face du bar. Et hop ! On est en mer en moins de deux. On file vers la limite des eaux territoriales, où une équipe… une équipe… nous récupère.

Elle avait fourni un grand effort pour terminer sa phrase. Visiblement, elle était à bout et Gerson prit peur pour elle. Si près du but, elle ne pouvait pas lâcher ! Il vérifia que ses perfusions étaient toujours en place et réalisa qu'ils étaient en train d'arriver, car la mer scintillait au loin dans la nuit étoilée, au bout d'une bande de sable déserte.

Un type d'une trentaine d'années attendait Gerson, en effet, devant un bar ; une modeste paillotte plutôt. « Comme quoi, les amoureux n'ont pas besoin de grand-chose pour être heureux », pensa-t-il. En contrebas, amarré à un ponton rudimentaire, le hors-bord espéré était bien là. Rapidement, Myriam fut transportée à bord, sa civière installée et sécurisée par des cordages trouvés sur l'embarcation. Le type se mit à la barre et démarra les moteurs, sans plus attendre. À peine eurent-ils le temps de remercier de la main ceux qui les avaient accompagnés, qu'ils filaient déjà, mettant le cap plein ouest. La lune, dont le disque presque parfait, luisait dans le ciel d'un bleu profond et se reflétait sur la mer noire, créant des milliers de miroirs chahutés par la houle, qui donnaient à la scène une dimension irréelle, une sorte de décor de film d'épouvante.

Après trois miles, ils se dirigèrent vers le sud-ouest pour se rapprocher plus vite du littoral israélien. Le bateau filait à plein régime, poussé par la puissance de ses deux moteurs Evinrude de 300 CV, l'étrave soulevée par la vitesse, laissant dans son sillage une double traînée d'écume bleutée dans laquelle la pâle lumière de la lune se reflétait. Ils n'auraient pas à attendre longtemps pour gagner les eaux internationales et leur relative sécurité. Chaque fois que le bateau retombait brutalement sur la mer après avoir soulevé sa coque hors de l'eau, Myriam grimaçait de douleur, le choc du contact se transmettant sauvagement à son corps meurtri. Gerson lui avait pris la main et sentait à quel point elle souffrait, tant elle serrait la sienne à chaque choc, ponctuant sa douleur de râles réguliers.

Soudain, sur la droite, apparut à l'horizon un point qui grossissait à vue d'œil. D'abord sans provoquer de réaction de la part de leur skipper, puis incitant celui-ci à pousser à fond la puissance de ses moteurs au risque de provoquer un retournement de l'embarcation, tant il était devenu évident que l'autre bateau venait à leur rencontre, montrant même l'intention de leur couper la route. Il passa une paire de jumelles à Gerson.

- *Que voyez-vous, Monsieur ?* fit le type en anglais.
- *Vedette avec drapeau libanais…*
- *Mauvais. Très mauvais,* répondit l'autre en serrant les mâchoires.

Une vedette des garde-côtes libanais était en train de venir à leur rencontre. Malgré la puissance de ses moteurs, leur hors-bord n'était pas de taille à rivaliser avec l'embarcation de leurs poursuivants, qui se rapprochait inexorablement. Cinq cents mètres. Quatre cents mètres. Trois cents mètres. Ils seraient bientôt sur eux, les contraignant à se rendre. Myriam n'avait rien perdu de la scène depuis sa civière, se soulevant malgré la douleur pour regarder par-dessus bord. Ils n'étaient pas là par hasard, les garde-côtes. Trop bête de se faire prendre ainsi, si près de chez elle. Bien sûr qu'ils avaient été suivis depuis leur départ de Beyrouth ! Et ce n'est pas le colonel Mattar qui allait les tirer de ce mauvais pas, cette fois-ci.

Pour la première fois qu'il la connaissait, Gerson vit des larmes apparaître dans ses yeux. Des larmes de rage et d'impuissance. Elle savait tout ce qui allait arriver. Les interrogatoires, les tortures, la mort au bout du compte, loin de tout ; inutilement martyrisée, car elle ne dirait rien. Elle était préparée psychologiquement à souffrir les pires tourments sans céder. Et de toute façon, dans son état, elle n'aurait pas trop à attendre pour rendre l'âme. Tant mieux ! finit-elle par se dire.

Non, ce qui la rendait furieuse à en crever, c'est que tout ça ait été finalement fait pour rien. Car il allait falloir qu'elle demande à

Gerson de balancer par-dessus bord leurs mobiles, celui d'Allon et le sien, qui contenaient les preuves absolues et définitives de ce qu'ils avaient découvert. Et le sachet d'héroïne qu'elle avait prélevé. Ces mois d'enquête, ces risques encourus, cette énergie dépensée. Pour en arriver là. Sans compter Amos Allon, qui y avait laissé la vie. Quelle infinie tristesse ! Elle commença à réciter pour elle les premières phrases du kaddish, en mémoire de ce courageux combattant qui les avait guidés et lui avait sauvé la vie. La prière lui apporta la paix et elle n'entendit pas le bruit pourtant caractéristique des turbines d'un AH 64 Apache en train de se rapprocher, encore invisible dans la nuit.

Soudain, une gerbe de feu se détacha dans le noir et vint se perdre dans la mer, juste devant la proue de la vedette de l'armée libanaise. Un missile air-sol venait d'être tiré par l'hélicoptère. Un tir de semonce, précis, sans appel. Un message on ne peut plus clair. L'hélicoptère n'était pas visible, tous feux éteints. Il n'était encore qu'une masse sombre et vague dans le ciel, mais le vacarme qu'il faisait indiquait qu'il n'était pas loin. L'équipage de la vedette n'avait aucun moyen de le repousser, ne disposant que d'armes légères. Une seconde frappe, cette fois-ci à bâbord du bateau, si proche qu'elle donna l'impression qu'elle l'avait touché. La vedette tangua sous l'effet du remous créé dans l'eau par le missile. La troisième serait la bonne, si l'équipage ne comprenait pas le message. La vedette amorça un virage serré à tribord, remontant au nord, abandonnant la partie. Ils étaient saufs !

Ils débarquèrent à Nahariya, première ville de bord de mer après la frontière avec le Liban, alors que les premiers rayons du soleil commençaient à réchauffer le sable sur lequel ils posèrent le pied. L'endroit était encore désert, si ce n'est la présence d'une ambulance civile et d'une Jeep noire banalisée. Myriam fut installée avec mille précautions dans l'ambulance. Ses yeux étaient clos, elle était immobile. Son visage avait la couleur de la pierre des statues des cathédrales du Moyen Âge. Un blanc crayeux, patiné par le temps. Son teint d'ordinaire mat de fille du soleil était devenu étrangement pâle, comme si son sang avait reflué à l'intérieur de son corps. On eût dit un gisant dans la basilique de Saint-Denis. Une sainte de notre temps.

-o-o-o-o-o-

Acte 5

Gerson était resté à distance tandis qu'elle avait été prise en charge par une équipe médicale, lors de leur arrivée à Nahariya. L'ambulance avait démarré sans qu'il n'ait pu prononcer le moindre mot ni l'approcher. Il avait alors été invité à monter dans la Jeep aux verres fumés, accompagné de deux jeunes hommes à l'allure martiale. Cheveux coupés court, gestes précis et allure décidée. Il serrait précautionneusement un sac en plastique contre lui. On eût dit qu'il y avait mis là toute sa fortune. Direction l'inconnu, car aucun mot n'avait été échangé avec lui, sinon un laconique « *Welcome Sir!* ».

Il passa quarante-huit heures dans un hôtel banal à la périphérie de Tel-Aviv, bien traité, mais sans pouvoir quitter sa chambre, sauf à y être invité. Le premier jour, il fut conduit dans un hôpital du centre de la ville pour y être examiné. Le pansement de son oreille fut changé. Le médecin, à qui il demandait dans son anglais approximatif si ça allait, lui répondit par un laconique « pas trop grave, mais il faudra voir un chirurgien à votre retour. Vous avez eu beaucoup de chance… », accompagné d'une grimace. Gerson préféra ne pas relever et se contenta de cette indication *a minima*.

Puis, dans l'après-midi et encore par deux fois le lendemain, il fut reçu dans les bureaux d'une administration dont il ignorait tout. Auparavant, on lui avait pris le sac en plastique dans lequel il avait placé les portables de Myriam et d'Allon, leurs deux satellitaires, le Glock qu'il avait retrouvé en secourant la jeune femme, le sachet d'héroïne qu'elle avait réussi à ramener. Un butin d'apparence dérisoire, mais qui avait justifié que des personnes mettent leur vie en jeu pour se le procurer, le protéger et le livrer à qui de droit.

Dans les locaux où il fut conduit, aucun signe extérieur sur la porte d'entrée, aucune présentation des personnes qui le reçurent pour le faire parler dans le détail de ce qu'il venait de vivre depuis son arrivée au Liban. Questions, réponses. Questions encore, souvent les mêmes, mais formulées différemment. Réponses identiques. Le débriefing était éprouvant, car il le replongeait dans ces moments d'une intensité dramatique encore intacte. En parlant, il avait dans les oreilles le vacarme des coups de feu et les invectives en arabe ; dans les narines, l'odeur de la poudre et dans les yeux, les dizaines d'étincelles que lâchaient les armes de leurs assaillants et les leurs. Et surtout, les images de Myriam courant sous le feu des barbus, allongée sur la civière, versant des larmes de rage. Et son sourire qui s'accrochait soudain à son visage en le regardant quand, en de rares occasions, elle laissait paraître une forme de complicité et d'affection pour lui.

Il rentra épuisé, démoralisé, perdu dans sa solitude. Elle lui manquait comme l'oxygène manque au noyé en train de perdre les derniers souffles de vie. Le jour suivant, il fut accueilli par une femme d'une cinquantaine d'années, qui le reçut chaleureusement.

- Nous devions contrôler certaines informations. Nous sommes désolés de vous retenir encore un peu, mais votre participation aux événements récents avec Mademoiselle Qorah concerne la sécurité de l'État d'Israël et votre témoignage nous est très précieux !

Elle avait parlé dans un français impeccable. Il se détendit et posa la question qui lui brûlait les lèvres depuis qu'il s'était retrouvé seul, privé d'elle.

- Comment va-t-elle ? Je suis très inquiet. Pas d'information, pas de nouvelles, rien ! Vous auriez pu au moins me mettre au courant. Elle allait si mal quand on est arrivé sur la plage, à Na…

- Nahariya ! Oui, je sais, hélas. Vous avez fait votre possible. Mais, je ne peux rien vous dire à son sujet.
- Comment ça ? Dites-moi au moins si elle s'en est tirée ! Qu'elle vit, nom de Dieu !
- Désolée, je ne peux rien dire. C'est le règlement. Les informations sur les agents sont réservées au premier cercle familial, avait-elle ajouté.

Il eut envie de lui sauter à la gorge. Premier cercle familial ? N'importe quoi ! Et lui, il était quoi, pour Myriam ? Un lampiste ? Comment cette conne pouvait-elle juger du degré de proximité, d'intimité aurait-il voulu dire, qui avait existé entre eux deux. Il résolut de se taire pour ne pas la mettre en situation délicate, n'imaginant pas une seconde qu'elle n'était plus de ce monde.

Sentant sa frustration, parfaitement au courant de la nature exacte des liens entre les deux ex-amants, elle-même en ayant été l'instigatrice, la femme se dirigea alors vers un placard dont elle sortit un grand sac de shopping qu'elle lui tendit.

- Pour moi ?
- Oui, pour vous. J'ai cru comprendre que vous aviez quitté votre hôtel un peu rapidement, en partant de Beyrouth. Voici de quoi vous changer pour rentrer à Paris.

Il en sortit un sac de voyage et plusieurs vêtements de couleurs vives. Pas vraiment son genre de beauté.

- J'espère juste qu'on ne s'est pas trompé de taille ! fit-elle tandis qu'il regardait tout ça d'un air ahuri.

Mais dans l'état imprésentable dans lequel il se trouvait, il se dit qu'après tout… Il bafouilla quelques mots de remerciements, remit le tout dans le sac et l'empoigna.

- En plus, nous prendrons en charge les frais médicaux pour votre oreille, à Paris, et je demanderai personnellement au ministre que vous soyez reconnu comme collaborateur émérite de notre gouvernement, de façon à vous faire attribuer une prime exceptionnelle pour services rendus et pour les risques que vous avez encourus.
- Merci. Mais, vous savez, je n'ai pas fait tout ça pour de l'argent !
- Nous savons, Monsieur Gerson. Nous savons ! Vous êtes un héros, à votre façon.
- Oui, si vous voulez. Je n'ai pas l'impression d'avoir fait des choses extraordinaires.
- Croyez-moi, je m'y connais en matière de courage et d'héroïsme. Et sachez que nous serons toujours là pour vous, si vous avez besoin un jour. Israël n'oublie jamais ses Justes !

Il fut ensuite accompagné dans un bureau plus officiel qui devait être celui d'un des patrons des services. Drapeau israélien déployé contre le mur, diverses photos de commémorations, de personnalités lors de manifestations officielles, brevets encadrés comme autant de trophées rythmant une carrière qui avait dû être bien remplie. Et, fait étonnant, pas de fenêtre. Un grand type d'une cinquantaine d'années entra alors, suivi d'une jeune femme. Costume bleu nuit et chemise blanche ouverte sur un poitrail puissant, teint bronzé et allure sportive du type qui vient de passer quinze jours dans un club de vacances, section sports extrêmes. Il lui serra la main avec effusion et le regarda droit dans les yeux, en déclarant :

- *Au nom de mon gouvernement et du pays tout entier, je vous remercie, Monsieur Gerson, de nous avoir aidés à réussir cette importante opération et d'avoir prêté votre précieux concours à nos agents, sur place. Sans vous, cette mission n'aurait pas été couronnée de succès. Les renseignements que vous nous avez rapportés sont de la plus haute importance stratégique. Elles nous aideront, de plus, à rectifier l'opinion que le monde entier porte sur nous et notre politique dans la région.*

Il avait parlé en hébreu et la fille derrière lui avait traduit en français. Gerson resta muet. Comme si ces commentaires ne le concernaient pas. Il avait décroché. Si le type pensait que lui, Gerson, s'était mis en quatre pour participer de son propre chef à une action du Mossad, il se foutait le doigt dans l'œil. Il avait été entraîné à son corps défendant dans cette folle aventure, coincé par les manœuvres des agents de son service, incapable de faire autrement que d'avancer. Qu'il ait ensuite trouvé les ressources pour se comporter dignement, ça n'avait rien à voir avec les problèmes stratégiques ou autres d'Israël.

C'était une histoire entre lui et Myriam. Une question de dignité, de courage, et, pourquoi se le cacher, de passion contrariée. Lui montrer, à elle, qui il pouvait être. Que derrière ce masque de jouisseur mondain et superficiel pouvaient aussi se cacher des valeurs propres à le faire aimer d'elle. Tout ça ne regardait pas ce type qui continuait à déblatérer sur l'indéfectible amitié entre la patrie des droits de l'homme et le petit-pays-courageux-seul-contre-tous, la lutte contre l'obscurantisme et l'avenir incertain de la liberté dans cette partie du monde.

-o-o-o-o-o-

Le lendemain, il prenait place en *first* dans un vol El Al pour Paris. Il s'endormit alors que l'avion était encore stationné et ne se réveilla que lorsqu'une hôtesse l'y invita :

- Monsieur, vous êtes arrivé à Roissy !

Il saisit rapidement le sac qu'on lui avait offert la veille et se rua vers la sortie. Dans le taxi, il eut l'impression de se retrouver sur une planète étrangère, tant il se sentait déconnecté, insensible à ces paysages de banlieue, à ce trafic incessant, à cette accumulation de béton et d'acier qu'étaient devenues les villes modernes. Loin des choses essentielles, des vraies questions. Pourquoi cette médiocrité devait-elle être le lot de ses contemporains ? Au moins, avec elle, il avait vécu une vérité absolue, jaugée par la seule vraie et définitive sanction : la vie. Ou la mort.

Il appela Manuel sur son portable. Pas de réponse. Il se fit déposer à son atelier, ou tout au moins à ce qu'il en restait. Dans la cour, il tomba sur Mimi. En le voyant, elle eut un mouvement de recul. Il avait pris dix ans, ses traits étaient tirés, son teint bistre, ses yeux rougis. Une barbe de dix jours lui donnait un air de revenant de l'au-delà. Mais il portait le pantalon fuchsia et la chemise orange qu'il avait revêtus dans les toilettes, en arrivant à Roissy. Avec son sac à la main, il aurait pu faire croire qu'il revenait plutôt de Mikonos.

- Vous étiez passé où, M'sieur Frédéric ? Et dans quel état vous me rev'nez ?
- Euh… J'avais à faire pour mon travail. Mais ça va !
- Et c'est quoi, ce pansement sur votre oreille ? Vous vous prenez pour ce type, là, qui s'était coupé l'oreille un soir qu'il était ivre ?
- Non, Mimi, je n'ai pas la prétention de me prendre pour Van Gogh, fit-il en lui adressant un pâle sourire, avant de foncer vers les étages.
- Attendez au moins de prendre la clef. J'ai changé la serrure ! C'est pas beau à voir, là-dedans. On dirait Beyrouth !

Il ne releva pas la remarque de la pipelette. Pas sûr qu'il l'ait entendue, d'ailleurs. Il grimpa les marches quatre à quatre, tandis que Mimi essayait tant bien que mal de le suivre.

En effet, celle-ci avait raison. Son atelier était un champ de ruines. Les tonnes d'eau avaient eu raison de sa tanière, plus encore que l'incendie. Des traînées noires et grises maculaient les murs, le sol était jonché de toiles déchirées, de cadres désarticulés, de pots et de tubes de peinture qui avaient explosé sous l'effet de la chaleur. Il eut un haut-le-cœur devant cette désolation. Décidément, il attirait le drame, se mit-il à penser. Partout où je vais, la mort, la destruction, le désespoir. Suis-je condamné à vivre au bord du précipice ? Est-ce là mon destin ? Suis-je obligé de crever debout, de voir ce que j'essaye de construire, les personnes que j'essaye d'aimer, me glisser entre les mains ? Me retrouver seul, désespérément seul.

Il fut envahi par un sentiment douloureux d'abandon total, de manque absolu. Comme l'impression d'un vide s'ouvrant sous ses pieds. Un précipice sans fond vers lequel il était aspiré. Hypnotisé par cette absence de tout. Comme une sorte d'apesanteur des sentiments, des sensations, des désirs où n'aurait subsisté que l'impression de vide et d'immense solitude.

Il ressortit hébété, laissant Mimi avec ses questions et ses bonnes intentions, et il s'enfonça sans but dans la ville.

-o-o-o-o-o-

Les jours suivants, il resta prostré, sans réaction, dans son atelier dévasté. Il avait réussi à sauver un matelas qui, posé à même le sol, lui permettait de trouver un sommeil hanté, dans l'atmosphère chargée des odeurs âcres et toxiques de l'incendie qui flottaient encore. Il n'en avait cure. Il se disait même qu'ainsi, il pourrait accélérer la dégradation de son état physique et se faire prendre plus tôt par la Faucheuse. Mimi, qui passait régulièrement lui rendre visite pour s'assurer qu'il prenait soin de lui, le ravitaillait et s'assurait que ce qu'elle lui apportait ne finissait pas à la poubelle. Le fameux et terrible PTSD rôdait autour de lui, tournoyait en attendant le moment propice pour fondre sur sa proie et lui dévorer le cerveau.

- Il faut vous nourrir, M'sieur Frédéric ! Sinon, vous allez mourir. Et arrêtez de boire comme ça ! continua-t-elle en apercevant les bouteilles de rouge abandonnées sur le sol de ce qui avait été une cuisine.
- Je suis déjà mort, Mimi.

Il sortait régulièrement pour s'acheter des cigarettes et prendre un café au bistrot, au bas de son immeuble. Un jour qu'il était particulièrement déprimé et s'apprêtait à rentrer se terrer chez lui, son œil fut attiré par le titre du *Parisien* qui traînait sur le comptoir : « Des armes aux portes d'Israël – les photos qui font trembler l'état juif. » À côté de l'article, plusieurs photos de caisses en bois kaki. Dans l'une d'elles, ouverte, on distinguait parfaitement des roquettes avec cette légende : « Entre la plaine de la Bekaa et la frontière syrienne, un stock de roquettes Fajr 5C de fabrication iranienne. » Il reconnut les photos prises par Amos Allon, que Myriam lui avait montrées lorsqu'ils s'étaient retrouvés dans le Land Cruiser pour fuir les combats. Il n'en crut pas ses yeux. Tellement insensé de se retrouver ainsi replongé dans la fournaise de ces événements !

Il touchait du doigt, presque physiquement, ce qu'il avait vécu et qui prenait à présent une tout autre dimension, celle de la vérité absolue, incontestable. Il n'était plus victime d'un esprit à la dérive, le sien en l'occurrence, car ce qu'il avait vécu occupait à présent l'espace public, cochant toutes les cases de la vérité. Il se saisit du journal et rentra précipitamment chez lui.

L'article, en pages internationales, décrivait la stratégie de l'Iran dans la région : une guerre à basse intensité, mais implacable contre Israël, dont le Liban était la malheureuse victime collatérale. L'article citait des informations qui liaient armement et drogue dans une double stratégie mêlant arsenal militaire et trafic de dope pour brouiller les cartes et constituer des réseaux en Europe capables, le jour venu, de se révéler utiles dans une stratégie de prise de pouvoir. Le rêve fou des intégristes résolument décidés à mettre à genoux la démocratie occidentale.

Gerson était abasourdi. Il relut l'article trois fois pour s'en imprégner. Il n'arrivait pas à croire que lui, médiocre artiste, petit mec sans importance, avait été un acteur de premier plan dans cette histoire. Lui, Frédéric Gerson ! Ce type, sans attaches ni obligations envers qui que ce soit, avait finalement été capable de répondre à l'appel du destin et ne s'était pas défilé quand il avait fallu faire face. Oui, il avait tergiversé et ses premières prestations n'avaient pas été à la hauteur. Mais finalement, il s'était repris, mû par une force supérieure à sa volonté, et avait fait le job !

Un intense sentiment de fierté l'envahit et le fit sortir pour un bref moment de sa torpeur. L'absence de Myriam se fit soudainement plus insupportable. Sans elle à présent à ses côtés, tout ce qu'il avait vécu prenait une dimension banale, contingente, comme si son absence ôtait à ces moments leur dimension magique, épique, quasi surnaturelle.

Les jours continuèrent à se succéder dans une spirale de descente aux enfers. De temps à autre, il jetait un regard distrait sur l'article du *Parisien*, arrivant de moins en moins à se convaincre que ce qu'il avait accompli relevait d'une forme d'exploit.

-o-o-o-o-o-

Un matin des premiers jours d'août, dans Paris vidé de ses habitants et de son vacarme, un Paris plus propice que jamais au geste irrémédiable de quiconque n'a plus de goût à vivre, on frappa à sa porte. Il émergeait à peine d'une nuit où seul l'abus d'alcool avait réussi à lui octroyer quelques heures de sommeil.

- Gerson, tu fous quoi, bon Dieu ! Tu ne réponds pas sur ton portable. Tu n'ouvres pas ta porte. Et je sais que tu es là !

JB venait aux nouvelles.

Un bruit de savates traînant sur le plancher, enfilées à la va-vite. Une clef qui cherche son passage dans une serrure. La face ravagée de Gerson apparut dans l'entrebâillement de la porte. JB recula devant la tête de son ami. Amaigri, les yeux enfoncés dans les orbites, une barbe grise lui mangeant le visage, le cheveu gras et rare, le grand Gerson avait l'air d'un paumé. D'un geste las, il invita JB à pénétrer dans la pièce que ce dernier n'avait pas revue depuis longtemps.

- Ben dis donc, mon pauvre vieux ! Qui est-ce qui a fait ça ?
- Laisse tomber. J'en sais rien, mentit Gerson. De toute façon, tout ce qui était là n'avait aucun intérêt. À part mes photos de Nice. Ça oui, ça me manque. Mais bon, par chance j'ai encore tout dans la tête.

Tandis qu'il parlait, JB fut surpris de constater qu'il tenait un pinceau dans la main gauche, l'autre occupée par une cigarette qu'il venait d'allumer. Sur les doigts, des traces de peinture fraîche. Il résolut de ne faire aucun commentaire, connaissant les rapports ombrageux que son ami entretenait avec son art. Trouvant une chaise opportunément sauvée du désastre, il s'assit dessus et reprit :

- Tu ne donnes pas beaucoup de tes nouvelles, vieux lâcheur !
- À quoi bon ?
- Et qu'est-ce qui est arrivé à ton oreille ?
- Laisse tomber. Rien.
- Ouais, rien. Pas très convaincant, comme explication. En tout cas, tu ne m'as pas l'air en grande forme. Tu étais où, ces temps-ci ?
- Bof…
- Je vois. Encore un de tes plans véreux. Une nana ? Tu ne dis rien. Comme d'hab. Il faudrait que tu arrêtes, un jour,

de faire n'importe quoi. Tu as de l'or dans les mains, merde, Frédéric.

- T'es bien le seul à le dire !
- N'importe quoi. Tu le savais que Manuel a été impressionné par la façon dont tu as été traité à Marbella ? Le grand jeu, paraît-il. Invité d'honneur chez le financier de la galerie Art Concept International ! Le grand concurrent de son ami Robles. Il paraît que le dénommé Robles envisage maintenant une expo avec toi. C'est vrai ?
- Peut-être. Tu sais, Robles est un grand baratineur et tout est possible avec lui.
- Pas d'accord. S'il en a parlé à Manuel, c'est que c'est du sérieux. La seule chose avec laquelle il ne rigole pas, c'est le business. Le reste… ça va et ça vient, comme dans sa vie, finit JB avec une pirouette de la main accompagnée d'un haussement de sourcils, qui faisaient allusion aux penchants connus du personnage pour les beaux mecs, jeunes si possible.

Gerson ne commenta pas. Que le *señor* en question ait été impressionné par la mise en scène du dîner chez Al Salami, pourquoi pas ? Au fait, se dit-il, l'info sur les suites du dîner avait été bien étouffée. Il n'y avait jamais repensé, mais soudainement il fut pris d'une crainte rétrospective : et si le cheikh le savait de nouveau à Paris, n'allait-il pas envoyer ses sbires lui rendre la monnaie de sa pièce ? C'est vrai qu'il avait eu à quelques reprises l'impression qu'il était observé quand il descendait faire quelques pas et acheter ses cigarettes en bas. Mais dans l'état d'hébétude dans lequel il planait, il n'y avait pas prêté attention plus que ça. Bon, il n'allait pas paniquer à présent. *Inch'Allah!*

- Tu sais que, si tu voulais, Manuel…
- Quoi, Manuel ?
- Il serait prêt à te faire une expo, rien que pour toi !
- Arrête de déconner. Si je suis dans la merde, c'est à cause de tous les Manuel de Paris, et à commencer par le tien,

d'ailleurs, qui ne m'ont jamais vraiment considéré. Alors ce n'est pas maintenant !

- On verra bien, continua l'autre, énigmatique.
- C'est tout vu, JB. Allez, fous-moi la paix. J'ai à faire.

En réalité, la petite musique de la création s'était remise en marche insidieusement, presque à son insu. Par désœuvrement, par réflexe professionnel, pour soigner les fantômes qui le hantaient la nuit. Une thérapie contre la douleur, contre la détestation de soi, voilà ce que la peinture représentait pour lui dans ces moments de retour à la normale. Grâce au pécule que lui avait remis un employé de l'Ambassade d'Israël, débarqué sans préavis un matin, guidé jusqu'à chez lui par Mimi à qui il ne refusait jamais l'accès à son antre, il avait fait repeindre son atelier et l'avait remeublé *a minima*.

Il s'était aussi procuré tubes, pinceaux, brosses, papier à dessin et châssis. Il s'était d'abord demandé ce qui l'avait poussé à se rééquiper ainsi, surpris d'avoir agi de façon quasi automatique. Une seconde nature, sous-jacente de la sienne, une sorte de surmoi trouvant son mode de fonctionnement dans les non-dits l'avait pris en charge. Il avait agi comme mû par un sentiment d'urgence, mais s'était d'abord trouvé privé du mode d'emploi quand tout ce matériel avait été livré par son fournisseur. Qu'en faire ? fut la question centrale qu'il dut affronter pendant plusieurs semaines.

Ce n'est que plus tard, lorsque le souvenir des moments passés avec « elle » eut acquis une certaine forme de tranquille certitude, qu'il se convainquit qu'elle aurait été impressionnée qu'il se soit remis à ses pinceaux. Une façon pour lui d'espérer pouvoir la récupérer, dans l'hypothèse folle où elle aurait encore été en vie et où leurs chemins se seraient une nouvelle fois croisés. Elle aurait même pu éprouver pour lui une certaine forme d'admiration en découvrant qu'il avait réussi à aller au bout de ses intentions et à traduire dans sa palette ce qu'il commençait à ressentir.

-o-o-o-o-o-

Le claquement sec des bouchons de champagne le fit sursauter. Il avait développé une forme de phobie pour tout bruit violent et inattendu et, malgré le contexte évidemment favorable à leur présence, ces banales manifestations d'un moment de fête l'avaient pris au dépourvu. Il se mit à rire en lui-même de cette réaction incontrôlée et jeta un regard circulaire sur l'assistance. L'espace se remplissait à vue d'œil et le public commençait à déborder sur la rue. Heureusement que la Covid avait desserré son étreinte, en ce début d'automne, permettant au vernissage de se tenir comme prévu.

Un sentiment de fierté l'envahit. Tous ces gens étaient là pour lui ! Il n'en revenait pas et commençait à douter de l'intérêt de son travail. Réaction somme toute banale chez tout créateur au moment où ses œuvres vont être exposées pour la première fois à la voracité du public. Plus d'un an de travail acharné, de doutes, de moments de panique, d'instants magiques, d'enthousiasme et de confiance. Un maelstrom de sentiments qui ne l'avait plus lâché depuis qu'il avait repris ses pinceaux.

Lutter contre le doute, conserver la foi, retrouver une énergie et un élan après tout ce qu'il avait vécu et qui le hantait, jour et nuit. Faire sans « elle », faire malgré la certitude où il était arrivé qu'il fallait remiser cette folle parenthèse dans un coin de son cœur, sans plus en attendre que des réminiscences douloureuses. Sa disparition, et plus encore les conditions dans lesquelles il avait pris congé d'elle, sur la plage de Nahariya, le hantait. Il avait dû apprendre à se protéger à tout prix contre les effets dévastateurs de la mémoire, cette mégère qui prétendait prendre le pouvoir dans sa tête. Ne lui laisser aucune chance de dicter l'agenda de sa vie dans ces moments de perdition, quand s'accumulent les doutes et les échecs, voilà ce qu'il avait appris à faire.

Mais, étrangement, ce souvenir qui l'obsédait et le torturait parfois lui donnait aussi la force de continuer, de se relever de l'abîme. Lui, qui se croyait athée, voulut croire par moments qu'un lien mystérieux, quasiment divin, continuât à exister entre eux pour lui donner l'énergie et la foi de se relever, pour se prouver qui il était vraiment.

Accrochées sur les murs refaits à neuf de la galerie, vingt-huit toiles, de tous formats, des grands notamment. Une débauche de couleurs, de formes, de symboles. Une explosion de vie, une énergie brute. Le regard des premiers arrivés était aimanté par ces œuvres qu'ils contemplaient longuement, sans mot dire, pour mieux entrer en elles, s'y perdre, percevoir le message que l'artiste avait voulu y faire passer. Sans un mot, sans un commentaire, ils passaient d'un tableau à l'autre, en silence, comme abasourdis. Ce n'est que lorsqu'ils se retrouvaient devant le buffet que leurs langues se déliaient, une coupe de champagne à la main. Jamais rien vu de semblable ! Quel coup de poing dans la gueule ! Il y a encore des mecs qui ont des couilles !

Cette œuvre impressionnante à mi-chemin entre figuration et abstraction, marquée au sceau d'un symbolisme puissant, annonçait la couleur : l'artiste invitait le monde à entrer dans l'ère de la femme. C'est elle qui était le sujet central de cette débauche de matière, de formes et de signes. Dans la pièce principale, sur un mur de près de quatre mètres de haut, alignées comme les prêtresses d'une cérémonie païenne, six cariatides sensuelles et guerrières aux formes généreuses, à peine voilées par des tuniques antiques. Six grandes toiles aux dimensions identiques pour représenter la même Athéna, chaque fois avec des atours différents.

Leurs têtes supportaient chacune une partie de linteau en marbre peint en trompe-l'œil. Comme leurs lointaines sœurs de l'Acropole, elles jetaient sur l'assistance un regard détaché et farouche. Sur le marbre, une lettre, peinte en noir, se détachait au-dessus de chacune : I A M M Y R. Six lettres qui interpellaient le visiteur et semblaient relier ces six vestales à un même sort. Il était aisé de reconnaître sur chacun de ces six visages une sorte de parenté. Même longs cheveux de jais, même port de tête princier, mêmes yeux émeraude aux reflets dorés se détachant dans un visage énergique au teint des filles de la Méditerranée, mêmes lèvres pulpeuses resserrées en une moue de mépris distant. Rien de la beauté laiteuse et lascive des Walkyries.

Les autres salles proposaient des formats moins imposants, mais leur point commun était l'omniprésence de figures féminines. Langueur et sensualité s'en dégageaient au premier coup d'œil, mais bientôt on prenait conscience d'une forme de fierté sauvage et de force intérieure. Des têtes, des bustes, des corps entiers. Dans toutes sortes de situations, dans la vie active, amoureuse, familiale. Et, dans une pièce à part, un tableau isolé était consacré à un autre sujet : l'homme. Là, l'unique représentant du sexe dit fort s'était perdu dans un champ de ruines, un paysage vide de présence humaine et ravagé, sans végétation, sans repères, une sorte de Chemin des Dames dont il émergeait hagard, perdu sans une présence féminine dont on pouvait imaginer qu'elle aurait pu l'aider à survivre au chaos.

Il sortit un instant dans la rue pour griller une cigarette et s'écarta des invités agglutinés devant les vitrines de la galerie, où avaient été collées des lettres rouges et noires annonçant l'exposition : *Cariatides* par Frédéric Gerson – *du 10 octobre au 30 novembre*. Il fut tenté de s'enfuir en courant. Une panique indescriptible s'empara de lui. Qui était-il pour oser ainsi exposer ses angoisses et ses frustrations à ces inconnus ? Qu'avait-il besoin de mettre sur la place publique ses souffrances, ses obsessions et ses névroses ? Il se prit la tête entre les mains et étouffa un bref sanglot. Il ne trouverait jamais l'apaisement. Jamais, il ne serait touché par la grâce du bonheur banal, coutumier, commun ! Il avait voulu une vie différente, voulut témoigner de l'état de chaos dans lequel le monde s'enfonçait ? Eh bien, il devait en payer le prix. Accepter d'en souffrir ou quitter la partie. Là, maintenant.

Comment faire, quand on est attendu par des centaines d'inconnus qui ont été invités par une des galeries les plus respectées de Saint-Germain-des-Prés, à deux pas des Beaux-Arts justement, là même où il l'avait rencontrée ? Son spectre lui avait tendu un piège. Elle n'était pas là, mais tout ici lui évoquait son souvenir. Il avait fait tout ça pour qu'elle reconnaisse enfin la force et l'originalité de son talent. Et la totale sincérité de son message. Pour qu'il trouve grâce, enfin, à ses yeux. Pour qu'elle arrête de lui balancer des « mon petit Frédéric... » sardoniquement protecteurs, comme autant de jets de vitriol qu'il recevait en pleine figure, mais se gardait de relever pour ne pas lui donner le plaisir sadique de l'atteindre.

Mais à quoi bon toutes ces nuits sans fin de travail solitaire, ces gueules de bois, cette vie de taupe, pour toucher le cœur d'une absente, disparue à jamais ? L'incongruité de la situation le frappa : ces vingt-huit œuvres, accouchées dans l'exaltation et la douleur, face au vide. Face à son absence définitive.

La Seine, à deux pas, lui sembla la solution la plus adaptée. Et ça aurait du panache : « le peintre Frédéric Gerson se jette dans la Seine du pont des Arts, le soir du vernissage de son exposition, et s'y noie ». Au moins aurait-il enfin un article dans les journaux ! Le romantisme de cette folie lui plaisait. L'idée de mourir sur l'autel de l'art et d'entrer ainsi, certes par effraction, au panthéon des grands drames de la création, au même titre que Modigliani, Van Gogh ou Rimbaud, s'imposa à lui comme une absolue évidence.

-o-o-o-o-o-

Il hâta le pas vers le quai Malaquais et dut s'arrêter pour laisser passer les voitures, avant de le traverser. Un coup de klaxon rageur, un crissement de pneus, suivi par un concert d'avertisseurs y répondant en écho. Une Mini Austin rouge coquelicot venait de créer un chaos en s'arrêtant au milieu de la chaussée, prétendant se diriger vers le trottoir où il se tenait. Y arrivant tant bien que mal sans se faire défoncer la carrosserie, la voiture se porta à sa hauteur. Quand Gerson aperçut le macaron « Ordre des avocats » sur le pare-brise du véhicule, il recula, s'apprêtant à changer de direction, mais une vitre fumée s'était déjà baissée, laissant apparaître le visage énervé de Dorothée, qui lui lança :

- Mais qu'est-ce que tu fous là, Frédéric ?
- Rien…
- Tu n'es pas à la galerie, avec Manuel ?
- J'avais besoin de prendre l'air. J'étouffe, là-dedans !
- Allez, monte !

Il n'en fallut pas plus pour qu'il évite de faire la une des journaux le lendemain matin. Et il apparut quelques minutes plus tard en compagnie de Maître Dorothée Treffoy qui rayonnait à ses côtés, distribuant les embrassades et les poignées de main comme une candidate en campagne aux cantonales dans une bourgade de province. Son passage à vide et les funestes projets qu'il nourrissait peu de temps auparavant vite oubliés, il se prit à jouer le jeu devant les visages étonnamment accueillants qui lui faisaient face. « Manuel a vachement bien bossé ! », lui souffla-t-il, l'air épanoui.

Ce qu'il ne savait pas, c'est que Dorothée avait déjà acheté en sous-main près de la moitié de l'expo. C'était un deal qu'elle avait passé avec Manuel lorsqu'elle avait eu vent du projet, l'année précédente, et qui avait fini par emporter la décision du marchand. « Paiement d'avance, chère Dorothée ! Vous comprendrez que j'ai des frais… », avait-il eu l'outrecuidance d'ajouter. Mais elle n'en avait cure. Elle tenait à aider Gerson à garder la tête hors de l'eau et à connaître enfin des jours meilleurs. Car depuis qu'il l'avait appelée à l'automne précédent, alors qu'il s'était déjà remis sérieusement au travail, elle l'avait surveillé comme le lait sur le feu. Il était resté discret sur les mois qui s'étaient écoulés depuis leur dernier échange téléphonique, lorsqu'il était en transit à Paris avec Myriam, et ils s'étaient revus depuis à plusieurs reprises.

Elle n'avait posé aucune question sur ses activités quand il avait disparu ni sur son oreille salement amochée, et avait seulement noté avec soulagement qu'il semblait s'être repris et avoir abandonné ses anciennes combines qui ne le menaient nulle part. Leurs rapports avaient ainsi évolué vers une complicité de vieux amants apaisés. Aucun ne souhaitait revivre les affres de la passion, les tensions et la violence qui les avaient accompagnés et ils avaient eu l'intelligence de ne garder que le meilleur de leur histoire. Elle avait affirmé avoir « oublié » l'avoir subventionné et lui n'évoqua plus jamais le sujet des sbires qu'elle avait lancés à ses trousses. Pour la première fois de sa vie, il voyait une femme autrement que comme un numéro à son tableau de chasse et en perçut une forme de fierté. Gerson évoluait.

Des pastilles rouges marquaient une douzaine de toiles et le public, dont une modeste partie était vaguement connaisseur de Frédéric Gerson, constatait avec surprise que cet artiste devait avoir une tout autre importance sur le marché que ce qui était généralement admis. Manuel savait faire. Il avait le bras long et, entre grands collectionneurs français, institutions culturelles, Centre Pompidou, Frac et autres, médias compris, peu manquaient à la soirée de vernissage de l'exposition *Cariatides*. Le ministre de la Culture, un jeune énarque fiévreux et empoté qui faisait, là, une de ses premières sorties depuis sa nomination rue de Valois, le complimenta pour son travail en lui promettant de demander à ses services de l'inscrire sur la liste de la prochaine promotion de l'Ordre des arts et des Lettres. « Qu'est-ce que j'en ai à cirer ! » faillit-il hurler à la face de ce jeune crétin suffisant, mais il se retint *in extremis*. « Je progresse, nom de Dieu, je progresse ! Je me surprends moi-même », pensa-t-il alors.

- J'ai un gros problème, Frédéric. J'ai vendu deux fois les cariatides ! Manuel venait de le prendre à part pour lui annoncer son problème. Il avait l'air, pour une fois, sincère.

- Comment ça ? Vendu deux fois ?
- Oui, j'avais envoyé les photos des tableaux à une galerie de Londres, car elle avait eu vent de ton expo. La semaine dernière. Et voilà que la propriétaire m'appelle, hier matin, alors qu'on était en plein accrochage. Elle voulait acheter les six cariatides alors que je venais juste de les vendre toutes, à Paris. Je suis bien emmerdé.

Gerson ne répondit pas tout de suite. Il était sans voix. Il finit par lâcher, pas mécontent de prendre l'ascendant sur son marchand, enfin :

- Débrouille-toi. C'est toi le marchand. Je ne vais pas les repeindre !

Il passa une partie de la soirée à jouer le jeu, nouveau pour lui, de la célébrité naissante. Manuel n'en revenait pas de la réaction du public. Son poulain était finalement un pur-sang de valeur et il avait eu raison de faire confiance à JB qui l'avait pressé d'organiser cette soirée. À voir le sérieux avec lequel les invités restaient immobiles et concentrés devant la plupart des œuvres, à observer leur attitude déférente et intriguée quand ils s'adressaient à l'artiste, Manuel ne pouvait pas douter qu'il se passait quelque chose de rare : la naissance d'une relation particulière entre un peintre et son public.

Oubliée la folle escapade du début de soirée vers la Seine. Gerson s'aimait pour la première fois depuis longtemps. Loin, les commentaires acerbes sur les relations incestueuses entre art, pouvoir et argent. Pour lui, le temps était venu de participer à la fête. Après tout, pourquoi aurait-il dû en être privé toute sa vie ? Qu'est-ce qui le disqualifiait pour profiter de cette grande party à laquelle il n'avait pu que rêver jusqu'à présent, spectateur frustré de la réussite arrogante de certains de ses confrères ? Qu'est-ce qui les différentiait de lui en termes de talent, de travail, d'originalité ? Bien malin qui aurait pu le dire. Il fut convaincu, ce soir, qu'il avait sa place au grand banquet de l'art et du pognon.

À plusieurs reprises, il fut questionné sur la signification des lettres peintes sur les linteaux supportés par les six cariatides des grandes toiles. Nombreux voulaient comprendre le message, car message il devait y avoir, bien évidemment. Fallait-il lire *I am Myr* et alors qui était Myr ? La déesse Myr ? Une invention de l'artiste ou une divinité peu connue qu'il avait convoquée pour l'occasion ? Il bredouillait des réponses ou plutôt des non-réponses, n'ayant pas envie de fournir les explications que lui-même ignorait. Ces lettres lui étaient venues spontanément et ce n'est que plus tard, une fois que les toiles eurent été finies et placées les unes à côté des autres qu'il avait pris conscience de leur signification à peine cachée.

-o-o-o-o-o-

La soirée se déroulait depuis près de deux heures, lorsque Gerson entendit soudain une voix derrière lui.

- Tout ça ne serait pas un peu subliminal finalement, Monsieur Gerson ?

Cette voix ! Avec ces « r » roulés, ces intonations chantantes, l'énergie qui s'en dégageait. Il mit plusieurs secondes avant de se retourner pour faire face. Myriam ! Il avait déjà compris avant de la voir. Peut-être avait-il senti avant qu'elle ne parle. Elle était là ! Face à lui, le fixant de ses grands yeux émeraude, le visage fendu d'un sourire radieux découvrant la blancheur immaculée de ses dents, elle avait du mal à cacher le bonheur intense qu'elle éprouvait à être présente.

Sa chevelure de jais, à présent parsemée de gris, avait retrouvé presque toute sa longueur, recréant cet effet de casque de guerrière qui l'avait impressionné lors de leurs premières rencontres. Pas maquillée – mais en avait-elle besoin ? – elle portait un banal T-shirt blanc où il eut à peine le temps de lire une discrète inscription brodée bleu ciel, « *Peace Tomorrow* », avant qu'elle se jette contre lui et l'enserre dans l'étau de ses bras, à lui faire perdre la respiration. Gerson ne put retenir un sanglot, tandis que ses yeux se noyaient de larmes qu'il n'essaya pas de dissimuler.

Desserrant son étreinte, il la regarda longtemps dans les yeux, avant de murmurer :

- C'est pas possible. C'est bon Dieu pas possible. Dis-moi que ce n'est pas toi !
- Désolée, mon petit Fred, tu n'en as pas fini avec moi.
- Je te croyais…

Il ne put continuer, car il aperçut soudain Manuel arrivant au bras de Dorothée, l'air goguenard et content de lui. Le regard sévère et sentencieux de celle-ci fit reculer Gerson d'un bon mètre et le glaça littéralement. Que dire ? Rien, conclut-il en une fraction de seconde. Il ne devait rien à Maître Treffoy ! Rien. Pas même de lui avoir probablement sauvé la vie pour l'avoir détourné, peu avant, du projet funeste qu'il avait déjà balayé de sa mémoire. Tournant le dos à son ex et à Manuel, il saisit Myriam par le bras et l'entraîna à travers le public, à la découverte de son expo.

Au bout de quelques pas, et alors qu'ils n'avaient pas encore commencé à regarder ensemble la moindre toile, il fut attiré par le mouvement de la jambe gauche de la jeune femme. Anormalement raide. Et par le balancement étrange de son corps, quand elle avançait. Elle s'en aperçut, et, tout en frappant son genou du poing, lui lança :

- Tu entends comme ça sonne creux ! Kevlar et aciers spéciaux ! Technologie maison !
- Comment ça, tu as perdu ta jambe ?

- Oui, malgré tout ce que tu as fait pour elle, cette ingrate, elle n'a rien voulu savoir. *Bye bye* ! ajouta-t-elle, un sourire qui se voulait naturel au coin des lèvres.
- Merde. Tu souffres ?
- Même pas mal ! Non, c'était pénible au début, mais à présent, ça va.
- Tant mieux. Tu es à Paris pour combien de temps ?
- Je repars demain soir. Conférence à Londres. On pourra se voir ?

« Tu parles, si on pourra se voir », se retint-il de lui hurler à la figure. Il ne demandait rien d'autre. Ils allaient se voir ! Il aurait donné dix ans de sa vie pour avoir de ses nouvelles. Alors, la voir… Il eut du mal à retenir sa joie et à se concentrer sur son rôle de star de la soirée. Il avait tellement la tête ailleurs. Mais Dorothée veillait. Dès que Myriam eut quitté les lieux, elle le reprit en mains. Elle ne lui posa cependant aucune question sur cette intruse troublante qui avait réussi à l'accaparer à un moment capital pour sa carrière. Les explications viendraient après. Après le business ! Dorothée n'oubliait jamais de compter.

Il prétexta un mal de tête insupportable pour s'éclipser rapidement du dîner que Manuel avait organisé chez Lipp, avec Dorothée, JB et d'autres amis, dont le conseiller d'un grand collectionneur très en vue sur le marché de l'art, en France et aux États-Unis. Dorothée fit la gueule, mais ni elle ni ce type n'étaient de taille à lutter avec Myriam. Il eut vite fait de prendre congé pour se ruer dans l'Île-Saint-Louis, où il était convenu qu'il la retrouverait dans le lobby de son hôtel.

-o-o-o-o-o-

- Tu es un miraculé, mon petit Frédéric…, fit-elle en pointant du doigt son oreille martyrisée. Quelques centimètres plus à droite, et tu avais un beau trou, bien propre, dans la tête.

- Comme ce pauvre Kočusz, ne put-il s'empêcher de commenter.
- Comme qui ?
- Non, rien. Tu as oublié. C'est sans intérêt.
- Remarque, ça te donne un côté baroudeur assez sexy !
- Si tu le dis.

Il la regardait, assis en face d'elle dans cette brasserie qui faisait face au pont Saint-Louis menant à Notre-Dame, dont les lumières du chantier de reconstruction scintillaient au loin dans la nuit. Il avait encore du mal à croire que ce soit possible de la retrouver ainsi, si simplement, si naturellement. Loin de cet engrenage de violences, de ces heures de tension extrême qui les avait accompagnés durant toutes ces semaines. Était-il dans la réalité ? N'était-elle pas autre chose qu'une chimère, le fruit de son esprit fatigué et de ses sens exacerbés par ces mois de concentration, par cette vie monacale qui avait été son quotidien pendant qu'il préparait son exposition ?

Il prit ses mains dans les siennes comme pour s'assurer de la réalité de sa présence. Ils avaient tant à se dire et si peu de temps. Il sentait déjà qu'elle allait lui échapper. Une sorte de pressentiment diffus lui disait qu'elle n'était pas là que pour lui. Qu'elle était là aussi pour elle, pour régler le problème avec son passé.

Elle lui raconta ce qu'avait été sa vie, après qu'ils se soient quittés aux premières lueurs du jour, sur la plage de Nahariya. Le trou noir tandis qu'elle flirtait avec la mort. À deux doigts d'une septicémie, sauvée in extremis par les médecins militaires de l'hôpital de Tsahal où elle avait été transférée. Les opérations sur sa jambe, les espoirs qu'elle la garde, pour finalement découvrir qu'elle devait se résoudre à ce handicap qui disait beaucoup de ce que serait sa vie future.

Finies les expéditions à haut risque dans les coins les plus improbables de la planète. Finies les ressources insoupçonnées de ce corps dans lesquelles elle avait tant puisé pour se tirer de situations critiques. « À présent, » lui avait dit le chirurgien se voulant drôle, « vous serez plutôt du genre Fiat 500 que Ferrari, pour les performances… mais ça a son charme, aussi ! » « Connard, qu'est-ce que tu en sais de ma vie ? » avait-elle failli lui lancer à la gueule.

Puis, avec le temps, la perspective de quitter le Mossad lui avait semblé une évidence, quand ses chefs lui avaient proposé un job de coordinatrice. Tu parles ! Coordonner depuis un bureau l'action des agents sur le terrain, comme dans un jeu vidéo. *Pas pour moi.* Elle ne pouvait pas s'imaginer envoyer des collègues au casse-pipe et, elle, rester les fesses sur son fauteuil. Une façon de marquer son dédain pour les jobs de fonctionnaires, de planqués, auxquels elle ne pourrait jamais s'identifier.

Mais ce qui surtout l'avait convaincue de rendre son tablier, c'était une remise en cause profonde de ses priorités. Elle n'avait pas dit de ses valeurs, mais c'était tout comme, avait-il senti. Une rencontre l'avait bousculée dans ses certitudes. Elle avait sympathisé avec une jeune infirmière palestinienne qui s'était occupée d'elle avec dévouement, à l'hôpital, et avec qui elle avait parlé des nuits entières. La fille, une certaine Leïla, venait de Gaza, où son père était médecin ou tout au moins tentait d'exercer ce métier. La description des conditions de vie précaires, des injustices quotidiennes, des brimades permanentes que la population palestinienne subissait sur cette langue de terre ingrate et désolée avait commencé leur travail de sape de ses convictions.

Gerson l'écoutait, silencieux, hochant la tête à intervalle régulier pour lui signifier son attention. Quand elle lui dit qu'elle était allée avec sa nouvelle amie à Gaza pour se rendre compte de la réalité du terrain, il se dit qu'elle n'avait rien perdu de sa témérité, voire de son inconscience. Un ex-agent des services spéciaux dans un territoire tenu par les milices du Hamas, affilié au Hezbollah qu'elle venait de combattre de l'autre côté de la frontière, ça ne manquait pas de panache !

- Mais tu es folle ! À Gaza ? S'ils t'avaient prise ?
- T'inquiète ! J'étais avec elle et un de ses frères qui connaît tout le monde. Je ne suis pas la première à m'y rendre. Et j'avais conservé mon passeport français ! Marguerite, de Saint-Denis, tu t'en rappelles ? Une militante des droits de l'homme. Avec tout le CV qui faut. Je ne risquais rien, ajouta-t-elle, radieuse.

Il était ébahi, comme toujours, par son cran et son sens de l'à-propos. Peur de rien. Une solution à tout problème. Quel culot ! Quelle classe, cette nana ! Pas étonnant qu'elle m'ait tapé dans l'œil et que je n'arrive pas à me la sortir de la tête.

- Et toi, Frédéric, tu ne t'es pas beaucoup reposé depuis que tu m'as lâchée, un beau matin sur une plage ! Je comprends que tu avais mieux à faire.
- Très drôle. En tout cas, oui, on peut dire que j'ai un peu bossé. En effet.
- Je vois. Je suis impressionnée. Et le message subliminal ? Pas si subliminal que ça, finalement.
- Écoute, ça m'est venu spontanément. Les lettres de ton nom devaient danser dans mon inconscient et sont sorties comme ça. Comprenne qui pourra. Pour moi, en fait, c'est une réalité incontournable.

Elle se hâta de changer de sujet et lui expliqua qu'elle avait gardé le contact indirectement avec lui, grâce aux agents maison en place à Paris qui, en liaison avec les collègues français de la DGSE, lui avaient fait remonter les informations sur ses allées et venues. Une manière de s'assurer que ses vieux démons l'avaient définitivement lâché. Histoire aussi, avait-elle tenu à préciser, d'être sûre que personne, notamment les barbus hexagonaux ou autres, ne chercherait à lui nuire. Ainsi donc, il avait vu juste. Il était protégé. Protégé ou surveillé ?

- Mais tu as su comment, pour le vernissage de ce soir ?
- Voyons, Frédéric, tu as déjà oublié qu'on a des oreilles qui traînent un peu partout ? On sait tout. On a aussi su que ton ex, Dorothée, avait été plutôt sympa et t'avait aidé pas mal.
- Comment ça ?
- Je ne devrais peut-être pas te le dire...
- Allez, accouche ! Avec elle, je m'attends à tout.
- Non, pour une fois, elle a été clean. Elle a acheté pas mal de tes toiles, dont les six cariatides. Ton galeriste, Manuel, les lui a même fait payer d'avance.
- Merde, alors ! fit-il l'air interloqué. Elle ne m'a rien dit. Je n'en reviens pas. Avec tout le fric que je lui dois encore.
- Et tu de ne devineras jamais qui est l'autre personne qui avait prévu de t'acheter des tableaux ?
- Non. Comment savoir ?
- Souria ! Tu te rappelles, la galeriste de Beyrouth, amie de Nour ?
- Mais bien sûr ! Au fait, comment va-t-elle ?

À ces mots, les yeux émeraude se noyèrent de larmes. Myriam mit ses mains sur son visage pour cacher sa tristesse. Il ne comprenait pas. Elle réussit à surmonter son trouble pour continuer d'une voix à peine audible :

- Sa galerie gênait trop de monde, à Beyrouth. Trop moderne, trop ouverte. Tout ce que les fachos de tout bord détestent. Elle se savait visée, mais s'en foutait. Elle pensait qu'ils n'oseraient pas.
- Comment ça ?

Il avait déjà compris sans qu'elle n'aille plus loin.

- Un attentat. Du Semtex. Une grosse charge, un soir qu'elle était sur place pour préparer une nouvelle expo.

Le local a été volatilisé et elle avec, cette femme magnifique… On s'appelait parfois. Pas facile, mais on avait gardé le contact depuis notre visite chez elle, tu t'en souviens ?
- Tu parles, si je m'en souviens… J'ai souvent rêvé exposer chez elle !
- On avait même imaginé se retrouver ici pour ton vernissage.

Elle se tut un instant tandis que Gerson avait posé un bras sur ses épaules, dans un geste protecteur. Elle fournit un immense effort pour se reprendre et continua, après avoir essuyé ses larmes du revers de la main.

- En tout cas, bravo Frédéric ! Et on peut dire que tu as de bonnes fées autour de toi. Les femmes, c'est un peu normal que tu leur rendes hommage dans ton expo quand on sait tout ce que tu leur dois. Quant à ta Dorothée, à la voir, elle n'a jamais renoncé. Quand une femme aime, c'est pour la vie. Tu devrais le savoir.
- Et toi, tu m'aimerais pour la vie ?
- Mais, Frédéric, je ne t'ai jamais aimé ! Ne fais pas cette tête-là ! J'ai une infinie tendresse pour toi. C'est vrai ! C'est même mieux que de l'amour.
- Tu me fous en l'air.
- L'amour, c'est quand même une histoire de plomberie, non ? Ça se déglingue avec le temps ! Surtout pour vous, les mecs. Et puis, j'ai près de vingt ans de moins que toi. Et puis encore, je suis une éclopée à présent. Tu as mieux à trouver !

Il était au tapis. Sonné par un direct au foie. Il n'avait rien vu venir et s'était embarqué dans un roman, dans son roman, tout seul. Mais il faut être deux, Frédéric Gerson, pour ça. Sinon, c'est un vain monologue que tu écris ! Il ne fallait pourtant pas qu'il craque devant elle. Le seul moyen de la récupérer, si faible soient les chances que cela advienne, était de lui montrer qu'il savait faire face. Comme elle à Marbella ou à al-Nabi Sheet, face à la mort en marche.

Il continua crânement :

- Et ces salauds du réseau, au Liban ? Ils sont devenus quoi ? Amos Allon, tout ça, toi et ta jambe perdue, maintenant, ça a servi à quoi ?
- Ne t'inquiète pas ! Quarante-huit heures après notre exfiltration, assez miraculeuse il faut bien le dire – même chez nous, on a fait figure de miraculés ! –, l'aviation a bombardé lourdement le hameau où Walid Younis ben Abdullah avait planqué armes et drogue. Les photos satellites et nos drones montrent qu'il n'en reste rien. Mais ce salaud n'était pas là. Planqué. On l'a identifié peu après dans une conversation interceptée. Mais on l'aura un jour ou l'autre. Il est parmi les dix personnes au monde les plus recherchées par les différents services occidentaux. Y compris par les Français, d'ailleurs.
- Chapeau ! Bon débarras. Et Cheikh Walid Al Salami Bin je ne sais plus quoi…
- Bin Ali Al Attiyah !
- C'est ça oui. Enfin, je te fais confiance.
- Il a été liquidé peu après par un commando du service action. À Paris, justement. Tu sais que les Qataris aiment bien la France et le foot ! Bon, ça n'a rien à voir. En tout cas, il était à Paris, dans une suite de l'hôtel Meurice. Il ne fallait pas de mort violente, car les Français n'aiment pas qu'on pense qu'on peut faire ce qu'on veut chez eux. Il a eu un malaise cardiaque. Un gros malaise cardiaque. C'est ce qui arrive quand on fait des exploits avec des demoiselles dont on ne connaît pas tout. La bonne nouvelle, c'est que le dîner du Crif a pu se dérouler sans accroc, à la suite de la disparition du mec. Par contre, et ça c'est bien triste, le colonel Mattar a payé cher son coup de main.
- Comment ça ?

- Il a été retrouvé mort chez lui, quelques jours après notre exfiltration. Ils ne lui ont laissé aucune chance.

Elle chassa vite la tristesse de son visage à l'évocation de la fin tragique de ce grand bonhomme. Son sourire épanoui, vite revenu, en disait long sur la satisfaction du travail accompli par eux.

-o-o-o-o-o-

Il était hésitant sur la conduite à tenir, à présent qu'elle lui avait avoué ce qu'il avait toujours su : au fond, elle était en service commandé quand elle s'était retrouvée dans son lit. Mais, bon Dieu, se disait-il, pas possible qu'elle ait simulé quand il la prenait comme un fou. Pas possible qu'elle ait à ce point le sens de la comédie ! Il fallait qu'il accepte une fois pour toutes qu'elle l'avait manipulé et abusé, mais, qu'au fond, elle l'aimait « bien ». Voilà, elle m'aime bien. C'est ça. Voilà tout ce que j'aurai réussi à obtenir de cette fille superbe. Peut-être est-ce mon lot, après tout.

- Tu rêves, Frédéric ?
- Euh, non… Je pensais à toi. C'est tout comme.

Elle haussa les épaules tandis qu'un sourire contraint lui ornait le visage. Elle continua.

- Je rejoins Leïla à Londres, demain ! fit-elle avec un sourire soudainement épanoui, qui révélait le bonheur que semblait lui procurer cette escapade.
- Leïla ?
- Oui, mon amie palestinienne.
- À Londres ! Mais pour quoi faire, bon Dieu ? fit Gerson que cette nouvelle laissait pantois.

Il la trouvait d'ailleurs bien excitée à l'idée de visiter Londres. « C'est Londres ou Leïla qui la met dans ces conditions ? » pensa-t-il alors, pris d'un doute.

- Tu vois ce sigle ? fit-elle en pointant son doigt vers le logo brodé sur son T-shirt. C'est une organisation que j'ai rejointe. *Peace Tomorrow* - שלום מחר - سلام غدا, La Paix Demain, dans les trois langues. Des juifs, des chrétiens, des musulmans, des athées comme moi, tous pour la paix ! Contre cette spirale de violence qui ne mène nulle part, sinon à enrichir les marchands de canon !
- Oui, bien sûr…
- Non, pas « oui bien sûr ». Rien n'est moins sûr, justement !

Elle perdait patience. Elle continua sur un rythme haletant.

- La paix, c'est une utopie positive du type qui dérange le plus. Plus compliqué de tendre la main que de flinguer. Crois-moi ! Et je sais de quoi je parle. C'est presque une mission divine : renverser l'ordre des choses. Qui, à part Dieu ou un dieu à inventer, peut y arriver ? Nous, on pense qu'avec de l'amour, beaucoup d'amour, on peut aider à faire bouger les lignes.

Elle avait parlé avec exaltation, ponctuant ses paroles de coups de poing sur la table. Les quelques rares clients encore présents dans le bistrot tournèrent la tête vers eux. Il lui proposa alors de sortir marcher dans la nuit.

- Te voilà mystique à présent ! Tu vas où avec ça, Myriam ? lui lança-t-il tandis qu'ils marchaient le long de la Seine.
- Écoute, j'ai démissionné des services. Je suis libre maintenant. J'en avais marre de cette pression et de cette violence. Mon séjour à l'hôpital m'a fait prendre conscience de tas de choses. Je n'en peux plus de fréquenter la mort. Pas pour ma petite personne. À la limite, je m'en fous pour moi. Mais décider qu'un quidam

doit disparaître, là dans un bureau du service action et le faire flinguer sans état d'âme, fini pour moi !

Gerson n'en revenait pas. Mais il n'était pas au bout des surprises qu'elle lui avait réservées.

- Je vais retrouver Leïla, à Londres, pour participer avec elle à une conférence de Human Rights Watch sur les violences faites aux femmes en zone de guerre. Nous avons décidé d'unir nos forces… et nos vies !
- Comment ça, nos vies ?

Gerson faisait semblant de ne pas avoir compris.

- Leïla et moi nous nous aimons, tout simplement.

Il était sans voix. Imaginer Myriam, sa Myriam, ou en tout cas la Myriam de ses rêves, dans les bras d'une fille. Il n'y arrivait pas. Elle sentit son trouble et lui raconta avec pudeur comment les choses s'étaient passées, presque à son insu. Comment cette jeune Palestinienne avait cristallisé en elle, Myriam, le besoin de sincérité, de sens aussi à donner à sa vie, à un moment où elle doutait de sa vocation de guerrière. Et puis, l'amour lui était tombé dessus, comme une évidence. Elle n'avait pas cherché à s'y dérober et s'était retrouvée emportée par un tsunami émotionnel qu'elle n'aurait jamais pu imaginer. Son cœur, pour une fois, avait pris le dessus et elle assumait ce changement essentiel et les conséquences que cette révolution impliquait, évidemment.

Myriam lesbienne antimilitariste ! Quel cataclysme dans l'esprit et dans le cœur de Frédéric Gerson ! Il était désemparé. Lui revinrent en flash les images d'elle s'arrêtant plus que nécessaire avec la fille de la galerie à Marbella, échangeant des regards trop intenses avec Souria à Beyrouth. Il n'avait pas voulu y prêter attention, mais en y repensant, c'était clair. Elle ne l'avait finalement pas pris en traître. Il n'avait rien vu ? Il n'avait rien voulu voir, plutôt.

Elle le fit revenir sur terre, lui caressant doucement le visage. Elle voulait trouver quelques mots de réconfort, imaginant qu'une nouvelle de cette nature pouvait avoir des conséquences douloureuses sur un esprit sensible et torturé comme le sien.

- On continuera à se voir ! Je veillerai sur toi ! murmura-t-elle pour tenter de le faire doucement redescendre sur terre.
- Ce n'est pas exactement les plans que j'avais pour nous…
- Je sais. Mais, encore une fois, tu t'es bâti ton scénario tout seul, dans ta petite tête. Si tu m'en avais parlé avant, je t'aurais dit que tu faisais fausse route. Et maintenant que tu vas devenir une star de la peinture, tu vas avoir l'embarras du choix ! Et, avec ton oreille amochée, tu es encore plus sexy. Le peintre baroudeur. Le nouveau Van Gogh !
- Pas drôle, Myriam. Pas drôle du tout.
- Pardon. Je ne voulais pas te blesser. En fait, je suis très fière de toi. Tu as révélé qui tu es vraiment.

Elle lui saisit les mains comme il avait coutume, lui, de le faire dans le passé et continua en le fixant de son regard profond.

- Tes tableaux, ce sont des déclarations de paix, d'amour, Frédéric. Si, si. On se retrouve, finalement. Pas comme tu l'aurais voulu, mais de façon plus authentique, plus sincère, plus définitive. Sur les valeurs, sur le sens de nos vies. Toi comme moi voulions témoigner, prendre part à l'Histoire, risquer nos vies pour leur trouver une finalité. On y est parvenu ! Et, à travers nos engagements, on construira une autre histoire. On ne se quittera plus !

Il la raccompagna vers 4 heures du matin à son hôtel. Sur le trottoir, il la serra de longues secondes contre lui en se forçant à ne pas imaginer comment ce minuscule moment de tendresse et de complicité aurait pu être le prélude à des moments d'une intensité autrement plus torride. Il la regarda s'éloigner, pénétrer dans le lobby en boitant, sans se retourner. Elle avait disparu. Mais pas de sa vie, il en était à présent convaincu. Gerson n'était plus seul et ne le serait plus jamais. Au moins le pensait-il à ce moment précis.

-o-o-o-o-o-

À son réveil, il constata qu'une dizaine de messages lui avaient été adressés dans la soirée. Manuel lui annonçait que pratiquement toute l'exposition était vendue. JB râlait de ne pas l'avoir vu assez pour lui dire combien il était heureux pour lui (et, se dit Gerson, pour la commission que Manuel avait dû lui promettre sur les ventes). Un journaliste du *Monde* voulait l'interviewer, lui Gerson ! Et plusieurs noms inconnus avaient laissé des messages enthousiastes. Seule Dorothée avait laissé un laconique « tu aurais pu dire où tu allais… ».

Les semaines qui suivirent furent intenses. Il ne s'attendait pas à une telle avalanche de preuves d'intérêt pour sa petite personne et pour son travail. Pas dupe, toutefois. Mais il jouait le jeu, averti que le prix à payer, la rançon de la gloire, valait mieux que cette existence de morpion qui avait été la sienne depuis si longtemps.

Il connut tous les attributs et obligations de la célébrité naissante : dîners chez de potentiels acheteurs, interviews radio et même une brève séquence qui passa sur Arte, dans un sujet consacré aux artistes émergents de la scène parisienne. Il ne put s'empêcher de sourire intérieurement à l'évocation par la journaliste du thème « émergent ». Oui, il avait en effet émergé, mais elle ne saurait jamais de quoi ! Le principal, c'était bien qu'il endossait avec facilité, quoique sans naïveté, cette gloire prometteuse de jours meilleurs.

Dorothée était réapparue de façon plus insistante. Elle aurait bien renoué les fils de leurs anciennes amours. Mais il n'en fut pas question pour lui. La blessure que lui avait infligée Myriam était trop fraîche et trop profonde pour qu'il se résolve à quelque aventure. Encore moins avec Dorothée !

Il s'était découvert une nouvelle maîtresse : la peinture. Plus exigeante que toute autre, car capable de prendre possession de lui à toute heure du jour et de la nuit, n'importe où. Pas d'échappatoire, pas de faux-semblant, pas de petits arrangements avec la vérité, pour une fois. Mais, victime consentante, il goûtait la dictature de cette impérieuse déesse avec la résignation respectueuse de ceux qui acceptent leurs chaînes avec joie. Une version soft du syndrome de Stockholm, en quelque sorte.

-o-o-o-o-o-

Épilogue

Deux années passèrent. Gerson travaillait dans son atelier, nuit et jour. Il vendait régulièrement ses toiles et n'avait rien changé à sa routine, sinon qu'il avait pris l'habitude de dîner chaque soir, ou presque, chez Lipp. À droite, dans la première salle, juste après la lourde porte à tambour, protégée par un épais velours rouge, là où passait tout ce que Paris comptait de vraies et fausses célébrités, il tenait table ouverte. Il y recevait amis, relations, journalistes et collectionneurs, y dépensant une bonne partie de ce que Manuel lui payait de ses tableaux.

Gerson, artiste peintre, existait enfin.

Début septembre, il reçut un appel d'elle. Il ne lui avait plus parlé depuis le vernissage. Mieux valait pour lui se concentrer sur son art plutôt que de ressasser un temps révolu. Ils échangèrent quelques paroles banales, des propos insignifiants pour éviter de faire remonter à la surface leurs vieux démons. Tandis qu'il se disait qu'il allait devoir raccrocher, elle lui lança, sur un ton enjoué où il perçut une forme de défi – il pensa alors que Myriam la guerrière n'avait rien perdu de sa pugnacité – :

- Tu pourrais me faire un immense plaisir en m'aidant pour une vente de charité que nous organisons début février, à Jérusalem. Si tu avais pu nous faire cadeau d'un tableau, ce serait génial. Je sais que c'est beaucoup demander à un artiste ! Mais j'ai pensé que…
- Tu as bien fait ! la coupa-t-il, soudainement intéressé.
- Seulement, je voudrais te suggérer un thème.

- Avec toi, suggérer, c'est plutôt décider, non ?
- Mais non. Tu pourras toujours refuser !
- Tu ne changeras pas. Au fond, tant mieux, c'est comme ça que je te préfère. Alors, accouche, c'est quoi ton… ton thème ?

Il l'entendit alors prendre sa respiration, après avoir laissé plusieurs longues secondes s'écouler. Elle lui lança :

- Tu vas aimer, enfin je pense.
- Allez, bon Dieu, vas-y !
- Trois vestales, une juive, une chrétienne, une musulmane, trois guerrières pour la liberté et la paix. Mais un seul message : l'amour.
- Tu veux dire des cariatides ?
- Ben… Je n'osais pas te demander.
- Tu veux rire, c'est une super bonne idée ! continua-t-il sur un ton enjoué.

Elle ne savait pas s'il était sérieux ou simplement moqueur. Il reprit, soudain plus grave :

- Et pourquoi tu me demandes ça, à moi ? Les artistes, ça ne manque pas. Il y en a de plus connus et de plus talentueux que moi.
- Arrête, Frédéric. Tu sais pourquoi je te demande ça !

Il mit fin en quelques mots à la conversation. Ils étaient trop complices à présent pour se la jouer. Il comprenait qu'elle tenait à ce qu'il soit présent dans ce projet, lui plus que tout autre. Une façon de lui prouver combien il comptait pour elle, combien leur histoire était restée forte de sentiments partagés, d'espoirs, de blessures. Ils étaient liés, au-delà des sentiments, par une expérience de vie unique qui était le socle d'une complicité et d'une confiance que l'amour seul ne permet pas. Il prit conscience, à ce moment, que si elle serait toujours là pour lui, en retour lui serait prêt à tout lui donner, y compris sa vie.

Il se mit vite au travail. Il ne pouvait pas faire autrement que de répondre présent à sa demande. Manuel, qui le pressait de produire, car il avait des demandes pour de nouvelles œuvres et que les clients se montraient de plus en plus pressants, avait essayé de l'en dissuader. « Tu perds ton temps. Tu te dévoies. Si tu travailles sur commande pour des fauchés, les gens qui paient le prix fort ne voudront plus t'acheter ». Gerson n'en avait rien à battre, comme il lui avait crié un soir, au téléphone. Ce vieux pédé avait une calculatrice à la place du cœur. Il ferait ce qu'il avait décidé. Myriam allait pouvoir compter sur lui.

-o-o-o-o-o-

L'Institut français Romain-Gary de Jérusalem, Safra square, avait accepté d'accueillir la vente aux enchères organisée par *Peace Tomorrow*. Malgré les événements dramatiques qui s'étaient déroulés, à peine quatre mois auparavant, à la frontière avec Gaza, et qui se poursuivaient sans répit, malgré la mise en quasi état de siège du pays et les alertes quotidiennes annonçant les roquettes du Hezbollah, la soirée n'avait pas été annulée.

L'ambiance de la ville était lourde, poisseuse presque. Les gens s'évitaient, rasant les murs, s'écartant pour laisser passer les patrouilles de l'armée omniprésentes à tous les coins de rue. On eût dit que l'Histoire s'était arrêtée, reprenant son souffle pour écrire un nouveau chapitre, dont nul n'aurait pu prédire où il allait porter le pays.

L'ambassadeur de France était personnellement intervenu pour que l'Institut offre gracieusement les lieux, et l'attaché culturel s'était démené pour que ses collègues du ministère israélien de la Culture apportent leur aide à la logistique de la vente. Gerson était arrivé l'avant-veille pour repérer les lieux. En dépit des circonstances, il était heureux d'être là et surtout satisfait d'avoir pu remplir son contrat moral vis-à-vis d'elle. Elle ne serait pas déçue, pensa-t-il, en imaginant la tête qu'elle allait faire lorsqu'elle découvrirait ce qu'il avait prévu.

Le lendemain de son arrivée, il l'avait retrouvée et ils avaient passé la soirée ensemble dans la ville. Peu d'effusions, pas d'explications. Il était venu et c'était comme un non-événement tellement ça lui semblait normal qu'il soit là. Elle l'avait simplement remercié d'un regard intense où se lisaient sa reconnaissance et sa gratitude. Ça avait suffi à Gerson. Elle avait perdu la légèreté et la confiance conquérante qui l'habitaient lorsqu'elle avait débarqué à l'improviste pour le vernissage de son expo, rue de Seine, deux ans plus tôt. Pourtant, malgré le contexte, elle semblait apaisée, étonnamment calme et sereine, comme si l'urgence l'avait quittée, comme si le temps avait pris un autre rythme. Toujours le casque de cette chevelure de guerrière et ce regard émeraude d'une intensité si forte qu'il avait du mal à le soutenir. Elle avait gagné quelques kilos, ce qui l'avait fait entrer dans l'âge de la féminité épanouie. Quelques rondeurs aux bons endroits gommaient son côté ado. « Encore plus sexy qu'avant ! Elle est vraiment canon ! », ne put-il s'empêcher de penser. « Quelle perte pour les mecs, à commencer par moi… ».

Gerson faisait contre mauvaise fortune bon cœur, mais la petite flamme de la passion amoureuse couvait avec son cortège de fantasmes ; elle était toujours prête à se rallumer. L'existence de Leïla n'enlevait rien au trouble qu'il ressentait en sa présence et il se disait, banalement et comme tout mec normalement câblé : « Tant qu'il y a de la vie, il y a de l'espoir. »

Réalisant qu'elle était venue vêtue d'un sari turquoise, sandales romaines aux pieds, il se demanda si elle n'était pas par hasard devenue adepte de Bouddha, mais surprenant son regard étonné, elle devança sa question par un laconique :

- T'inquiète pas ! Je ne vais plus à la synagogue, ce n'est pas pour aller maintenant faire brûler de l'encens pour Krishna, dans un temple du coin.

Leïla les avait rejoints après le dîner. Les présentations avaient été on ne peut plus minimales. La fille était mal à l'aise et ouvrit à peine la bouche pour le saluer. Elle se tenait en retrait, le visage tendu, les yeux cernés. Savait-elle ? Connaissait-elle la nature exacte de leurs relations, leur folle histoire ? Oui, très probablement, se dit-il, n'oubliant pas le caractère de Myriam et sa façon cash de traiter les problèmes.

Quand ils discutèrent de la situation du pays, Myriam retrouva les accents fiévreux qu'il lui avait connus lorsqu'elle avait un sujet à cœur. Elle semblait investie d'une sourde et définitive résolution, lorsqu'elle aborda le sujet en ces termes :

- Plus que jamais, je milite pour la paix. Plus que jamais, la guerre, quelle que soit sa justification, est la pire option pour mon pays, au-delà des motifs moraux ou sécuritaires.

Il la laissa continuer son monologue. Elle avait besoin de laisser exprimer sa frustration de ne pouvoir rien entreprendre, d'assister en spectatrice au déferlement de la folie meurtrie des deux bords, elle, qui avait enfin compris que la violence ne règle rien sur le fond si elle n'est pas accompagnée d'une volonté d'entente et de réconciliation qui doit finir par s'imposer. Pardonner sans oublier.

Il l'écoutait, impassible et admiratif. La guerrière s'était muée en vestale de paix. Il l'aimait plus que jamais. Mais, cette fois, il savait enfin qu'il aimait un mirage.

-o-o-o-o-o-

Une soixantaine d'œuvres était proposée aux enchères que Jean-Sébastien de Saint-Léger, la star des commissaires-priseurs parisiens, avait accepté de diriger. L'homme élégant et charmeur intervenait souvent à titre bénévole pour des ventes humanitaires et il avait mis son prestige et son talent au service de cette soirée.

La vente avait démarré fort devant un public nombreux. Les estimations étaient toutes pulvérisées et le marteau de Saint-Léger n'avait eu aucun mal à résonner pour annoncer des ventes record. Arriva le moment de dévoiler l'œuvre du Français. Les appariteurs arrivèrent, portant trois toiles de 2 m 20 sur 1 m 20 qu'ils dévoilèrent avec précaution, sous le regard attentif de tous les présents. S'élevèrent alors de l'assistance des cris de surprise, des « oh » et des « ah » d'étonnement et d'enthousiasme, devant la force et l'originalité de la peinture de Gerson.

Myriam et Gerson se tenaient debout, en retrait, au fond de la salle. Elle se tourna vers lui, un sourire radieux sur le visage en tendant un pouce vers le haut : « Chapeau, l'artiste ! ». Elle se porta à sa hauteur, le saisit par le cou et l'embrassa longuement sur la joue. Un moment de pur bonheur, le temps qui suspend son vol, l'impression de vivre sur une autre planète, tous ces sentiments accaparèrent l'esprit de Frédéric Gerson et lui donnèrent l'impression qu'il atteignait un moment de grâce pure, de total nirvana.

Il avait fait fort : ce n'était pas en effet un tableau, mais un triptyque qu'il avait offert à *Peace Tomorrow*. Un triptyque, chaque toile représentant une des trois cariatides qu'avait suggérées Myriam, trois femmes pour chacune des religions du Livre. Elles étaient aisément reconnaissables, car elles portaient toutes un diadème doré sur lequel on reconnaissait l'étoile de David pour la première, une croix pour la seconde et un croissant de lune pour la dernière. Vêtues simplement d'une même tunique de voile léger laissant deviner leurs formes généreuses, pieds nus, se détachant sur un paysage minéral vide qui faisait penser à une planète étrange, sous un ciel d'un orange incandescent strié de rouge écarlate, un peu à la façon des compositions surréalistes de Dali, elles avaient toutes un air de parenté évident. Le casque d'une longue chevelure noir de jais et des yeux émeraude.

Reprenant un élément dont il avait fait usage pour les six cariatides de son exposition deux ans plus tôt, à Paris, chacune supportait un morceau de linteau sur lequel étaient écrites les lettres P pour la juive, A pour la chrétienne et X pour la musulmane, de sorte que l'ensemble faisait ressortir le mot P A X. Devant cette œuvre forte et troublante, hommage direct à l'action de l'association *Peace Tomorrow*, la salle applaudit à tout rompre. Gerson se terrait au fond de la pièce, bien décidé à ne pas se mettre en avant, tandis que Myriam avait les larmes aux yeux d'émotion et de bonheur.

- Frédéric, tu es génial ! Comment te remercier ? furent les mots qu'elle prononça.

Avant que la voix de Saint-Léger ne se soit élevée pour lancer les enchères, on entendit un brouhaha venant de l'entrée. Puis, presque instantanément, le bruit d'une arme automatique. Des paroles hurlées en hébreu retentirent en même temps et un type d'une petite trentaine d'années, mince silhouette nerveuse portant l'uniforme d'une société de gardiennage, une kippa sur la tête, apparut alors dans le champ de vision de Gerson.

Il venait de tirer en direction du triptyque, sans atteindre quiconque dans la salle, puis dirigea son arme vers le Français, lui faisant face à une dizaine de mètres, un rictus mauvais sur le visage. Gerson n'en croyait pas ses yeux. Revivre cette violence ici, au sein d'un lieu dédié à la transmission du savoir, à la culture, à la compréhension entre les peuples !

Le type reprit alors ses vociférations. Il s'avança vers Gerson à qui il s'adressait à présent, le visage déformé par la fureur et la haine. Pas une fraction de seconde, celui-ci ne pensa que le type lui en voulait à lui, peintre français en visite ici, porteur d'un message de paix et de fraternité. Le type à présent le mettait en joue et Gerson comprit en un éclair que sa vie allait se terminer là, à cet instant précis, sans qu'il n'ait eu le temps d'en prendre congé. Trop bête ! pensa-t-il alors qu'il attendait l'impact des projectiles sur son corps.

Soudainement, il fut bousculé, renversé et plaqué sur le sol, tandis que le tactac de l'arme avait repris. Une Uzi ! ne put-il s'empêcher de penser, en connaisseur. Il eut juste le temps de reconnaître la longue chevelure de Myriam qui lui caressait le visage, tandis que d'autres détonations se faisaient entendre avec un bruit distinctif d'arme de poing. Le type venait d'être pris pour cible par les gardes de l'Institut, qui intervenaient pour le neutraliser.

Myriam était à présent allongée sur lui, faisant barrière de son corps. Elle ne parlait pas, mais il sentait son souffle soulever lentement sa poitrine. Puis, doucement, il perçut une chaleur humide et chaude lui couler le long du cou. Il y porta une main et constata, en la retirant, qu'elle était rouge. Rouge du sang de Myriam. Peu après, il constata que sa poitrine avait arrêté de se soulever à intervalles réguliers. Il ne put s'empêcher de crier tout en se dégageant :

- Myriam ! Bon Dieu... Myriam, réponds-moi ! Ne pars pas ! Ne m'abandonne pas !

Myriam ne répondit pas. Myriam ne répondrait plus jamais. Elle venait de mourir sur lui, sur le sol en marbre froid de la salle de conférence de l'Institut français Romain-Gary de Jérusalem. Une balle lui avait sectionné la carotide, tandis qu'une autre s'était logée dans sa tête. Elle avait trente-cinq ans.

La vente fut interrompue et l'institut prestement évacué par la police qui craignait la présence d'autres cinglés. Quittant les lieux en état de choc, repris par les vieux démons du stress post-traumatique qui avaient fini par le laisser en paix, pendant la période euphorique où il s'était remis à la peinture, il jeta un rapide coup d'œil à son triptyque et eut juste le temps de constater qu'une balle du tueur s'était fichée dans la tête de la vestale juive. « Cet imbécile a même été jusqu'à s'attaquer à son propre peuple », pensa-t-il, alors qu'une infinie tristesse le submergeait et que son regard était envahi par des larmes irrépressibles qu'il n'essaya pas de cacher.

L'enquête aboutit vite. Le meurtrier était un illuminé, proche du Kach, ce micro parti extrémiste fondé par Meir Kahane, un rabbin américain professant des thèses fascistes qui étaient la honte des démocrates israéliens. Il avait réussi à introduire une arme dans les locaux de l'institut et avait fait le serment d'éliminer celui qui prétendait mettre sur un même plan les trois religions. Un blasphème ! avait-il hurlé, en pénétrant dans les lieux.

-o-o-o-o-o-

Dans l'avion qui le ramenait le surlendemain, après qu'il eut participé la veille aux obsèques de Myriam, Gerson était plongé dans un abîme cotonneux, les bruits lui parvenant comme amortis et sur un rythme ralenti. Il avait fini par s'assoupir et essayait de récupérer de quarante-huit heures de quasi-absence de sommeil. Leïla, assise à ses côtés, dut lui tirer la manche pour qu'il prenne conscience qu'elle essayait de lui parler.

- *Frédéric, s'il vous plaît, écoutez-moi !* implorait-elle.
- *Pardon ?* fit-il ouvrant un œil vitreux.
- *J'ai peur…*, fit la fille avec une expression en effet de peur animale sur un visage terreux.

Elle avait vieilli brutalement depuis que Myriam les avait présentés l'un à l'autre, trois jours plus tôt. Son regard avait perdu l'intense lumière qui l'habitait alors, et elle luttait à présent pour contrôler les sanglots qui la submergeaient, les yeux rougis derrière d'immenses lunettes de soleil.

- *Tout ira bien,* se sentit-il obligé de répondre.

En effet, tout avait été organisé pour elle afin que son arrivée en France se passe bien. Malgré la douleur qui l'étreignait, comme un poids immense sur sa poitrine et l'impression d'un arrachement insupportable, une partie d'elle-même morte à tout jamais, elle avait trouvé la force d'expliquer à Gerson qu'elle ne pourrait pas rester en Israël, ni revenir à Gaza. Dès le lendemain de l'attentat, et alors que le kaddish n'avait pas encore été prononcé pour les obsèques de sa compagne, les articles de la presse locale s'étaient fait l'écho du drame de Myriam Qorah, ancien officier de Tsahal – le Mossad n'avait tout de même pas été évoqué, comme le veut la doctrine du tout secret des services. La conversion de celle-ci à la cause de la paix à la suite de sa démission de l'Armée, la relation dont elle n'avait pas fait mystère avec une jeune Palestinienne, tout ça faisait beaucoup pour la famille de Leïla. Absolument impossible pour elle de revenir vivre à Gaza, impossible non plus d'avoir une vie normale à Jérusalem ou à Tel-Aviv.

Quand amour et religion entrent en conflit ouvert pour rendre la vie impossible, il vaut mieux chercher une autre voie pour continuer sa route sur cette terre d'intolérance. Mais quelle option lui restait-il ? Gerson, devançant sa demande, n'avait pas hésité à en parler à l'attaché culturel, qui avait obtenu un laissez-passer des services de l'ambassade pour lui permettre de trouver refuge en France. Au moins, le sacrifice de Myriam servirait à la femme qu'elle avait aimée. Pas longtemps, malheureusement, mais de façon si intense et si assumée.

Il sentit que la jeune femme avait un besoin pressant d'être rassurée.

- Tu verras, Dorothée est formidable. Elle t'accueillera chez elle. C'est prévu ! Et puis, j'ai des amis qui t'aideront à trouver un travail. On s'occupera de tes papiers, et tout ce qu'il faudra faire, on le fera. J'ai déjà eu le cabinet du ministre de la Culture. Il n'a rien à me refuser. Pour une fois qu'il peut se rendre utile, celui-là. Il a dit qu'il appellerait le directeur de l'IMA, l'Institut du monde arabe, tu sais… Ils auront certainement quelque chose pour toi.

Pas sûr qu'elle ait compris les paroles de Gerson prononcées en français, mais au regard bienveillant et apaisant de ce dernier, elle comprit qu'elle était en de bonnes mains et devait se laisser aller. Elle réussit enfin à s'assoupir, bercée par le ronronnement des moteurs et le doux balancement de la carlingue.

-o-o-o-o-o-

La vie avait repris son cours. Gerson savait que le meilleur remède à la souffrance est l'immersion totale dans le travail. Il avançait, penché sur ses châssis, mélangeant ses couleurs, préparant ses toiles, dessinant les esquisses préalables à la peinture. Il réussissait parfois, pour un court moment, à chasser de son esprit jusqu'au souvenir même de Myriam. Il sortait peu, pour ne pas avoir à raconter encore et encore ce qu'il avait vécu à Jérusalem et que les médias avaient abondamment commenté. Il avait refusé tous les interviews, mais rien n'avait empêché la machine médiatique de se mettre en marche. Un peintre français échappe à la mort pendant la vente aux enchères de ses tableaux. Et pas n'importe où ! Et pas n'importe comment ! Dramatique, et romantique à la fois, tous les ingrédients d'un juteux feuilleton pour la presse *people*. Heureusement, personne n'avait eu vent de la nature exacte de sa relation avec Myriam. Il n'aurait pas supporté que sa mémoire soit ainsi jetée en pâture.

Finis les dîners table ouverte chez Lipp, les bonheurs de la célébrité naissante, le sentiment d'une forme de grâce touchant l'artiste enfin reconnu, Gerson se terrait. Car la mémoire est un tyran ! Le cerveau n'est pas un disque dur qu'on peut effacer à sa guise et les images refoulées reprennent insidieusement possession de la conscience, généralement d'une façon déformée, parfois idéalisée, le plus souvent dramatisée. La nuit, elle revenait hanter ses rêves. Une déesse qui lui souriait dans les ténèbres, un trou dans le front, un petit trou bien rond, bien net, d'où s'échappait un mince filet rouge. Lui revenait la chaleur poisseuse de son sang dans le cou, tandis que s'échappaient ses derniers souffles de vie. Sa conscience oscillait entre les ténèbres et la lumière, le laissant désemparé et irrémédiablement perdu. Seul l'alcool arrivait à anesthésier son cerveau, assez pour lui permettre de trouver la paix aux petites heures du jour.

Pour lui, le sentiment prédominant était l'immense gratitude qu'il éprouvait à son égard. Non pas parce qu'elle l'avait sauvé d'une mort certaine. Car, après tout, elle n'avait fait que lui rendre la monnaie de sa pièce : une vie contre une vie. Ils étaient quittes, s'était-il persuadé. Non, c'est en fait que le parcours qu'elle l'avait forcé à effectuer, à son corps défendant, lui avait révélé une autre dimension de lui-même, faite d'engagement, de don de soi, d'idéal. Des valeurs nouvelles pour lui qu'il avait inconsciemment mises au service d'une autre interprétation de son art, dans une approche humaniste jusqu'alors inconnue de lui et qui donnait un sens nouveau à sa vie.

Comme elle, qui avait répudié la violence extrême pour embrasser la lutte pour la paix, avec la même ferveur et la même implication dans sa nouvelle vie que dans la précédente, il s'était investi dans une expression radicalement nouvelle de son talent faite d'ouverture et de générosité. Il avait l'impression de rejoindre ainsi l'exemple du Rico des jeunes années, celui qui avait choisi la liberté et l'engagement au mépris de sa vie. Cette façon de faire un clin d'œil à son père de substitution lui donnait le sentiment rassurant d'une forme de fidélité à sa propre histoire.

Peu à peu, au fil des mois, la douleur devint moins vive, le manque moins prégnant et il en vint à domestiquer ses démons en canalisant son énergie, toute son énergie, vers sa peinture. Cette autothérapie l'autorisa à prendre confiance dans sa capacité à accepter l'inéluctable de la condition humaine, faite de précarité et de doute.

Ce soir, justement, il venait de finir un nouveau tableau : un immense oiseau blanc, ailes déployées au-dessus d'un paysage de ville détruite et de nature défigurée par une violence dont on imaginait sans peine l'origine. Il planait dans l'azur, se dirigeant vers un soleil radieux dont les rayons dorés se réfléchissaient sur un océan émeraude.

Il mit un CD sur sa chaîne stéréo. La trompette suraiguë de Miles Davis, au son sensuel et planant, le saisit aux tripes. *Ascenseur pour l'échafaud*. Il esquissa un sourire en réalisant à quel point ce titre et son évocation funeste ne pourraient jamais plus s'appliquer à lui. Il se sentit léger.

-o-o-o-o-o-

www.lamanufacturelibrisphaera.com

ISBN 978-2-490399-65-9
Imprimé en France – Dépôt légal :
Janvier 2025

Imprimé en France - 69032 - décembre 2024 - 14110 Condé-sur-Noireau
RapidBook, une marque du Groupe Corlet Imprimeur